U0689271

蜘蛛文库

得到的不仅仅是真相

THE SNARE OF THE MOBIUS STRIP

莫比乌斯的圈套

轩弦 著

浙江文艺出版社
Zhejiang Literature & Art Publishing House

图书在版编目(CIP)数据

莫比乌斯的圈套 / 轩弦著 . — 杭州 : 浙江文艺
出版社, 2024.4
ISBN 978-7-5339-7262-2

Ⅰ.①莫… Ⅱ.①轩… Ⅲ.①推理小说 – 中国 – 当代
Ⅳ.①I247.5

中国国家版本馆CIP数据核字(2023)第107243号

策划统筹 柳明晔　许龙桃		**营销编辑** 余欣雅	
责任编辑 徐　全　宋文菲		**封面设计** 广　岛	
责任校对 朱　立		**责任印制** 吴春娟	

莫比乌斯的圈套

轩弦 著

出　　版	浙江文艺出版社
地　　址	杭州市体育场路347号
邮　　编	310006
电　　话	0571-85176953(总编办)
	0571-85152727(市场部)
制　　版	浙江新华图文制作有限公司
印　　刷	浙江新华印刷技术有限公司
开　　本	880毫米×1230毫米　1/32
字　　数	215千字
印　　张	10.375
插　　页	1
版　　次	2024年4月第1版
印　　次	2024年4月第1次印刷
书　　号	ISBN 978-7-5339-7262-2
定　　价	59.90元

"蜘蛛文库"总序

褚 盟

"他像一只蜘蛛蛰伏于蛛网的中心,安然不动,可是蛛网却有千丝万缕。他对其中每一丝的震颤都了如指掌!"

这是史上最伟大的侦探福尔摩斯对好友华生说出的经典台词,而被比喻为"蜘蛛"的,就是福尔摩斯生平最大的对手——有着"犯罪界的拿破仑"之称的莫里亚蒂教授。就这样,"蜘蛛"这种独特的生物,在推理文学中成了一个独特的象征——

它象征着最难缠的反派,象征着最复杂的谜题,象征着大侦探无法回避的终极困难。它精心布设的蛛丝,可以把试图找到真相的人死死缠住;但与此同时,希望也隐藏其中。无论是抽丝剥茧,还是快刀斩乱麻,只要找到那个正确的方式,这些恼人的蛛丝就会变成通往真相的条条线索。

正因为这样,这个文库以"蜘蛛"来命名;这个名字想告诉所有人,这是一个关于推理小说的文库。

1841年,一个叫埃德加·爱伦·坡的美国人发表了一篇名为《莫格街凶杀案》的小说。这篇小说第一次同时满足了三个条件:侦探成了故事的主角;谜题成了故事的主体;解谜成了故事的主导。

因此，我们把这篇小说认定为历史上第一篇推理小说，尽管作者从来不承认自己写过推理小说。

从1841年到2022年，推理文学已经走过了181个春秋。

爱伦·坡创作的这种故事，成了后世推理文学中的绝对主流。在西方，这种以侦探解谜为最大卖点的小说被称为"古典推理"；而今天，我们通常用一个日语词"本格推理"称呼它——本格者，正统也。

爱伦·坡是推理文学的创造者，而将其发扬光大的则是一个英国人。这个人叫阿瑟·柯南·道尔，他创造出了世上最伟大的侦探——夏洛克·福尔摩斯。福尔摩斯在1887年登场，一共有60篇故事传世。他的伟大无须多言，毫不夸张地说，即便再过181年，也依旧没有人能取而代之。

福尔摩斯的成功开创了推理文学史上一个最辉煌的时代。从19世纪末一直到第二次世界大战结束，这个时期被称为推理小说的"黄金时代"。在短短几十年里，有上百个可以被称为"天才"的作家创作了上千部经典作品——而他们写的，都是本格推理。这些作家的作品无人不知，比如阿加莎·克里斯蒂的《无人生还》《东方快车谋杀案》，埃勒里·奎因的《希腊棺材之谜》，约翰·迪克森·卡尔的《三口棺材》……

黄金时代的光芒不仅跨越了大西洋，甚至跨越了太平洋，照射到了东方的中国和日本。在这个时期，被誉为"中国推理之父"的程小青创作了"霍桑探案系列"；被誉为"日本推理之父"的江户川乱步更可以用横空出世来形容，他在1923年创作出了第一篇真正具有日本特色的推理小说。受他的影响，另一位大师横沟正史在20世纪四五十年代通过一系列经典作品，开启了日本自己的本格时代。

　　不过，不管是欧美还是日本的推理文学，都难免走向衰落。本格推理的核心是诡计，而诡计则是会枯竭且套路化的。诡计一旦不能吸引读者，本格推理也就发展不下去了。穷则思变，推理作家开始思考这种类型文学的出路。既然小说的游戏性已被挖掘殆尽，那么路也就只剩下一条——提高现实性和文学性，把智力博弈变成心灵风暴。

　　就这样，以美国作家达希尔·哈米特和雷蒙德·钱德勒为代表，一群作家在推理领域掀起了大风暴，开始创作完全不同的推理小说。这些作品不再以解谜为卖点，而是把焦点集中在了人与大环境的碰撞上。侦探不再像福尔摩斯那样从容不迫，而是一次次被社会毒打，一次次头破血流。我们把这次变革称作"黑色革命"，而这场革命的成果则是"冷硬推理"走上舞台。

　　无独有偶，同样的革命也发生在日本。只不过，日本的新式推理不像欧美那样"暴虐"，而是更注重揭露社会的阴暗面和人性的丑恶。这种推理小说和冷硬推理异曲同工，被称作"社会推理"。社会推理的开创者是日本一代文豪松本清张，他因为创作了《点与线》《砂器》等新派推理，而与柯南·道尔、阿加莎·克里斯蒂一起被称为"世界推理三大家"。

　　任何事物都处于变化之中，没有什么能一成不变却永远屹立不倒。西方的"冷硬推理"也好，日本的"社会推理"也罢，这种现实主义推理看多了，读者又难免开始厌倦。到了20世纪末，越来越多的人希望推理小说回归本质，回到"智力博弈"上。有需求就会有生产，于是，在社会推理盛行30年后，一大批日本作家开始推动一场名为"本格维新"的运动。

这些作家的代表是岛田庄司和他的学生绫辻行人。他们认为本格推理是没有错的，只是故事中的诡计是属于19世纪、20世纪的，而读者想看的是21世纪的新的华丽诡计。只要解决这个问题，本格推理就可以重获生机。于是，这些作家用一部部匪夷所思的作品，开启了一个新时代，我们称其为"新本格时代"。

从游戏性到现实性，再从现实性回到游戏性——经过这样一个历程，无论是在西方还是在东方，推理小说的外延已经被彻底打破了，无数"子项目"应运而生——间谍小说、悬疑小说、惊悚小说，甚至是轻小说，都可以看作是推理小说的衍生品。如今，已经没有读者在意小说应该注重游戏性还是现实性，只要人物够鲜活，只要节奏够紧凑，只要反转够震撼，只要元素够新颖，就是一部出色的推理小说。

在这种理念的推动下，东西方都出现了一大批无法分类却备受推崇的超级畅销书作家。西方的代表是写出了《达·芬奇密码》《天使与魔鬼》的丹·布朗；而东方的代表无疑是有"出版界印钞机"之称的东野圭吾——他的代表作《嫌疑人X的献身》《白夜行》可以说是无人不知。

就是这样，在180多年的岁月里，推理文学兜兜转转，起起伏伏，不断变化，不断壮大。看上去，今天的推理小说已经和福尔摩斯故事大相径庭；但细细品味，就会发现如今的推理小说初心未改，却早已身兼百家之长。也正因为如此，推理文学不仅没有被时代抛弃，反而吸引了越来越多的读者。

想要走进推理的世界，就要去触动那一根根精巧敏感的蛛丝；既然如此，就应该有个专门帮助我们收集蛛丝的文库。

……

在"暴风雪山庄"中玩一次"无限穿越"

——《莫比乌斯的圈套》推荐序

华斯比

一座深山中的神秘古宅,一群结伴登山的大学生,一场将众人困在古宅的大雨,一位无意间闯入古宅的名侦探,一场毫无征兆的"无(男)人生还"的杀戮……

看到这样的故事开篇,很多人的第一反应会是:啊!又是一部平平无奇的"暴风雪山庄"模式的长篇推理小说!

然而,轩弦的《莫比乌斯的圈套》却不按常理出牌,在"暴风雪山庄"中玩起了"无限穿越"。

软科幻:悬疑推理之外,轩弦的新"道具"

轩弦是目前国内最高产的推理作家之一,他的推理小说主要可以分为两大类:

一类是以"现实"为题材,加入一些社会话题,整体偏向传统本格推理或者斗智流的作品,如"神探慕容思炫"系列的大多数故事;另一类则在"现实"的基础上融入天马行空的想象,把软科幻元素和悬疑推理结合起来,用"科幻"作为某种"道具",增加故事的复杂度和意外性,如他的少儿推理小说"诸葛小神探"系列,还有《五次方谋杀》《当罪恶在摇篮中》,以及这部《莫比乌斯的圈套》。

比较而言，我更喜欢这种能给"老套"故事提供更多不确定性和可能性的作品。

《莫比乌斯的圈套》是轩弦于2017年出版的长篇小说，也是其口碑最好的作品之一。此次该书再版，足见广大读者和出版市场的认可。

全书以本格推理小说中常见的"暴风雪山庄"模式开篇：在一个同学被杀，另一个同学活不见人死不见尸后，主角唐洛樱和其他人被困在迷宫一般的古宅内，无法逃离。头戴面具的神秘人突然出现又离奇消失，让众人深信"凶手"就在身边。

接下来，画风一变，作者设计的"科幻道具"正式登场——唐洛樱无意中按下了在古宅里找到的一个神秘遥控器的按键，竟不可思议地回到了一天之前。"穿越"之后，她再次来到古宅大门前，刚好看到有几个人走进古宅。那几个人中，竟然有她在古宅里死去和失踪的同学，以及——另一个自己……

一日囚：穿越平行空间，被困"无限循环"

提到"无限循环"类型的作品，我不禁会想到柳文扬的科幻小说《一日囚》与《土拨鼠之日》《忌日快乐》《开端》等影视剧，但更多人第一时间想到的会是经典悬疑片《恐怖游轮》。

前一类"无限循环"的主要是"时间"，主角被困在同一段时间里，带着"轮回"的记忆不断"魂穿"（轩弦的《五次方谋杀》就是此类作品）；后者更侧重于"空间"上的穿越，主角一次次穿越到同一个相对封闭的空间，与自己相遇，甚至与多个"我"共处一个平行世界，形成有多个自己共存（甚至可以相互杀戮）的

"死局"。

《莫比乌斯的圈套》就属于后一种，它利用"恐怖游轮"的模式，将"游轮"换成封闭的"古宅"，而主角可以利用作者设置的"科幻道具"进行"无限穿越"，直到摆脱"轮回"。

小说的精彩之处在于，"我"每一次"穿越"都会遇到其他的"我"，在"穿越"中不断积累"经验"的同时，由于"我"在不同"空间"有着不一样的"身份"，使得"我"开始对发生在"古宅"中的谜团的"全貌"更加了解。渐渐地，"我"意识到自己似乎可以在循环中掌控自身的命运，取代其他自己成为该空间唯一的"我"……

新困局：跟着"剧本"轮回，还是"重启人生"？

"要知道，人生之所以精彩，就是因为没有'剧本'可以参考，没有事前的彩排，也不能重新再来一次。"

纵览全书，我坚信这句话就是作者想借主角之口告诉我们的道理。

我们设身处地想一下，当你发现自己处于"轮回"之中时，摆在面前的只有两条路：

其一，按照"历史"原有的"剧本"一遍遍演下去，虽然枯燥，但每次都会扮演不同的"我"，更不会出错，直到安全跳出"轮回"，成为某一个"空间"中唯一的"我"；

其二，窜改"剧本"，放弃既定的"历史"轨迹，跟从自己的内心前行，做自己觉得正确的事情，哪怕前路充满未知，更有巨大的风险与不确定性，甚至可能永远无法跳脱"轮回"或者直接死亡……

那么，你会如何选择？

这是一个新困局！

本书的主角又将如何抉择？

来吧！在"暴风雪山庄"中玩一次"无限穿越"。

你将看到一个意想不到的结局！

2023 年 4 月 24 日夜于上海

本文作者系推理文学知名书评人、《中国悬疑小说精选》及推理主题 MOOK《谜托邦》主编

序　章 / 001

第一章　古　宅 / 009　　　　第七章　算　计 / 159

第二章　谋　杀 / 035　　　　第八章　合　作 / 187

第三章　凶　徒 / 061　　　　第九章　清　零 / 215

第四章　重　复 / 087　　　　第十章　侦　探 / 241

第五章　穿　越 / 113　　　　第十一章　窜　改 / 269

第六章　真　相 / 135　　　　第十二章　终　结 / 297

序　章

　　黄浩欣万万没有想到，自己生平第一次外出办案，就见证了一起令人难以置信的事件，同时留下了一个自己一辈子也无法解开的谜团。

　　不久前，在无尘山发生了两宗命案，死者均为男性，遇害的时间相差大半天。当时与两名死者同在山上的还有两名女生。根据那两名女生的讲述，她们在山上时曾同时目睹头戴面具的凶徒出现，其后逃跑。

　　可是后来警方发现其中一名死者身上留有其中一个女生的指纹和毛发，于是把这个女生列为嫌疑对象。黄浩欣今天要接触的，正是这个女生。

　　和黄浩欣搭档的是经验丰富的老陈。

　　"陈大哥，你说那个女生会不会是凶手呢？"

　　在驾车前往那女生所住的出租屋的途中，黄浩欣向老陈问道。

　　"可能性很大。"老陈微微地吸了口气，"说实话，她上次到局里做笔录的时候，我就怀疑她跟案子有关了。"

　　"太巧了！当时我也是这么认为的！"黄浩欣脸上浮现出一丝兴奋的表情，"陈大哥，待会见到她，你不用说话，让我来讯问。我保证能在十分钟内让她认罪，哈哈哈！"

老陈向跃跃欲试的黄浩欣白了一眼，冷冷地说："小子，你以为你是诸葛亮啊？初出茅庐就想立功？"

黄浩欣咽了口唾沫，不敢接话。老陈接着说："我跟你说呀，跟嫌疑对象接触不是你想象中那么简单的。哪怕完全掌握了书本上的侦查方法，也远远不够。我们还要正确料敌，设计谋略，随机应变，才能跟他们较量。而这些，你以为像你这么一个啥经验也没有的黄毛小子能办到吗？"

黄浩欣皱了皱眉，一脸不服。

"反正，待会儿你跟在我后面，不要出声。"老陈最后说。

被泼冷水的黄浩欣忍不住轻轻地"哼"了一声。

· 2 ·

不一会儿，两人来到一座有些破旧的大厦前。资料显示，那女生就住在这座大厦的其中一个单元里。

黄浩欣从车上下来，伸展了一下四肢，正在摩拳擦掌，却听身后的老陈冷然说道："记住，待会儿不要说话。"

两人走进大厦，来到那女生所住的出租屋前。老陈按下门铃。不一会儿，大门打开了。来开门的是一个身穿睡衣的女生。此前黄浩欣看过今天要接触的对象的照片，正是眼前这个女生。

这女生二十岁左右，长了一张瓜子脸，脸色晶莹，皮肤雪白，一头乌黑的卷发轻抚于两肩之上，清新脱俗，令人心动。黄浩欣脸上一热，心想："张无忌的妈妈说，越漂亮的女人，越会骗人。英雄难过美人关，我可不能被她迷惑。"

女生向老陈和黄浩欣看了一眼，一脸疑惑地问："你们是……"

黄浩欣连忙说："你好，我们是……"

老陈用胳膊肘使劲地撞了黄浩欣的手臂一下，示意他别说话。黄浩欣微微一怔，把要说的话吞回肚子里。老陈吸了口气，对女生说："我们是刑警队的办案人员，这是我的警察证。关于此前发生在无尘山的那两宗命案，我们还有一些事情想向你了解。"

霎时间，女生脸色微变。但她很快就恢复神色，微微一笑，面颊上露出两个迷人的小酒窝。

"好啊！请进来。"

女生这婉转动听的声音，不禁让黄浩欣心里有些动摇："这么一个弱不禁风的美丽小女生，真的会是杀人凶手吗？"

·3·

两人走进女生的家，黄浩欣四处打量，房子装修简单——毕竟是出租屋，但摆设整齐简洁，给人一种舒适的感觉。

"两位警官，请坐。"女生彬彬有礼。

"好，谢谢。"

黄浩欣不客气地在大厅的沙发上坐了下来。而老陈只是点了点头，没有坐下。

"不好意思，"女生接着说，"我能回房间换件衣服吗?"

老陈刚好站在一个房间的前方。他朝房内瞄了一眼，向女生问:"这是你的房间?"

女生轻轻地"嗯"了一声。

"请便。"

"谢谢。"

女生走进房间，关上了房门。黄浩欣吞了口口水，想象着这个楚楚动人的女生在房间里换衣服的情景，不禁有些心猿意马。

老陈鉴貌辨色，看穿了黄浩欣的心思，瞪了他一眼:"小子，咱们今天是看美女来的?"

黄浩欣有些尴尬，干笑了两声，走到老陈身旁，看了看房门，压低了声音问:"陈大哥，你不怕她逃跑吗?"

"我刚才看过这房间的布局了，里面只有一扇窗户，而且窗户上安装了防盗网。她逃不了。"老陈淡淡地说。

黄浩欣心里不禁有些佩服老陈了:"姜还是老的辣呀。"

他还在思索，却忽听房间内传来那女生的尖锐笑声。

"你们今天来是因为怀疑我是凶手吧? 哈哈哈! 我跟你们说呀，你们猜对了! 我就是凶手! 那三个男人，都是被我杀死的!"

· 4 ·

女生这突如其来的举动，自然是老陈和黄浩欣都始料未及的。黄浩欣目瞪口呆，而老陈则马上反应过来，扭动房门上的门把手。出乎意料，房门并没有上锁。然而当老陈把房门推开后，他和黄浩欣再一次瞠目结舌。

因为房间里竟然没有人！

那个几秒前还在房间里说话的女生，此刻竟然匪夷所思地消失了！

"怎……怎么回事呀？"黄浩欣揉了揉眼睛，颤声道，"那女生呢？"

老陈也咽了口唾沫，小心翼翼地走进房间，检查可以藏人的衣柜和床底，但毫无收获。最后他又走到窗户前，检查了防盗网，也没有发现异样。

老陈当了几十年的警察，还从未遇到过如此诡异的情形。他定了定神，马上打电话回局里说明情况，请求支援。

不一会儿，支援人员到达出租屋，封锁了现场。其中数名勘察人员对女生的房间展开地毯式搜索，却没有找到暗门、密道等可以与外界连接的通道。也就是说，这房间跟外界连接的唯一通道就是房门，关上房门后，房间便成为一个完全封闭的密室，房内的人绝对无法离开房间，而房外的人也无法进入房内。

老陈和黄浩欣亲眼看着女生走进房间，亲耳听到女生在房间里说话，可是开门以后，却没能看到女生在房间里。女生确实是在几秒之内如变魔法一般消失了！这事儿过于不可思议，甚至有人开始质疑老陈和黄浩欣经历的真实性了。

当所有人都认为一道方程式无解的时候，自然就会怀疑这是出题人的问题了。

第一章

古宅

"前面有光！难道这个山洞还有其他出口？"

龙笑愚的语气有些兴奋。与此同时，他把我的手抓得更紧了一些。

进入山洞后没多久，他就不经意地抓住了我的手。以前有次跟他约会，他也试过在过马路时顺势拉住我的手，却被我本能反应般地甩开了。但现在，身处这样一个陌生且神秘的环境里，在前方的一切都充满未知的情况下，他如此拉着我的手，确实能让我感到些许安全感。所以这一次我并没有拒绝。

"咱们快去看看！"身后的沈靖嚷道。

"会不会有危险呀？"和沈靖携手而行的凌汐怯生生地问。

"我先去看看。"

龙笑愚虽然这样说，但在前进的同时却没有放开我的手。看来他舍不得放手。他知道，一旦走出山洞，离开这个黑暗的环境，我就不会再让他牵着我的手了。

于是我跟着龙笑愚朝光源走去。随着逐渐接近光源，我看清楚了，那果然是一个洞口。

"我们出去看看。"龙笑愚对我说。

"好。"我答道。

本以为洞外也就是一些花草树木，没什么大不了。然而，在和龙笑愚一起走出山洞后，我却被眼前的景象惊呆了。

因为，在洞口前方大概一百多米的地方，竟然有一座古老的大宅！

·2·

为什么在深山里竟然会有一座古宅？太不可思议了！

"哇！这……太夸张了吧？"

沈靖的声音从身后传来。我回头一看，沈靖和凌汐也已经走出了山洞。他们看到眼前这座古宅的第一反应，自然也和我一样——目瞪口呆。

"竟然能在深山里建造这样一座大宅，真不简单。"龙笑愚喃喃地说，"别的不说，建造房屋用的木材、砖块等材料，是怎样运送到山上来的呢？"

"这房子不会是狐仙变出来的吧？"沈靖开玩笑地说，"现在狐仙会不会就在这大宅里呢？"

"待会狐仙出来了，你可别被她勾引走了才好。"

我一边开玩笑，一边拿出手机拍照，打算发微博跟粉丝们分享如此奇遇。我是个不折不扣的微博控。

沈靖哈哈大笑，向凌汐看了一眼："有小汐在，一百只狐仙也不能把我勾引走。"

"我们过去看看吧。"龙笑愚说。

众人赞成。于是我们逐渐走近古宅。这座古宅只有一层，青砖灰瓦，陈旧不堪，斑驳的外墙边长满了杂草，处处刻印着岁月沉淀的痕迹，看上去至少有数十年甚至是上百年的历史了。

"要不要进去看看？"龙笑愚问大家。

沈靖想也不想便说："当然要！"

凌汐看了看手表："现在已经四点多了，天快黑了，我们差不多要下山了。"

我点了点头："小汐说得对，一旦天黑了，我们就找不着下山的路了。要探险也等明早再来吧。"

"说起来，现在才四点多吧？为什么天色这么昏暗？"

龙笑愚一边说一边望向天空。我也抬头仰望，竟见整个天空不知从何时起变成黑茫茫的一片，乌云密密麻麻，似乎要向大地挤压下来。

"看样子快要下雨了。"我说。

"那怎么办？"凌汐一脸担忧，"我们快下山吧。"

"恐怕已经来不及了。"龙笑愚摊开手掌，只见一滴雨落到他的掌心中。

"要不我们在这座大宅里住一晚吧。"沈靖提议道。

"也只能如此了。"

龙笑愚的声音听起来像是十分无奈，但却又似乎夹杂着一丝兴奋。他心里一定在想，在神秘的古宅里借宿一宿，是跟我进一步发展的绝好机会。

"会不会有危险呀?"凌汐问。

"先进去看看吧。"龙笑愚说罢,径自走向古宅的大门。看来他真有些迫不及待了。

我和沈靖以及凌汐相互对望一眼,不约而同地尾随龙笑愚而去了。

· 3 ·

我和龙笑愚、沈靖以及凌汐三人是大学里的同班同学,其中沈靖和凌汐是情侣,而龙笑愚则是我众多追求者中的一个。

对于龙笑愚的追求,我没有答应,但也没有明确拒绝。他条件很好,长相俊朗,聪明而风趣,而且家境也不错,是典型的高富帅。但不知怎的,我对他的感觉并不强烈。我总觉得他就像一块鸡肋,食之无味,弃之可惜。所以我和他保持着暧昧的关系,先好好观望一下再说。

现在正在放寒假,马上就到春节了。但今年我不打算回老家过年了,就留在学校里,白天去做些兼职,积累一下社会经验。

不想回家有两个重要原因:其一,陪着我长大、对我疼爱有加的爷爷在两个月前因病去世了,当时我伤心欲绝,连眼泪也哭干了,哪怕到了现在,一想到爷爷,心里还是隐隐作痛,所以我暂时不想回家,生怕睹物思人;其二,父母正在闹离婚,此事实在让我烦乱不堪,我爱他们,我不想他们分开,也正因为如此,我不想回家去面对他们，面对他们离婚这件事。

龙笑愚知道我心情不好，说要陪我出游散心。我心想出去走走也好，但又不想跟龙笑愚单独出游，所以提议叫上沈靖和凌汐。龙笑愚没有反对，而沈靖和凌汐也欣然应邀。

于是，今天下午，我们四人开车来到无尘山，把车停在山脚，徒步上山探险。登山途中龙笑愚发现一个洞口隐蔽的山洞，并提出进洞探险。我和沈靖赞成。凌汐似乎有些担心，但见大家兴致勃勃，大概也不忍扫兴，没有反对。于是我们四人走进山洞。不过大家都没有想到，通过山洞后，竟然发现山洞后方有这样一座古宅。

· 4 ·

此刻我们四人已经走到古宅的大门前方了。

大门是木制的，左右各一扇，看上去厚重无比，十分坚固。在两扇木门上各有一个铁门环，锈迹斑斑。

龙笑愚走前一步，握着右边的门环，轻轻敲了两下。

"请问有人吗?"他朗声问道。

然而无人应答。

他稍微加大力度，又敲了几下："有人吗?"

古宅内还是鸦雀无声。

"我们直接进去吧!"

沈靖一副跃跃欲试的样子。

龙笑愚微微地吸了口气，两手平伸，推开了古宅的两扇木门。霎时间，木门响起一阵"咯吱咯吱"的声音，给人一种"这扇门已经好久没有打开过"的感觉。

大门打开后，我向古宅内部望去，映入眼帘的是一座厅堂，宽敞得有些出乎意料——大概有一百多平方。

其中，在正对着大门的那面墙壁前方，有一张方形木桌，倚墙而置，木桌两侧各放着一把木椅，也正对着大门。此外，这面墙壁的左右两边各有一扇木门，大概是通往古宅深处的。

而在厅堂中央，则放着一张圆形的木桌和五把圆凳，均为红棕色，看上去做工精美，古色古香。

最后，在厅堂两侧的墙壁上各有一个入口——但没有门。两个入口的旁侧各放着三把木椅，每两把木椅中间还放着一张与木椅的扶手高度一致的小木桌。

在深山荒野中有这样一座家具齐全的古宅，实在是一件让人难以置信的事。作为微博控的我，当然没有忘记把这座厅堂拍到手机里。

"太夸张了！一座大厅就比我家还要大了！"

沈靖一边说一边跨过大门处的那道足有二三十厘米高的门槛，率先走进了古宅。

"我们也进去吧。"龙笑愚回头对我和凌汐说。

我点了点头，和凌汐一起向前走去。不知怎的，在踏进古宅的一刹那，我的心中有些不祥的预感，似乎在古宅里将会发生什么不愉快的事。

会是什么事呢？刹那间，我以前看过的一些恐怖小说和灵异小说的情节，如脱缰之马一般在我的脑袋里乱撞。

"喂——里面有人吗？"沈靖的呼声打断了我的胡思乱想。

霎时间，古宅深处传来了沈靖的回声。

"有人吗——人吗——吗——"

不知道为什么，我觉得这声音不像是回音，倒像是一个藏在古宅里的怪人重复着沈靖的话，模仿沈靖的回声一般。

我忍不住打了个冷战。

凌汐似乎也有同感，两手环抱于胸前，怯生生地说："这里怪恐怖的，不如我们走吧。"

她话音刚落，忽然身后传来"唰"的一声。我回头一看，屋外已下起倾盆大雨。

我们回到门前，只见外头暴风骤雨，气势磅礴，如巨兽嘶吼。

"看来咱们走不了啦。"龙笑愚说。他的语气虽然略带无奈，但却无法掩饰其中的兴奋。为什么会兴奋？因为他那和我在古宅里住一晚从而获取进一步发展机会的美梦要成真了。

凌汐轻轻地叹了口气，没有再说话。

"我们进去看看吧。"

沈靖说罢，转过身子，走向厅堂深处。龙笑愚紧随。我知道凌汐心里害怕，轻轻握住了她的手，和她跟在后面。

"小樱，你说这座古宅里会不会有……鬼？"

凌汐在我耳边悄声问道。她的声音在颤抖。

我笑了笑，安慰她说："肯定没有啦！"

我是无神论者。虽然身处这样一座神秘的古宅，心里也有些不安，但绝非害怕屋里有鬼。

相对鬼，人要可怕得多。

"你看，"龙笑愚和沈靖已经走到厅堂中央的木桌和圆凳前方了，只听龙笑愚对沈靖道，"这里的桌椅都布满了灰尘，看来这座古宅是没有人住的。"

他刚说完这句话，忽然在昏暗中闪过一道耀眼的电光，瞬间把厅堂内的一切都照亮了。紧接着，身后传来"轰"的一声巨响，地动山摇，震耳欲聋。

· 5 ·

我吓得全身一颤。而凌汐更惊得两手紧紧地抓住了我的手腕，甚至连指甲都快要嵌到我的皮肤里去了。

十多秒后，我才定了定神，微微地吸了口气。

刚才那巨响是雷声。好一个响雷。

"啊——"

众人还没从这惊天动地的雷声中回过神来，忽然又听凌汐尖叫起来。

我再次吓了一跳，侧头一看，只见此时凌汐回头望着古宅的大门，瞠目结舌，一脸骇然。

她因为看到什么而如此惊慌？我咽了口唾沫，不由自主地回头一看，竟见古宅大门的门槛上站着一个人！

看来刚才雷响以后，凌汐回过头想要看看天空，结果在毫无心理准备的情况下发现了这个人，吓得失声大叫。

我定睛一看，那是一个二十来岁的男青年，双目无神，表情呆滞，站在那里一动也不动，就像一尊石像。他的上身穿着白色的T恤，下身穿着灰色的休闲裤，脚上则穿着一双破旧不堪的黑色运动鞋，背上还背着一个背包。此刻他一身的衣裤早已被大雨淋湿，甚至还在滴水。

忽然，这男青年从门槛上跳了下来，抖了抖身上的雨水。凌汐情不自禁地后退了两步。与此同时，沈靖大步上前，喝问："你是谁啊？"

男青年朝沈靖看了一眼，冷冷地道："和你们一样。"

我"咦"了一声，问道："和我们一样？难道你也是登山者？"

男青年又瞥了我一下，简洁地回答："是。"

龙笑愚也走到我的旁侧，向那男青年打量了几秒，问道："你也是通过那个山洞来到这里的？"

"是。"男青年虽然在说话，但脸上却没有丝毫表情。

"怎么刚才没看到你啊？"沈靖问。

男青年咬了咬手指，冷然道："我看到你，在山洞里，我一直在你和你女朋友后面，离你五米左右。"

这是他目前所说的最长的一句话了，但语气没有一丝起伏。

此刻凌汐还抓着我的手腕。我能感觉到凌汐突然一激灵。这也难怪。这男青年说刚才一直跟在她身后，但她却茫然不觉，此刻回想，自然感到后怕。

龙笑愚对于这个突然出现的怪异男青年有些怀疑了。"你是一个人登山？没有其他伙伴吗？"他甚至流露出一丝质问的语气。

"是一个人。没有。"

男青年也没急着解释，不慌不忙地回答完龙笑愚的问题。

"是吗？这可有些奇怪……"

龙笑愚还想说些什么，我打断了他的话，对那男青年说："你的衣服都湿透啦，快去换衣服吧。不过雨这么大，哪怕你的背包里有衣服，现在肯定也湿透了吧？"

这一回男青年没有回答。倒是沈靖接着我的话对他说："你运气真背呀，如果早几分钟进来，就不会被淋湿了。说起来，在山洞里你不是跟在我身后吗？为什么现在才到古宅来呀？"

沈靖话音刚落，忽然厅堂右前方的那扇木门发出了"吱"的一声，似乎是被谁推了一下。

"谁啊？"沈靖反应奇快。

但却没有人回答他。

"里面真的有人？"凌汐颤巍巍地说。

"我过去看看。"沈靖自告奋勇。

凌汐一把抓住他的手臂："不要去啊！"

沈靖笑了笑："没事儿。"

"我们一起过去看看吧。"龙笑愚说。

于是众人一起走到那扇木门前，只见木门虚掩。龙笑愚把门推开。门后似乎是一道走廊。我探头一看，此刻走廊里好像没人。

"没人啊。"龙笑愚说。

凌汐疑神疑鬼："会不会又躲起来了？如果没人，刚才这扇门为什么会响？"

"可能只是被风吹了一下吧。"沈靖说。

而我则说："可能是被老鼠弄响的。"

沈靖"咦"了一声："老……老鼠？"他的声音有些颤抖。

同一时间，我蹲下身子，指了指地面："你们看，这些是老鼠的粪便。这古宅里肯定有老鼠。刚才把门弄响的很有可能就是老鼠。"

龙笑愚也赞同我的推测："小樱说得对。古宅的桌椅都布满灰尘，应该没有人住，刚才把门弄响的绝对是老鼠。"

"你们别吓我呀！我最怕老鼠了！"沈靖连身体都颤动起来了。

龙笑愚笑道："你一个大男人竟然怕老鼠？"

平时最爱逞强的沈靖这回却认栽："是啊，超怕呀，老鼠简直是我的死穴呀！"

我有些好奇："你为什么会怕老鼠？"

"因为我爸也很怕老鼠。我小时候，有一回他跟我在房间里玩儿，忽然有一只老鼠从窗外闯进来，他吓得抱着我就跑，接着还不停地对我说：'好恐怖呀！好恐怖呀！老鼠真恐怖呀！'我看到平时天不怕地不怕的爸爸竟然这么怕那只黑乎乎的老鼠，心里认定了老鼠是一种可怕的生物，于是也莫名其妙地害怕起老鼠来。"

沈靖顿了顿，接着又说："后来又有一次，我哥拿了一个老鼠玩具吓我，我还没反应过来，我爸就骂他：'你不知道弟弟害怕这个吗？别吓他！'因为我爸的这句话，我开始深信我是真的害怕老鼠的。"

突然，那个奇怪的男青年在我们身后冷不防说道："你的恐惧根源是通过心理暗示被种上的，难以消除了。"

"哟！你还懂心理学啊？"我问。但他没有回答。

而龙笑愚接着则对沈靖说："以后你和小汐生了孩子，你会对孩子说：'老鼠真恐怖呀！'于是你的孩子也会害怕老鼠；等你的孩子生孩子了，他（她）也会对他（她）的孩子说：'老鼠真恐怖呀！'于是你的孙子孙女也会害怕老鼠。最后，你们沈家世世代代都会害怕老鼠，哈哈哈！"

沈靖皱眉："我觉得你这个笑话一点也不好笑！"

我们还在交谈，那男青年已径自走进木门后方的走廊。而我们四人也不约而同地紧随其后。

·6·

那是一道迂回曲折的长廊。向前望去，只见长廊的两侧似乎有不少房间。

不一会儿，我们走到第一个房间的前方。那个房间位于长廊的左侧，房门是开着的，门上刻着四个字——"午马之间"。

我探头一看，房间不大，约莫十平方米，房内摆放着一张双人架子床，床前放着两把圆凳，而床边还有一个实木衣柜倚墙而置。房间里并没有窗户，因此显得有些阴暗。

"客房里的家具也一应俱全，今晚我们可以在这儿休息啦！"沈靖一脸兴奋。

而龙笑愚则喃喃地说："这些家具到底是怎样运到山上来的呢？这座古宅真是谜一般呀！"

我们接着往前走，第二个房间在走廊的右侧，房门虚掩，门上刻着"未羊之间"四字。

"看来房门上的字就是房间的名字。"我说，"可是，'午马'和'未羊'是什么意思呢？"

"是十二生肖。"走在最前面的男青年头也不回地说道，"这道走廊里的房间依次是：午马之间、未羊之间、申猴之间、酉鸡之间、戌狗之间和亥猪之间。"

走完长廊，我们发现男青年的推测丝毫无误。这道长廊总共有六间客房：位于长廊左侧的三间客房分别是午马之间、申猴之间和戌狗之间，这三间客房的房门都是开着的；而位于长廊右侧的三间客房则分别是未羊之间、酉鸡之间和亥猪之间，其中位于中间的酉鸡之间的房门是开着的，而位于两侧的未羊之间和亥猪之间，房门则是虚掩的。六间客房的面积、布局以及家具摆放的位置都基本一致。

正要走出长廊，男青年忽然停下来，转过身子，向他身后的我们看了一眼，用毫无抑扬顿挫的声音说道："我推测，厅堂左前方的那扇木门后方也有一道长廊，里面也有六个房间，分别是子鼠之间、丑牛之间、寅虎之间、卯兔之间、辰龙之间和巳蛇之间。"

"很有可能。"龙笑愚说，"加起来就是十二生肖。"

"我们待会儿去看看吧。"

沈靖已经在摩拳擦掌了，似乎打算把古宅走遍，揭开它的神秘面纱。

而凌汐则有些担心："我们还是别乱走吧，就住在这几个房间里就好了。"

跟刚才一样，在我们交谈的过程中，男青年已独自走出了长廊。

·7·

于是我们也继续前行，来到长廊的尽头，只见前方是一座五六十平方米的内堂。内堂的正前方摆放着一张深红色的长木椅，倚靠于正对着长廊出口的墙壁，长木椅的两侧各有一扇木门。而在内堂的中央则放着一张六角茶几。两侧的墙壁前方各有两把短木椅和一张小茶几。此外，在左侧的墙壁上还有一个没有门的入口，不知道通往哪里。

厅中有门，门后有厅，看来这座古宅的结构相当复杂，古宅内部便宛如一座巨大的迷宫。

"这古宅还真大呀！"沈靖感慨道，"就像没有尽头一般。"

他的这句话似乎让本来就有些不安的凌汐更加害怕了："我们还是回到大门那儿去吧，别再往里走了，以免迷路。"

沈靖却不甘心就此放弃古宅冒险之旅。"再进去看看呗！看看这个入口是通往哪儿的。"他指着内堂左侧墙壁上的入口说道。

"嗯，"龙笑愚点了点头，"我也想再进去看看。"

我指了指男青年："你们想要探险可以，但至少该让人家换件衣服吧。"

龙笑愚"嗯"了一声："我们也先吃点儿东西，然后再到古宅内部探险。"

"这样呀……"沈靖吸了口气，"好吧，反正肚子也饿了。"

"笑愚，你的背包里还有备用的衣服吧？"我看了看男青年，"借给他嘛。"

龙笑愚点了点头，卸下背包，半蹲着身子，从背包里取出来一件深蓝色的外套。

"不好意思，只有衣服，没裤子。"龙笑愚把外套递给男青年。

"哦。大门等我。"

男青年也不客气，一手接过外套，没有道谢，只是丢下这么一句话，便不再理会我们，径自走出内堂，回到连接厅堂和内堂的那道长廊，走进了位于长廊尽头处左侧的戌狗之间，关上了房门。

"真是个怪人呀。"沈靖嘟哝道。龙笑愚苦笑不语。而凌汐则一脸不安，似乎只想快点回到古宅的大门处。

·8·

我们四人回到厅堂。我走到大门前，极目远望，只见雨越下越大，漆黑的天空中乌云翻滚，电闪雷鸣，便似大自然在嘶吼，让人心生惧意。在大自然处于疯狂状态的时候，人类渺小无比。如果现在贸然离开古宅，步入暴雨之中，能否活着回去还真是未知数。看来今天确实无法下山了。

"小樱，过来吃点东西吧。"龙笑愚叫道。

我回头一看，只见龙笑愚、沈靖和凌汐都已在厅堂中央的那几张圆凳上坐了下来。于是我也走过去坐下。接下来，我们各自把背包里的压缩饼干、速食罐头和矿泉水拿出来。本来我们打算天黑前下山，到餐馆吃饭，这些干粮只是备用，没想到现在还真派上了用场。

就在沈靖大吃大喝的时候，我却发现他的女友凌汐不怎么吃东西，只是喝了两口水，似乎没有胃口。

"小汐，你脸色不太好。不舒服？"我问。

"啊？你不舒服吗？"粗心的沈靖这才注意到凌汐的异常。

凌汐左右看了看，低声说："我总觉得有人躲在暗处，监视着我们。"

沈靖哈哈大笑："有我在，怕什么呀？哪怕真有坏人，我也会保护你的呀!"

他话音刚落,厅堂右前方的木门忽然发出"咯吱"一声。凌汐失声轻呼。我也吓了一跳。向前一看,却原来是那男青年从长廊里走出来了。

沈靖松了口气,对那男青年不悦道:"原来是你呀?别吓人嘛。"看来他也被男青年的开门声吓着了。

龙笑愚笑道:"开个门就能吓着你,如果真有什么坏人出来了,你怎么保护小汐呀?"

沈靖"哼"了一声:"我以为这门又是被老鼠给弄响的。如果早知道是人,我自然不怕。"

在他俩对话的过程中,男青年已走到我们跟前,一下子跃到了剩下的那张圆凳上,蹲下身来。他已经换上了龙笑愚的外套,但裤子还是原来的那条,看样子像是用手拧干了。

我递给他一包压缩饼干:"吃点东西吧。"

"不用。"

他冷冷地说,与此同时,从自己的背包里取出了一个湿漉漉的、装满了软糖的透明塑料袋和一瓶葡萄适,自个儿吃起来。

"吃这些就能填饱肚子?"龙笑愚好奇地问。

男青年没有回答,从塑料袋里抓起一把软糖,摊开手,递给龙笑愚,看样子是请他吃的意思。龙笑愚笑了笑:"谢谢啦!我不喜欢吃糖。"

我还真没听龙笑愚说过他不喜欢吃糖。不过他的疑心有些重,自然不敢吃这个陌生人递给自己的东西。

只听他接着对男青年介绍自己："对了，我叫龙笑愚。你叫什么名字？"

男青年打了个哈欠，漫不经心地说出了自己的名字："慕容思炫。"

对于他这傲慢的态度，龙笑愚好像有些不屑。但他没有表现出来。

"幸会幸会。"龙笑愚淡淡地说。

而我则接着说："复姓慕容？蛮特别的姓氏嘛。我叫唐洛樱，你好。"

那名叫慕容思炫的男青年朝我瞥了一眼，没有答话。

"我叫沈靖。这个是我女友凌汐。我们几个都是同学。"沈靖一股脑儿说道。

这回慕容思炫更加冷淡，瞧也不瞧沈靖，一边夸张地咀嚼着嘴里的软糖，一边望着前方的空气怔怔出神。

"喂！你——"沈靖被无视，尴尬中有些生气，似乎要发作。我连忙打圆场："慕容，你呢？你是还在读书，还是已经工作了？"

慕容思炫面无表情地说："无业。"

看来他确实性格孤僻，根本不喜欢跟别人交流。既然如此，我也不必勉强找话题跟他聊天了。龙笑愚和沈靖好像也有同感。接下来，大家都不再理会这个慕容思炫了。

·9·

吃饱喝足，沈靖急不可待："我们到宅子内部探险去吧！"

龙笑愚似乎也有些期待："走吧！"

我向慕容思炫问道："慕容，你和我们一起去吗？"

"随便。"他冷冷地说。

就当众人准备出发的时候，凌汐却说："阿靖，我有些不舒服。"

"怎么啦？"沈靖语气关切。

"好像有些感冒。"

我刚好站在凌汐身旁，顺手摸了摸她的额头，果然有些烫手。"好像有点儿发烧呀。"我说，"笑愚，你有带退烧药吗？"

"有啊。"

"我们到房间去吧，让小汐休息一下。"

众人赞成我的提议。沈靖接着说："右边的房间我们已经看过了，要不到左边的房间去吧。"他说罢指了指厅堂左前方的木门——根据慕容思炫的推理，这扇木门后也有六个房间。看来他不甘心让探险计划因自己的女友不舒服而取消。

"如果左边没有房间，我们岂非白走一趟？还是先把小汐安顿好再说吧。"我说。

"好吧。"相对探险，沈靖最终还是把女友放在了首位。

于是我们再次走进厅堂右前方的木门，重返古宅右侧的长廊，来到各个房间前方。

"房间怎么分配？每人一个？"龙笑愚问。

"我和小汐都是狗年的，我们就住戌狗之间好了。"沈靖说。

戌狗之间，就是慕容思炫刚才换衣服的房间，位于走廊尽头处的左侧，跟内堂十分接近。

"这样也行呀？我是鸡年的，那我就住酉鸡之间吧，哈哈！"龙笑愚说。

酉鸡之间位于走廊右侧的中间位置。我们第一次来到这道走廊时，右边的三个房间，就只有这个酉鸡之间的房门是打开的。

"你呢，小樱？"龙笑愚接着说，"你住哪个房间？"

他在说这句话的时候目光中闪烁着一丝期待。他是在期盼我说跟他同房吗？

然而这怎么可能呢？他自己也应该知道吧，我说"我跟你同住酉鸡之间"这句话的概率，比他买福利彩票中头奖的机会还要低。

刚好我站在申猴之间的前方，于是说道："我就住这个申猴之间吧。"申猴之间位于走廊左侧的中间位置。

我一边说一边有意无意地观察着龙笑愚的表情，果然我刚说完，他的脸上流露出失望的神情。买彩票不中奖也不用失落吧？反正中奖本来就是小概率事件。

我假装没发现他的失望，接着对慕容思炫问道："慕容，你住哪个房间？"

"随便。"他扭动了一下脖子，向午马之间瞥了一眼，淡淡地说，"就这个吧。"

午马之间也位于走廊左侧，跟厅堂最为接近。也就是说，现在沈靖及凌汐、慕容思炫，还有我，都住在走廊左侧的房间——其中我在中间位置，只有龙笑愚一个住在走廊右侧的房间。

接下来，龙笑愚从背包里取出退烧药交给沈靖。沈靖和凌汐走进了戌狗之间。慕容思炫也一声不响地走进了午马之间。走廊里只剩下我和龙笑愚两个。他提议："我们到处走走？"他真的不放过任何一个和我单独相处的机会。

我笑了笑："我想先休息一下，待会儿见吧。"

"那好吧。"

于是我转过身子，踏进申猴之间。

· 10 ·

跟其他五个房间一样，这个申猴之间大概十平方米，房内没有窗户，关上房门后，显得有些阴暗。

房间的中央摆放着一张双人架子床，床底留空，而床板的四周，其中三面设有三四十厘米高的围栏，床口的两边也各自设有四五十厘米宽的围栏，中间留下一个一米左右宽的缺口供人上下床。

床上放着两个长方形的格纹藤枕。除此以外，别无他物。

床前有两把圆凳。而在床边则放着一个实木衣柜，倚墙而置。

我把背包放在床上，接着在床板上坐下，霎时间感到一阵凉意从臀部掠过。凉意很快地传递到全身，我不由自主地打了个冷战。

凌汐说总觉得有人躲在暗处监视着我们的一举一动。真的是这样吗？

我微微地吸了口气，定了定神，掏出手机，想要把刚才所拍的关于古宅的照片发到微博上，但却发现这里根本没有信号，不能打电话，也不能上网。

这让我心中的不安感觉更加强烈。

"别吓自己呀。能有什么事呢？"我在心中安慰自己。

为了分散注意力，我用手机对着房间里的架子床、圆凳和衣柜等家具随意拍了几张照片，最后想给床上的两个藤枕来个特写，却无意中发现其中一个藤枕里好像有些什么。

我有些好奇，把藤枕里的东西取出来一看，竟然是一个类似于空调遥控器的东西。

但跟一般的空调遥控器不同，这个遥控器只有一个按键。这按键上有两个三角形图案和一根竖线，两个三角形都是顶角向右，左边的三角形的顶角跟右边的三角形的底边相接，而右边的三角形的顶角则跟竖线相接。这是我们平常用的影碟播放机的遥控器上代表"播放下一段"的按键。

此外，在这个按键上方，还有一个液晶显示屏，此刻上面显示着一个数字——97。是什么意思呢？总不会是97摄氏度吧？

　　不管怎样，这个现代化气息极强的遥控器，跟似乎仍停留在百年之前的古宅显得格格不入。为什么古宅里会有这样的一个遥控器呢？是谁放在这里的呢？是原来居住在古宅里的人，还是和我们一样偶然发现古宅的探险者？

第二章

谋杀

我刚想试着按一下这个来历不明的遥控器上的"播放下一段"按键，却听到房外有人敲门。

"谁呀？"

"龙笑愚。"

我先把遥控器放回藤枕中间，接着才说："进来吧，门没锁。"刚才进房以后，我只是把房门虚掩着。

龙笑愚把门推开，走进房间，笑了笑，问道："你在休息吗？"

他把背包带在身上，大概是不放心把自己的物品放在这座神秘古宅的房间里吧。

"嗯。怎么啦？"我的声音不温不火。

"小汐好些了。沈靖叫我们到他俩的房间玩三国杀。你去吗？"

"好啊！"现在才傍晚六点多，待在房间也没事可做，倒不如跟大家玩玩桌游，打发时间。

"现在就走？"

"好！"

于是我和龙笑愚走出申猴之间。龙笑愚正要前往沈靖和凌汐所在的戌狗之间，我问道："要不叫上那个慕容思炫吧？"

龙笑愚朝慕容思炫所在的午马之间看了一眼，压低了声音在我耳边说："尽量别跟他扯上关系为妙呀。"

"为什么？"我问。

龙笑愚吸了口气，低声道："他来历不明，而且行为怪异。你想想看，他怎么会一个人到这儿来？不会真的是一个人登山，走着走着就来到这里吧？"

我点了点头。"那你认为呢？"

"我认为这座古宅里隐藏着一个或多个不为人知的秘密。那个慕容思炫到这儿来，是跟这些秘密有关。"龙笑愚煞有介事地说。

我呵呵一笑："或许古宅里有宝藏，慕容是寻宝来的。"

龙笑愚也收起一脸严肃的表情，微微一笑："不过说起来，古宅里的家具似乎年代久远呀，不知道会不会真的很值钱。"

"家具也不一定是越老越值钱的。再说，哪怕值钱又怎样？你打算运出去售卖吗？"

我本以为龙笑愚是开玩笑的。没想到他却一脸认真地说："反正这里已经很久没人居住了。把这里的东西卖掉，也不会有人有所非议吧？"

他这句话让我又想起申猴之间里那个藤枕中间的遥控器。这个遥控器是此前的冒险者留下的吗？那么那冒险者为什么没把古宅里的家具卖掉？

我微微地吸了口气，说道："说起来，这座古宅原来住着什么人呢？后来为什么会离开呢？"

龙笑愚尚未答话，忽然午马之间的房门打开了，紧接着只见慕容思炫从房间里走出来。他向我和龙笑愚瞥了一眼，没有说话。

虽然我心里也觉得他有些怪异，但还是礼貌性地邀请道："慕容，一起玩三国杀吗？"

"不玩。"他一边说，一边从龙笑愚和我的身边走过，走向内堂方向。

"你去哪儿呀？"我在他后面追问。

"探秘。"他只丢下这两个字，不再多说什么，走进内堂，消失于我的视线之中。

内堂里还有两扇木门和一个没有门的入口，分别是通向哪里的呢？想来慕容思炫很快就能知道答案了。

"瞧，"我对龙笑愚说，"他要寻宝去了。要不要跟着他？"

"好啊！"对于我的提议，龙笑愚饶有兴致，"走吧！"

看来他真的不想放过每一个可以跟我单独相处的机会。

我笑了笑："那你快跟着他吧。我去跟沈靖和小汐玩三国杀。"

龙笑愚这才知道我说跟着慕容思炫只是玩笑话，脸上好像有些失望，但马上又恢复常态。

"三个人不好玩啦。至少要加上我才能用身份牌嘛。走吧！"

· 2 ·

我和龙笑愚来到戌狗之间。戌狗之间的面积、格局及摆放的家具跟我所住的申猴之间完全一致。此时凌汐半卧于架子床上，靠着围栏。沈靖则坐在床边，正在摆放三国杀的卡牌。

"小汐，你好些了吗?"我问。

"吃了退烧药，好多了。"凌汐的脸色的确比刚才好了一些。

"我们快开始玩吧!"沈靖催促。看来他确实是闷得慌了。

龙笑愚则微微地吸了口气，舔了舔嘴唇说道："在这深山中的古宅里玩三国杀，还真是别有一番滋味呀。"

就这样，我们四人打着手电筒玩起三国杀来。玩了一会儿，龙笑愚打出一张"闪电"锦囊牌。这张"闪电"，当它移动到某个人的判定区时，那个人在摸牌前便需要先判定：如果运气不好，中招了，会一下子受到三点伤害，基本等于被秒杀了；哪怕运气好，安然无恙，但"闪电"也不会消失，而会移动到下一个人的判定区里。

沈靖看到龙笑愚打出"闪电"，不禁嘟哝道："切!'闪电'呀?我最讨厌这张锦囊了!大家要轮着判定，除非有人中招，否则永无休止。"

龙笑愚笑了笑："这样才刺激呀!如果大家都一直满血，那还玩什么呀?"

他一边说，一边从背包里取出一瓶宝矿力水特，拧开瓶盖，递给我。他比较了解我，知道我除了宝矿力，基本不喝别的饮料。

"小樱，喝点东西吧。"

"好，谢谢。"

我接过，喝了一小口。与此同时，龙笑愚又从背包里取出另一瓶宝矿力，向沈靖和凌汐问道："你们要吗?"

沈靖摆了摆手："不用啦。"

凌汐也摇了摇头："我也不用啦，谢谢。"

龙笑愚"嗯"了一声，拧开瓶盖，自己喝起来。

"啊——"

就在这时候，房外忽然传来一声女子的轻呼，声音不大，但却十分清脆。

龙笑愚首先反应过来："什么声音？"

"我出去看看。"沈靖没等我们答话便一个箭步走出房间。

我和龙笑愚对望一眼，心领神会，不约而同地紧随沈靖而去。凌汐则留在房间里。

来到走廊上，我们打着手电筒四处查看，却没有看到半个人影。

沈靖搔了搔脑袋："人呢？"

我则自言自语："会是谁呢？"

"难道是那个慕容思炫？"龙笑愚吸了口气说道。

我不赞同他的假设，反驳道："明明是女人的声音呀！"

沈靖随即说道："对！我也听得很清楚！确实是女人的声音！"

"根据桌椅上的灰尘可以推断古宅里没人居住，此刻只有我们四个以及慕容思炫，刚才我们四个都在房间里，利用排除法可知，在房外发出叫声的人自然就是慕容思炫了。"龙笑愚分析道。

"可是那明明是女人的声音呀！难道是我听错了？又或者是，刚才根本没有声音，只是由于我对这里疑神疑鬼而产生了幻听？"沈靖说罢搔了搔脑袋。

我啼笑皆非，没好气地说："我们大家同时听到，怎么可能是听错或幻听？"

"这么说，"龙笑愚压低了声音，一字一顿地说，"难道古宅里真的还有别人？"

我咽了口唾沫，四处张望，不知怎的，还真觉得确实有一双眼睛躲在暗处监视着我们。

·3·

"发生了什么事呀？"

房间里传来凌汐那怯生生的声音。

于是我们三人回到戌狗之间。沈靖把走廊上的情况以及龙笑愚的推测跟凌汐说了。凌汐听后一脸害怕："这里真可怕呀！不如我们现在就离开吧！"

龙笑愚反对："雨还没停，而且现在已经天黑了，我们如果离开这儿，肯定会在山里迷路，今晚就要在野外过夜了，那比待在这儿危险得多。"

凌汐大概也觉得龙笑愚说得有道理，低低地"嗯"了一声。虽然理论上这里比野外安全，但凌汐还是一脸担忧。

沈靖安慰她说："放心吧，或许只是其他登山者而已。"

我不赞同他的观点："如果是其他登山者，为什么要躲起来呢？"

沈靖想了想："可能以为我们是坏人，所以不敢出来吧，哈哈!"在某种程度上,思想单纯的人是幸福的。

"总之,小汐,"他拍了拍胸膛,接着说,"有我在,你什么都不用怕。"

沈靖的话似乎并没有让凌汐安心多少。与此同时,我也有些惴惴不安。刚才发出轻呼声的女人到底是谁?这座古宅,到底隐藏着什么秘密?

"咱们继续玩吧!"沈靖说道。他还真是个乐观主义者。

就这样,我心不在焉地和他们玩下去。龙笑愚判定"闪电",抽到一张红桃A,安全,"闪电"随即移动到沈靖的判定区里。

"来了来了!真讨厌!"沈靖不悦。

而在龙笑愚移动"闪电"的时候,我无意中朝卡牌上的闪电图案看了一眼,不知怎的,竟然想起一个多小时前的那道耀眼的闪电,那个震天动地的响雷。

· 4 ·

玩了三局,用了一个多小时。不知道为什么,玩着玩着,我的脑袋有些昏昏沉沉,心中明明没有睡意,但眼皮却快要垂下来了。

"我有些累,不玩了。"

我一边说一边站起来,只觉得身体疲惫,四肢无力。

龙笑愚也站起身子:"我送你回去吧。"

我婉拒了："不用啦，你们继续玩吧。唔，明儿见。"

没等他们答话，我已经转过身子，走到门前，打开了房门，走出了戌狗之间，糊里糊涂地回到旁边的申猴之间。因为实在太困，甚至困得连眼睛也睁不开了，因此回到申猴之间后，我只是把房门关上，来不及上锁，便倒在床上呼呼大睡。

· 5 ·

不知道睡了多久，我迷迷糊糊地醒来，睁开眼睛，摸了摸眼眶，发现自己的双眼有些浮肿，而脑袋还是有点儿昏昏沉沉，对于昨晚回房前后的记忆比较模糊。

我慢慢地坐起身子，竟然发现此刻自己的身上只穿着内衣裤！我大吃一惊，脑袋一下子清醒了过来。与此同时，两手不由自主地环抱于胸前。

发生了什么事？是谁把我的衣服和裤子脱掉的！

定了定神，四处一看，只见我的衣服和裤子就在地上。我连忙走下床把衣裤捡起来，穿好以后，一颗正在怦怦跳动的心脏才总算稍微平静下来。

昨晚我入睡后有人闯进来了？我一边想一边走到门前，查看房门。房门上有一根木制的门栓，那自然是给房内的人上锁用的。但昨晚我回房后由于极困，并没有把门栓插上便上床睡觉去了。也就是说，在我熟睡的时候，别人可以在我的房间来去自如。

想到这里，不寒而栗。那个闯进来把我的衣裤脱掉的人是谁呢？是认识的，还是不认识的？假设是认识的，最有可能是谁？沈靖对凌汐十分专一，他不会对我做这样的事。这么说，是龙笑愚或者慕容思炫？

龙笑愚？说起来，昨晚喝了龙笑愚递给我的宝矿力后，我的脑袋就逐渐昏昏沉沉，最后还昏睡了过去。难道那瓶宝矿力里有安眠药？对了，当时龙笑愚为什么要帮我把瓶盖拧开呢？因为龙笑愚早就打开了那瓶宝矿力，往里面投了安眠药，所以在把宝矿力递给我的时候，为了掩饰"宝矿力早就被打开过"这件事，帮我把瓶盖给拧开了？

这么说，一切都是龙笑愚干的？把我的衣裤脱掉的人就是他？我昨晚被他侵犯了？

不过此刻我只是觉得脑子有些迷糊，手脚有些酥软，而身体却并无异样，不像是被侵犯了的样子。我在感到庆幸的同时，心里却更加疑惑了：昨晚到底发生了什么事？

·6·

我看了看手机上的时间，原来已经是上午了，此刻刚过八点。

我带上背包，打开房门，走出了申猴之间，骤然看到有一个人蹲在走廊上。我微微一惊，不由自主地退回房间，定了定神，定睛一看，原来是慕容思炫。此刻他似乎在查看着地面。

我微微地松了口气。

"早呀，慕容。"

我跟他打招呼，但他却似乎没有听到，甚至瞧也不瞧我一眼，专心致志地盯着地面，就像地上有一些极为吸引他的东西一般。

昨天我便知道他脾气古怪，因此此刻他不搭理我，我也不在意，走到他身边，弯下腰问道："你在看什么？"

慕容思炫这才轻轻地打了个哈欠，淡淡地说："地上有血。"

"血？"

我吃了一惊，低头一看，果然看到走廊的地面上隐隐约约有一些暗红色的血迹。

"难道这座古宅以前发生过血案？"

我被自己的推测吓着了，在说这句话的同时，一股冷意从背脊直泻下来。

没想到慕容思炫接下来的话却更让我骇然失色。

"昨晚走廊上没有血。血是今天凌晨留下的。"

"什么？"我咽了口唾沫，"你的意思是，就在不久前，有人在这道走廊里被袭击，因此留下一摊血？这……太可怕了吧！"

慕容思炫微微地吸了口气，又说："此外，还有拖动重物的痕迹。"

"拖动重物？"

我刚说完，他忽然站起身子，呆滞无神的眼神突然变得锐利起来，紧紧地盯着我，面无表情地问道："你的同伴们呢？"

"我也不知道，"我摇了摇头，"我刚醒来。昨晚我睡的时候，他们三个还在玩三国杀。"

慕容思炫向龙笑愚所住的西鸡之间瞟了一眼，淡淡地说："去看看。"

我点了点头，和慕容思炫一起走到西鸡之间的门前。我正要敲门，却听身后传来一阵开门声。回头一看，原来是凌汐从戍狗之间走出来了。

"早呀，小汐。沈靖呢?"我笑了笑，"还在睡觉?"

"他不在房间里。"凌汐一脸不安。

我"咦"了一声："不在房间里? 哪儿去了?"

凌汐听我这样问，更加担忧了："我……我也不知道。我醒来的时候就发现他不在房间里了。你们没看到他吗?"

"没有呀!"我想了想，安慰凌汐说，"别太担心，或者他是和龙笑愚到古宅内部探险去了。他昨晚不是说要去探险吗?"

凌汐摇头："再怎么说，他也不会丢下我一个人在房间里的。"

确实如此。沈靖虽然是个马大哈，但也不会如此不分轻重，在这样一座充满神秘气息的古宅中，把发烧的女友一个人留在房间里。

"我们找龙笑愚问问吧。"我提议道。凌汐轻轻地点了点头。

于是我转过身子敲了敲西鸡之间的房门。"笑愚，你在里面吗?"

没人应答。龙笑愚还没起床吗? 或者是，他根本不在房间里?

然而当我推开那虚掩的房门时，却发现自己的这两个猜测都是错误的。

龙笑愚并没有离开房间，但也并非还在熟睡中。他横躺在床前，赤裸上身，一动也不动。他头部周围的地板上，满布鲜血！

· 7 ·

"啊！"

我轻呼一声，两手捂嘴。

"什么事……"

凌汐一边问一边跑过来，当她看到西鸡之间里的情景时，语声戛然而止，取而代之的是失声大叫。

凌汐本来就比较胆小怕事，突然看到如此情景，自然惊慌失措。而慕容思炫此时的反应跟她形成了强烈的对比。他面不改色，一步一步地走进西鸡之间，来到龙笑愚跟前，蹲下身子，探了探他的鼻息，又摸了摸他的心脏，冷冷地说："没呼吸，也没心跳，而且瞳孔扩散，已经死了。"

我这一惊实在非同小可。龙笑愚竟然死了？尽管他并非我的什么重要之人，但我一时之间却无法接受他已永远离我而去这个事实。我甚至突然想起昔日和龙笑愚相处的一些零碎的片段，心中一阵悲伤。

"怎……怎么会这样呀？"凌汐颤声问道。

而慕容思炫竟若无其事地继续查看着龙笑愚的尸体。

"他的头部有表皮剥脱及皮下出血，估计死因是被钝器重击头部。从伤口判断，应该是被扳手之类的东西所伤。"

"扳手？"我想象着凶徒用扳手袭击龙笑愚的情景，心中有些害怕。

慕容思炫扭动了一下脖子，用毫无抑扬顿挫的声音接着说："尸体的腹部开始膨胀，尸僵已遍布全身，尸斑逐渐退色，角膜中度浑浊，结膜也开始自溶，估计已经死了九到十一个小时。"

我瞠目结舌。这个来历不明的男青年竟然对尸检知识如此熟悉，说起来如数家珍，难道他是警察或法医？

我还在思索，只见慕容思炫回头向我和凌汐看了一眼，最后说道："也就是说，他被杀的时间是昨晚九点到十一点之间。"

"九点到十一点？"我想了想，向凌汐问道，"小汐，我昨晚回房的时候大概是几点？"我昨晚喝下宝矿力后就浑浑噩噩，记忆模糊，根本记不起自己是什么时候离开戍狗之间的。

凌汐思索了好一会儿才说道："应该是八点左右吧。"

"那接下来呢？你们玩到几点？"

"你离开后，我们大概又玩了一个小时吧，之后龙笑愚也离开了。"凌汐一边回忆一边说道。

我分析道："也就是说，龙笑愚是在九点左右回房的。慕容你说龙笑愚的死亡时间是九点到十一点。这么说来，他在回房后没多久就被杀死了？"

慕容思炫无视我和凌汐的谈话，继续查看龙笑愚的尸体。突然，他在尸体旁边捡起什么，说道："尸体旁边有一条手链。"

我向慕容思炫刚捡起来的手链看了一眼，不由得微微一怔。

那条银手链的主体部分是两个相连的心形，因此被称为心连心手链。

为什么我会这么清楚？因为那是我的手链——至少我有一条一模一样的。

我不由自主地摸了摸自己的手腕，果然发现一直戴在手上的心连心手链不翼而飞了。

怎么会这样？难道慕容思炫在龙笑愚的尸体旁边发现的这条手链真的是我的？

我的手链为什么会掉在龙笑愚的尸体旁边？

我还在思索，却忽听凌汐指着慕容思炫拿在手上的手链，有些激动地叫道："那是小樱的手链！"

·8·

凌汐的话让慕容思炫把目光投射到我的脸上。

"我……我……"我一时之间不知道该说什么。

慕容思炫盯着我的脸，冷冷地说："这条手链断了。这很有可能是凶手戴在手上的手链，凶手在跟龙笑愚打斗的过程中，手链断裂，掉在地上，但凶手没有发现。"

凌汐听了慕容思炫的这句话，脸上的表情既惊讶又害怕，指着我颤声道："唐洛樱，是你杀死了龙笑愚？"

"当然不是呀！"我大声说。我平时比较冷静，处变不惊，但此时事关重大，我必须坚决澄清。

"如果不是你，为什么你的手链会在龙笑愚的尸体旁边？"

凌汐的声音虽然略带怯弱，但其中质问的语气已十分强烈。

"我没去过龙笑愚的房间！那不是我的手链！我只是有一条跟这手链款式类似的银链而已。"我在撒谎。我刚才只看一眼便知道慕容思炫捡到的这条手链跟我的丝毫无异，绝非类似这么简单。但我昨晚确实没有去过我们现在所在的这个西鸡之间，所以我的手链不可能掉落在这里。

"那你的那条手链呢？"凌汐追问。她本来是个文静懦弱的女生，什么事都拿不定主意。但此时龙笑愚被杀，她的男友又失踪了，这迫使她为了保护自己而变得凌厉起来。

"我没带来。"我再次撒谎。情况对我越来越不利，我必须尽快洗刷自己的嫌疑。

没想到凌汐却立即揭穿了我的谎言："你撒谎！昨天我还看到你戴着那手链。"

"我……对了！"我深深地吸了口气，说道，"我那条手链的系扣上刻着我的英文名字。慕容，你可以看看你捡到的这条手链有没有刻字。"

说到底，我还是相信龙笑愚尸体旁边的手链并非我的，因此提出这个建议。

慕容思炫看了看手上的手链的系扣，向我瞥了一眼，冷然道："Eva？"

我大吃一惊。因为 Eva 正是我的英文名。"系扣上刻着 Eva？

这条手链真的是我的？我……我……"我不知道要怎样解释了。

"杀死龙笑愚的凶手真的是你？"

凌汐语气激动。她接着大声问我："阿靖在哪里？"

"我不知道呀！"我深深地吸了口气，"真的不是我干的！如果是我，我干吗主动叫慕容检查系扣？"

"证据确凿，你还要抵赖？"凌汐紧紧地盯着我的脸。

"小汐，你冷静一些好不好呀？你如果先入为主地认为我是凶手，只会越想越偏激，离真相越来越远。"

我快速地吸了口气，接着说："昨晚的情况应该是这样的：我回房睡觉后，凶手杀死了龙笑愚，随后潜入我的房间，取走我的手链，再把手链丢在龙笑愚的尸体旁边，想要把杀人的罪名嫁祸给我。"

凌汐稍微冷静下来，但望着我的眼神中仍然充满怀疑："凶手进入你的房间，还取下你的手链，都没把你惊醒吗？"

"我……我……"

对于安眠药一事，要不要说出来呢？我思索了两秒，决定还是说出来。

"我服下了安眠药，所以处于深度睡眠中。"

"无缘无故你干吗要吃安眠药？"凌汐质疑道。

"不是我自己吃的，我被人算计了。我怀疑下药的人是龙笑愚。你还记得昨晚我们玩三国杀的时候龙笑愚递给我的那瓶宝矿力吗？我想，龙笑愚早就在那瓶宝矿力里投放了安眠药粉末。"

"是吗？"

"是呀！你忘了吗？当时他还主动帮我把瓶盖拧开呢！不觉得他这个动作有点多此一举吗？因为他在掩饰'宝矿力早就被打开过'这件事呀！"此刻我已经冷静下来，据理力争。

凌汐似乎也减轻了对我的怀疑。她将信将疑地问："你真的不知道阿靖在哪儿？"

"是呀！啊？难道……"我忽然想到了一件事。

"什么呀？"凌汐问。

我舔了舔嘴唇，一字一顿地说："杀死龙笑愚的人，会不会是沈靖？"

"你说什么？"凌汐又惊又怒。

"难道没有这种可能性吗？沈靖跟龙笑愚发生矛盾，失手杀死了他。现在沈靖不是失踪了，而是逃跑了。"我分析道。

"不！"凌汐叫道，"阿靖怎么会杀人？再说，他没有杀死龙笑愚的动机吧？"

"我也没有动机呀！"我没有放过任何一个帮自己澄清的机会。

久久没有说话、一直在望着龙笑愚的尸体发呆的慕容思炫这时冷不防说道："沈靖是凶手的可能性不大。"

"为什么？"我问。

慕容思炫的这句话，让凌汐松了口气。虽然她不知道慕容思炫是何方神圣，但见他分析问题的时候如此客观冷静，而且又掌握各种专业知识，觉得他非同寻常。他说沈靖不是凶手，那沈靖就应该不是凶手了。

然而，慕容思炫接下来的这句话，却让凌汐脸色大变，面容扭曲。

"因为，我怀疑，沈靖也已经遭遇不测了。"

"你……你……你说什么呀？阿靖……怎么会……"凌汐急得要哭出来了。

而我则问："为什么你会这样认为呢？"

慕容思炫一边把刚才在龙笑愚尸体旁边所捡到的我的那条银手链放进自己的口袋，一边用毫无起伏的语气说道："走廊上有血迹。从龙笑愚的伤口判断，他的出血量不多，所以走廊上的血应该不是龙笑愚的。那最有可能是谁的呢？我认为是沈靖。"

没等我和凌汐答话，他接着说道："我们跟着那些血迹向前走，很有可能就能找到沈靖——或是沈靖的尸体。"

·9·

走出气氛恐怖、令人压抑的酉鸡之间后，慕容思炫指了指走廊的地面，说道："这座古宅没人居住，地板上铺满了灰尘，但在这道走廊上，却有一些位置没有灰尘，那些是拖动重物的痕迹。"

"拖动重物？"凌汐问道，"什么意思？"

慕容思炫没有回答她的问题，接着又说："而且，这些灰尘被抹去的位置上，隐隐约约有一些血迹。"

"那你的意思是……"我已经大概明白慕容思炫想说什么了。

果然他接下来所说的话跟我想的基本一致。

"我认为，今天凌晨，沈靖被人袭击，倒地昏迷或死亡，凶徒拖着沈靖或沈靖的尸体，离开了走廊，因此抹去了地板上的灰尘，同时留下了从沈靖的伤口中流出来的血。"

我朝地板看了一眼，只见血迹是向厅堂方向延伸的。

"我去看看。"

凌汐大概也认为慕容思炫那"跟着血迹向前走就能找到沈靖"的推测很有道理，急不可待地跟着血迹延伸的方向走向厅堂。她本来胆小懦弱，昨天在这座神秘的古宅里，似乎只想一直待在厅堂附近，等雨停就走，不敢越雷池一步，但此刻为了寻找男友，她变得积极主动，不再畏惧前方未知的危险。这就是爱情的力量吧。

慕容思炫紧随其后。我也随即跟上了他们两人。

血迹越来越淡，当我们来到连接厅堂和走廊的那扇木门的时候，血迹已几乎消失。不过由于厅堂的地板也布满灰尘，所以拖动物体的痕迹倒是一直都较为清晰的。

最后，我们跟着那道痕迹，来到古宅的大门前方。

此刻大门紧闭，阳光透过门缝照进来，射在地板上，稍微驱除了一点古宅内的死亡气息。

但我已无心享受阳光。因为我发现了一件严重的事。

昨天进入古宅的时候，我们看到大门上有两个门环。原来大门的内侧也有两个门环，左门和右门各一个。让我吃惊的是，此时竟然有一把U型防盗锁穿过了两个门环，把大门锁上了。也就是说，我们无法打开大门离开古宅了！

慕容思炫走到大门前，伸手拉动那把防盗锁，只见两扇木门之间被打开了一道十厘米左右宽的空隙。然而这道空隙，根本不足以让人通过。

我也走到门前，透过空隙向外望去，雨已经停了，风和日丽。

我真的很想逃离古宅这个黑暗恐怖的地方，回归外面那个充满阳光的世界。然而，我无法离开。

"为什么会有一把防盗锁？"凌汐的声音里交织着恐惧和疑惑，"是谁把大门上锁的？"

慕容思炫冷冷地答道："很有可能就是杀死龙笑愚、导致沈靖失踪的那个人。"

"这个人现在还在古宅里？"凌汐颤巍巍地问道。

虽然我也不希望这个杀死龙笑愚的凶徒还在古宅里，但这却是不容置疑的事实。我点了点头："恐怕是的。防盗锁是在门的内侧上锁的，也就是说，上锁的人，此刻一定还在古宅内部。"

"啊？那怎么办啊？"凌汐环顾四周，似乎生怕凶徒会突然蹿出来。

"我们快报警吧！"她接着说。

"这里没有信号，用不了手机。"我昨天刚到古宅想要发微博的时候就发现这里没有信号了。

凌汐不相信，掏出手机一看，随即一脸失望。而我也抱着侥幸的念头，把自己的手机拿出来，但却跟昨天一样，连半格信号也没有。

"那怎么办呀？怎么办呀？对了！"凌汐忽然说，"我听阿靖说，好像没有信号也能拨打紧急电话呀！"

"真的吗？"

我两眼一亮，连忙尝试用手机拨打110，然而电话却没有任何声音。我不死心，接下来又拨打了好几次，但电话没有任何反应。

龙笑愚被杀，沈靖失踪，我们三人无法离开古宅，也无法通知别人来救我们。现在的情况可谓糟糕之极。

"我们回走廊去吧。"

慕容思炫冷不防说道。没等我和凌汐答话，他已转过身子，离开大门，径自向前，走进了厅堂右前方的木门。

"跟着他吗？"凌汐问我。

我点了点头："大家待在一起比较安全。"与此同时，我在心中补充了一句："如果凶手不在我们之中的话。"

· 10 ·

在返回走廊的路上，我的脑中思考着一个又一个的问题。

首先，杀死龙笑愚的凶手到底是谁？是慕容思炫？是凌汐？是失踪的沈靖？还是某个藏在古宅里的凶徒？

其次，我要怎样才能离开这座死亡古宅？找到大门上那把防盗锁的钥匙？或者找到破坏防盗锁的工具？

还有，在找到离开古宅的方法前，我要怎样保护自己，避免遭受凶徒的袭击？一直躲在房间里吗？

想着想着，我和凌汐已回到走廊，只见慕容思炫半蹲在地上，望着地板上的血迹怔怔出神，若有所思。忽然，凌汐向前走去，经过慕容思炫的身边，快步走进她和沈靖昨晚所住的戌狗之间，也不跟我和慕容思炫打招呼，直接把房门关上了。紧接着，房内还传出了把门栓插上的声音。

看来她的想法和我一样，在成功逃离古宅前，要把自己反锁在房内，躲避凶徒的袭击。

她甚至在回房前不跟我和慕容思炫打声招呼，看来对我和慕容思炫已经有些不信任了。这也难怪，我自己不也怀疑凌汐或慕容思炫就是杀死龙笑愚的凶手吗？在这个人心惶惶的时刻，在这个被死亡气息所笼罩的封闭空间中，每个人最信任的人，都只剩下自己了。

我也刚想回房，却见慕容思炫慢腾腾地站起来，稍微伸展了一下四肢，接着朝龙笑愚的尸体所在的西鸡之间走去。我不禁问道："你进去干吗呀？"

他头也不回，冷冷地答道："找线索。"

他如此努力寻找真相，想要揪出凶手，应该是好人吧。不！谁知道呢？或许凌汐的惶恐无助和慕容思炫的积极寻凶，都只是在演戏而已。

于是我"哦"了一声，也不理会他，转身回到我所住的申猴之间，关上房门，插上门栓，把自己反锁在房间里。

回到房间，我不禁又想起今天起床时发现自己只穿着内衣裤的事。到底昨晚把我的衣服脱掉的人是谁呢？是被杀前的龙笑愚，还是杀死龙笑愚的凶手？

昨晚到底发生了什么事啊？

我还在思索，却忽听房外传来一声尖叫。

那是凌汐的声音。

"砰！"紧接着还传来一阵粗鲁的开门声。

我走到门前，把门栓拉开，打开房门，还没走出去，刚好看到慕容思炫也从西鸡之间里走出来。他大概也是被凌汐的叫声惊动了吧？

而当我来到走廊时，看到眼前的情景，不由得骇然失色！

我看到凌汐坐在走廊尽头处、通往内堂的入口前，脸色苍白，全身颤抖。

而让我感到吃惊的是，此刻在凌汐的前面站着一个人！

这个人的头上戴着面具，那是一个木制的傩舞面具，半人半兽，龇牙咧嘴，狰狞恐怖。他（她）的身上穿着黑色大衣和黑色长裤，把身体完全遮盖，让人无法通过体形辨其性别。此外，他（她）的手上还拿着一把扳手！

扳手？慕容思炫不是说过杀死龙笑愚的凶器就是扳手吗？

难道此刻离我不到十米的这个面具人，就是杀死龙笑愚的凶手？

这个凶手是谁？

肯定不会是现在和他（她）同时出现的慕容思炫或凌汐。

也就是说，要么是沈靖，要么是藏身于古宅的神秘人。

但如果是沈靖，他此刻生龙活虎的，显然没有受伤，那走廊上的血迹又是谁的？是某个住在古宅里的人的？

假设面具人真的是沈靖，那情况有可能是，昨晚沈靖杀害龙笑愚的时候，被某个藏在古宅中的人（有可能是我们玩三国杀时在房外大叫的那个女人）看到了，因此沈靖还袭击了那个人，最后甚至把那个人（或那个人的尸体）拖到古宅外？

这些念头在我的脑海中一闪而过。我还没回过神来，面具人却已转过身子，朝内堂跑去。

第三章

凶徒

慕容思炫反应奇快，我还在发呆之际，他已拔足追向面具人。

我吸了口气，跑到凌汐身旁，把她扶起。"小汐，你没事吧？"

她摇了摇头。

"那个人是谁呀？"

"我也不知道，他（她）是突然从衣柜里蹿出来的。"

小汐声音惶恐，大概是想起刚才在自己毫无心理准备的情况下面具人突然出现的情景，心有余悸。

"我们跟去看看。"

"好。"

我和凌汐紧随慕容思炫，走进内堂，只见慕容思炫跑到内堂中央的六角茶几旁侧，而那面具人则已在内堂右前方的木门前。突然眼前一花，面具人打开木门，跑了进去。与此同时，慕容思炫也已追到那扇木门前方。但他终究迟了一步，还没碰到木门，面具人已在门后"砰"的一声把木门关上了。

我和凌汐走到慕容思炫身后，只见他正在尝试把木门推开，但并不成功。我问道："上锁了？"

慕容思炫"嗯"了一声："门后有门栓，我刚才听到里面传出拴上门栓的声音。"

我点了点头，向前一看，只见这扇木门上也刻着四个字——"玄武之间"。看来木门后也是一个房间，跟我们昨晚所住的什么申猴之间、戌狗之间、酉鸡之间类似。

此刻面具人就在这间玄武之间里。他（她）逃不了了。

"你们走开。"慕容思炫忽然说道。

"什么？"我微微一怔。

"走开，我要破门。"他说着，伸展了一下四肢。

凌汐有些担忧地说："小心呀！他（她）手上有武器！"

她所指的"武器"自然就是扳手——这个极有可能就是杀死龙笑愚的凶器的工具。

慕容思炫回头向凌汐瞥了一眼，冷冷地说："这样的对手，哪怕每个都配上武器——不准用枪，我能同时对付五个。"

我对他的话比较怀疑。他个子不算高，而且身体有些清瘦，怎能以一敌五？但我转念又想，人不可貌相，他哪怕不能一个打五个，但既然口出狂言，恐怕对付一个没问题吧？

我拉着凌汐的手，后退了几步。

慕容思炫提起右足，似乎准备踢向木门，却忽然"咦"了一声，看了看自己的手掌，接着又低头望向地板，怔怔出神。他就这样保持着金鸡独立的姿势足有三十秒，实在有些滑稽。但当此情形，我却笑不出来。突然，他的右脚毫无先兆地踹向木门，速度极快，力量极大，只听"砰"的一声巨响，木门已被他踹开了。

瞧他这利索的动作，看来还真有两下子，他说自己能以一对五，恐怕也并非不可能。

凌汐把我的手抓得更紧了，似乎害怕面具人会突然蹿出来，就像刚才从戌狗之间的衣柜里跳出来那样。

而慕容思炫则走前一步，探头一看，接着抓了抓那杂乱不堪的头发。

"怎样?"我在后面问道。

"没人。"他没有回头。

"没人?"我大奇，"怎么会呢?"

"你自己看。"

我吸了口气，放开凌汐的手，走到门前，往里面一看，那是一个二十平方米左右的房间，里面放置着架子床、梳妆台、衣柜、长椅等木制家具。此外，在正对着房门的墙壁的右侧，还有一扇木门，看样子是这个玄武之间的后门。此时此刻，后门是关上了的。

房内确实没有人。

我们明明亲眼看着面具人跑进了这个玄武之间呀!他（她）现在在哪儿呢?

我想了想，有三个可能:第一，躲在衣柜里;第二，躲在床底;第三，从后门逃跑了。

慕容思炫所想的跟我一样，我还在思考，他已走进玄武之间，先打开衣柜——没人，接着又趴下身子看了看床底——大概还是没人。最后，他把目光落在后门上。

既然面具人已不在玄武之间里，那我也不必害怕遭受袭击了。于是我也走进玄武之间，来到后门前方，只见地上放着面具人刚才穿戴的傩舞面具、黑色大衣和黑色长裤，此外还有他（她）刚才拿在手上的扳手。

也就是说，面具人进来后，先摘掉面具，再脱去衣裤，还扔掉扳手，然后才从后门逃离。

我伸手尝试把后门打开，却发现后门上锁了。

慕容思炫走到我的身后，淡淡地说："我昨晚进这个玄武之间看过，这扇后门的后方有门栓。刚才面具人跑进玄武之间后，先把房门的门栓拴上，然后从后门离开玄武之间，再从房外拴上后门的门栓，截断我们追赶的道路。"

我点了点头。慕容思炫所说的确实就是唯一的可能性了。

他接着又说："不过有一个疑点。"

我"咦"了一声，好奇地问："什么疑点？"

慕容思炫指了指地上的面具、衣裤和扳手。

"为什么面具人要先摘下面具，脱掉衣裤，扔下扳手，再逃离玄武之间？"

他这样一说，事情还真有点儿奇怪。面具人扔掉面具、衣裤和扳手再逃跑的理由到底是什么呢？这个举动真的不合常理呀。

"你有什么看法？"我向慕容思炫问道。

他抓了抓自己那凌乱不堪的头发，神色平淡地说："以目前掌握的线索，还不足以解开这个谜团。"

没等我答话，他蹲下身子，捡起地上的扳手，稍微查看了一下，说道："这个扳手跟龙笑愚头部的伤口吻合，而且上面还有血迹，应该就是杀死龙笑愚的凶器。"

"这么说，刚才那个面具人果然就是杀死龙笑愚的凶手？"我说。

"可能性很大。"慕容思炫淡淡地说。

"阿靖的失踪也跟这个面具人有关吗？"凌汐一脸焦急，"他（她）为什么要抓走阿靖呀？阿靖现在到底在哪儿呀？"

"恐怕只有那个面具人知道了。"我微微地叹了口气，指了指玄武之间的后门，对慕容思炫说，"对了，慕容，你知道这扇后门是通往哪里的吗？"

"厅堂，"慕容思炫没有看我，一边翻看地上的傩舞面具一边说，"就是大门所在的那座厅堂。"

"这么说，面具人从后门离开后，一直向前，现在就在厅堂里？"我问。

慕容思炫摆弄完那个傩舞面具，又去翻看面具旁边的黑色衣裤，与此同时还回答了我的问题："最有可能的情况是：面具人从玄武之间的后门离开后，来到古宅的厅堂，走进厅堂左前方的木门，来到古宅左边的走廊，再通过走廊来到古宅的左侧内堂，然后通过左侧内堂的那个没有门的入口，进入了古宅内部，现在已经在某个房间里躲了起来。"

我叹了口气："如果真是这样，那还真无从找起呀。对了，我们到这玄武之间的后门外面去瞧瞧吧，或许面具人留下了什么重要线索。慕容，你带路，好吗？"

慕容思炫"哦"了一声，转过身子，径自走出玄武之间。

我紧随他而去，走出玄武之间经过凌汐的身旁时，我对她说：

"走吧，小汐。"

·2·

我和凌汐跟着慕容思炫离开内堂，回到走廊，经过酉鸡之间的时候，只见龙笑愚的尸体还在房间里，一动也不动。想到昨晚他还是个活生生的人，还在跟我们一起玩三国杀，而现在却成了一具没有灵魂的尸体，永远也不会和我们说话，我的心里不禁有些难过。人的生命真的很脆弱。

"刚才在戌狗之间里发生了什么事？"慕容思炫的话打断了我的思索。他是在问凌汐。

我回过神来，朝凌汐看了一眼，只见她脸色微变，大概是又想起刚才面具人突现的情景，心中后怕。她定了定神，小声说："刚才我走进戌狗之间后，把房门上的门栓插上了，接着坐在床上休息。过了一会儿，衣柜的门突然打开了，那个面具人从衣柜里跳出来……"

她说到这里，声音颤抖了："他（她）的手上高举着扳手，似乎要袭击我。我很害怕，连忙跑到门前，把门栓拉开，使劲推开房门，逃到走廊上，朝内堂的方向逃跑。"

她顿了顿，吸了口气，继续道："那面具人也追了出来。我拼命地跑，跑到内堂前方的时候，却被门槛绊倒了，再也跑不动了。面具人一步一步地走到我的身前。我以为自己逃不掉了，心里感到绝望，闭上眼睛等死。幸好这时候，你和小樱从房间里走出来，吓跑了面具人。"

慕容思炫打了个哈欠，冷冷地说："那面具人应该是在我们到大门查看的那段时间，偷偷潜入戌狗之间，并且在衣柜里躲起来的。"

"这个面具人到底是谁呢？"我喃喃地说，"会不会是失踪了的沈靖？"

慕容思炫还没回答，凌汐有些激动地说："怎么会呢？阿靖怎么会袭击我？"

"根据你的叙述，面具人并非真的要袭击你。"慕容思炫不紧不慢地说，"他（她）从衣柜跳出来后，给你留下了开门逃跑的时间；而在你被门槛绊倒后，他（她）也只是慢慢地向你走去。如果他（她）真的要袭击你，恐怕你根本没有足够的时间打开戌狗之间的门逃出来。"

"既然并非要袭击小汐，那为什么要躲在戌狗之间的衣柜里？"我提出自己心中的疑问。

慕容思炫的语气终究没有一丝起伏："他（她）恐怕只是想要引起我们的注意，然后逃跑。"

"为什么要这么做呢？"我又问。

但慕容思炫却没有回答，斜眉紧皱，似乎他也想不通这个问题。

我微微地吸了口气，说道："不过呀，细想之下，那面具人是沈靖的可能性的确不大，那应该是一个本来就藏在古宅里的凶徒。"

"肯定是这样！阿靖一定是被他（她）抓走了！"凌汐又激动起来，"我们快点想办法救他……"

我们边走边谈，此时已经回到古宅的厅堂。凌汐还没说完，慕容思炫指了指厅堂右侧墙壁上的那个没有门的入口，淡淡地说："从这里走进去，就能到达玄武之间的后门。"

· 3 ·

我走到门前，探头一看，门后看样子是一道走廊。我和凌汐在慕容思炫的带领下走了进去，里面果然是一道迂回曲折的长廊。长廊里漆黑一团，于是我和凌汐各自拿出手机，打开照明灯，携手而行。

"刚才面具人从玄武之间的后门离开玄武之间后，就是通过这道长廊逃跑的。"

我在前进的过程中说道。

"是的。"慕容思炫冷冷地说。

"那面具人会不会根本没有逃跑？"凌汐的声音有些害怕，"他（她）会不会还在玄武之间的后门那儿，即这道长廊的尽头？"

"有可能。"慕容思炫说。

"什么？"我惊道，"你的意思是，面具人离开玄武之间并且把玄武之间的后门的门栓插上后，就待在原地埋伏，等候我们前来?"

"面具人埋伏我们的可能性不大。但有另一种可能性，"慕容思炫大大地打了个哈欠，淡淡地说道，"那就是，面具人通过后门离开玄武之间并且把后门的门栓拴上后，先在原地等候。"

他咬了咬食指，接着说："也就是说，我们破门进入玄武之间，走到后门前查看的时候，面具人就站在门后，跟我们只有一门之隔，甚至听到我们说话。"

"而在我们离开玄武之间后，面具人就拉开后门的门栓，重返玄武之间，并且通过玄武之间的正门逃跑？"我接着慕容思炫的话道。

慕容思炫"嗯"了一声："正确。"

"只要我们走到长廊的尽头，看看玄武之间的后门的门栓是否被插上，就能知道到底是哪种情况了。"我最后总结道。慕容思炫没有回答，大概是觉得我这句话是废话，不屑回答吧。

长廊不短，我们边走边聊，走了好一会儿，还没走到尽头。

"对了，"我忽然想起刚才慕容思炫破门前金鸡独立的事，又向慕容思炫问道，"刚才我们站在玄武之间前，你准备破门时，忽然看着自己的手掌发呆，过了一会儿后才破门，你当时在看什么？"

慕容思炫稍微停住脚步，回头向我看了一眼，冷然道："当时，发生了不可思议的事。"

在这狭窄黑暗的长廊里，在这神秘诡异、令人压抑恐惧的环境中，慕容思炫所说的这句话，无论是说话时的眼神或语气，还是这句话的内容，都显得有些吓人。他刚说完，凌汐把我的手握得更紧。而我自己也不由自主地打了个冷战。

"什……什么事呀？"我硬着头皮问道。

"你们还记得我在龙笑愚的尸体旁边找到的那条手链吗？"

慕容思炫把头转回去，边走边问。

我和凌汐跟上了他。

"就是我的那条手链吧。"我如是说。虽然我的手链在龙笑愚的尸体旁边被发现，但龙笑愚的死确实跟我无关——最直接的证据就是刚才凶徒和我同时出现了，我清者自清。

"在离开西鸡之间前往厅堂之前，我把这条手链放到自己的口袋里。从厅堂回到走廊后，凌汐回到戌狗之间，你回到申猴之间，而我则重返西鸡之间寻找线索。进入西鸡之间后，我再次把那条手链拿出来，仔细查看它的断裂处。"

慕容思炫说到这里，从口袋里掏出一个黑色的烟盒，从烟盒里倒出了几颗水果糖，一边在手掌中摆弄，一边说道："而在我查看手链的时候，凌汐就叫起来了。所以，当我从西鸡之间走出来的时候，以及后来追赶面具人的过程中，我是一直把那条手链抓在手里的。"

他说到这里，把手上的水果糖一股脑儿扔到嘴里，大口大口地咀嚼。

"哪里不可思议了？"我问。

慕容思炫吞了口口水，把嘴里的糖都咽了下去，才说道："追到玄武之间，在我准备破门前，我却发现我一直抓在手上的手链消失了。"

"咦?"我皱了皱眉头,"消失了?什么意思?"

"意思?"慕容思炫吸了口气,"'消失'这个词在词典里的解释是'事物逐渐减少以至没有'。"

我啼笑皆非:"我当然知道'消失'是什么意思,我问的是你说的手链消失是怎么回事。"

"就是消失了,就是手链不见了,并非'逐渐减少',而是突然不见了,完全不见了。"慕容思炫说,"当时我感觉到抓在手上的手链消失了,于是摊开手掌,果然手上什么都没有。"

"那肯定是掉在地上了呗!"我说。这是唯一可能性。

"不是,"慕容思炫吸了口气,"当时我查看过地面,没有手链。那条手链确实是在刹那之间,不可思议地消失了。"

"那可真匪夷所思呀!"我有些毛骨悚然,"这古宅邪门儿得很呀!"

"到了,"我话音刚落,慕容思炫接着说,"到玄武之间的后门了。"

·4·

我们已经走到了长廊的尽头,尽头处没有人,只有一扇木门,看样子便是玄武之间的后门。门上果然跟我们昨晚所住的客房的房门一样有一根木制的门栓,此刻门栓是插上的,门无法打开。

　　也就是说，刚才面具人确实是从后门离开了玄武之间，关上后门，把门栓插上，让我们无法通过玄武之间的后门追击他（她），而接下来他（她）便通过我们现在所处的这道长廊，逃到古宅的厅堂——当时我们应该还在玄武之间里，最后大概从古宅左边的走廊逃跑了。

　　我还在思考，只听"吱呀"一声，原来是慕容思炫把门栓拉开了。他打开这扇木门后，我走前一步，探头一看，门后果然便是玄武之间，傩舞面具、黑色大衣、黑色长裤和扳手，此刻还在门前。这扇位于长廊尽头的木门，确实就是玄武之间的后门。

　　我们三人走进玄武之间，再通过玄武之间的前门走出房间，回到古宅右侧的内堂。

　　玄武之间位于内堂的右前方。而内堂的左前方也有一扇木门。这扇木门后方也是一个房间吧？我一边想一边走到左前方的木门前，只见门上刻着"朱雀之间"四字。我打开这间朱雀之间的房门，门后果然也是一个房间，房间的大小、布局以及家具的摆放位置，跟玄武之间十分相似。不过这个朱雀之间没有后门。

　　面具人躲在这里的可能性不大。

　　至于内堂左侧的墙壁上还有一个没门的入口，我走到那入口前方，往里一看，里面又是一道长廊，不知道通往哪里。面具人会不会就在这道长廊里呢？我稍微思考了一下，还真有这种可能性呀！

　　刚才的情况有可能是：面具人逃离玄武之间后，通过长廊跑到厅堂，并且在我们离开玄武之间前，来到连接厅堂和右侧内堂的走廊里，躲在某个房间中，而在我们通过走廊前往厅堂后，面具人就从房间里出来，重返内堂，并且走进了这道长廊。

我想到这里，不由得咽了口唾沫，实在不敢走进长廊一探究竟。

"现在我们要怎么做？"

我回过头来向慕容思炫和凌汐问道。

慕容思炫伸了个懒腰，没有回答。凌汐则说："当然是要找阿靖！"

"沈靖在古宅外的可能性比较大，"慕容思炫打着哈欠说道，"因为从走廊延伸到厅堂的那道拖动重物的痕迹，最后是在大门前中断的。"

"被拖动的不一定是阿靖呀！"凌汐固执地说。虽然以现在的情况来看，沈靖已经出事的可能性很高，但凌汐似乎并不愿意接受这个事实。

"不管怎样，"我吸了口气，说道，"我们先回厅堂再从长计议吧。"

·5·

我们离开内堂，通过走廊，再次回到古宅的厅堂。

凌汐向位于厅堂左前方的木门看了一眼，毅然道："我去找阿靖！"

"你一个人找太危险了，我和你一起去吧。"我说。

虽然我也想快点找到沈靖，但我这样说，其实还有一个更重要的理由：避免和慕容思炫单独在一起。如果凌汐自己搜查古宅去了，就会剩下我和慕容思炫两个人。虽然目前来看，他不像是坏人，但再怎么说，我跟他认识不到二十四个小时，防人之心不可无。相比之下，我更愿意信任已经认识了一年多的大学同学凌汐。

但如果只有我和凌汐两个人，一旦遇上面具人，哪怕他（她）手上已经没有扳手了，对于我俩来说也是非常危险的。所以我接着又对慕容思炫说道："慕容，你能和我们一起行动吗？一来你比较熟悉古宅的格局，二来如果碰到面具人，我们对付不了，需要你帮忙。"

"好。"

慕容思炫十分爽快。接着他指了指厅堂左前方的木门，道："从古宅左边找起吧。"

"昨晚你有到古宅的左边去探秘吗？"我问。

"有。我带路。"

于是我们走进厅堂左前方的木门，跟右前方的木门一样，门后是一道弯弯曲曲的走廊。走廊里也有六个房间，左边的三个房间依次是子鼠之间、寅虎之间和辰龙之间，而右边的三个房间依次则是丑牛之间、卯兔之间以及巳蛇之间，就跟慕容思炫昨天初到古宅右侧走廊时对左侧走廊的房间所做出的推测完全一致。

当时沈靖跃跃欲试，似乎想把古宅走遍。而现在，沈靖又身在何处呢？是在古宅深处的某个房间，还是在古宅外面？他是活着，还是已像龙笑愚那样遭遇不测？

走出这道左侧走廊，映入眼帘的是一座内堂，跟右侧走廊所通往的内堂面积和布局相近，这座内堂里也有深红色的长木椅、短木椅和六角茶几等家具，左前方和右前方也各有一扇木门，此外，在右侧的墙壁上也有一个没有门的入口。总之，这座位于古宅左侧的内堂，就像是位于古宅右侧的内堂的镜像。

内堂左前方的木门上刻着"青龙之间"四字，门后是一个跟刚才面具人所进入的玄武之间十分相似的房间，房内也有一扇后门。慕容思炫说这扇后门也可通往古宅的厅堂，出口就是厅堂左侧墙壁上的那个入口。看来古宅的格局是左右对称的，左侧有的东西，右侧也有，而且位置完全一样。

至于内堂右前方的房间则是白虎之间，房内没有后门，跟右侧内堂的朱雀之间相对。

最后，我们走到内堂右侧墙壁上的那个没有门的入口前方，里面是一道长廊。

我向慕容思炫问道："你知道这道长廊通往哪里吗？"

慕容思炫咬了咬手指说道："通往古宅内部，最后可回到右侧内堂。不过，从这道长廊进去后，要走到右侧内堂，至少需要两个小时，因为古宅内部的结构十分复杂。"

复杂？我们进去以后不会迷路吧？我的心里有些怯意。

"我们进去看看吧。"

凌汐毅然说道。昨天刚走进古宅的时候，她对这座位于深山中的神秘古宅心存恐惧，劝大家不要到古宅内部探险。而现在，为了寻找男友沈靖，她义无反顾，主动提出深入古宅。

但我却有些担忧。"我们进去以后会不会迷路呀？"我微微地吸了口气，向慕容思炫看了一眼，"慕容，你都记得里面的路吗？"

慕容思炫"嗯"了一声，淡然道："全部记得。"

"快走吧。"凌汐催促。

"那好吧。"

看来进入古宅内部是势在必行的了。我咽了口唾沫，心情有些紧张。

就这样，我们三人走进了长廊，由慕容思炫带路，逐步深入古宅内部。这座古宅的面积果然奇大，内部的房间和内堂众多，粗略估计房间至少上百间，内堂也有十多个，大部分房间和内堂之间由长度不一的走廊或小弄连接，数十道走廊和小弄纵横交错，地形复杂，整座古宅，确实宛如一座巨型迷宫。

我们在古宅里搜查了好几个小时，虽然没有达到地毯式搜索的程度，但几乎每条走廊和小弄都走过，每个房间都打开房门查看过，但终究没有收获。古宅里没有半个人影，甚至连一丝活人的气息也没有，死气沉沉，似乎古宅里的时间一直停留在几十年甚至是上百年之前一般。

走着走着，我觉得有些累了，想要休憩片刻。

"我们休息一会儿吧。"说罢，我在一把椅子上坐了下来，而慕容思炫和凌汐也停住了脚步。

我四处张望，只见四面都有通道，四面都有房间，实在不知自己身处何方，心里不禁有些害怕。"我们是不是迷路了？"我向慕容思炫问道。连我自己也听出语气中充满不安。

慕容思炫摇了摇头，冷冷地说："没迷路，我认得路。"

"那就好。"我微微松了口气。

而凌汐则有些气馁："小樱，没找到阿靖，怎么办啊？"

"没消息就是好消息嘛。"我安慰她说，"或许沈靖已经回到古宅大门附近了吧。"

"那我们回去看看吧。"凌汐提议。

其实我也想尽快回到古宅的厅堂。虽然慕容思炫说他认得路，但身处古宅内部，我的心终究有些不安。我点了点头，望向慕容思炫："慕容，你怎么看？"

慕容思炫微微地伸展了一下四肢，神情平淡地说："随便，反正几乎所有房间我们都查看过了。"

于是，我和凌汐跟着慕容思炫继续前行。走了一会儿，我们来到一道长廊前。慕容思炫带着我们走进了长廊。数分钟后来到长廊的尽头，出去以后，是一座内堂，面积有五六十平方米，左边有两扇木门，右边则有一个没有门的入口，此外这座内堂里还摆放着长木椅、短木椅、六角茶几等家具。

虽然古宅里的内堂都大同小异，但我却觉得眼前这座内堂有些眼熟，以前似乎来过。我先后到左边的那两扇木门前方查看，竟是朱雀之间和玄武之间。原来不知不觉我们已经回到了刚才面具人所逃跑的那座位于古宅右侧的内堂。右边的那个没有门的入口，正是通往我们昨晚所住的那些客房所在的那道走廊的。

　　原来慕容思炫真的认得路。古宅的结构如此复杂，每个房间的排列又毫无规律，哪怕手持地图也不好找，而慕容思炫只是在昨晚走过一遍，便记下了所有房间的位置，并且在脑中绘出了一张平面图，带领我们游走于这座迷宫之中，游刃有余，其记忆力、想象力，确实非同小可。

　　想到这里，我的脑海中突然冒出一个令我害怕的想法：难道慕容思炫以前曾经来过这里？甚至在古宅里住过一段不短的日子？他之所以对古宅的内部结构了如指掌，并非因为记忆力惊人，只是因为这里他早已走过百遍千遍，成竹在胸？

　　如果真的是这样，那他跟这座神秘的古宅到底有什么关系？昨天他重返古宅，又有什么目的？

　　但不管怎样，能回到这道位于古宅右侧的走廊，看到那熟悉的戌狗之间、申猴之间、酉鸡之间等房间，我的心中仿佛放下了一块一直在紧压着心脏的大石。虽然古宅的大门或许还没能打开，我们暂时还不能离开，但毕竟离大门近在咫尺，能感受到外面的气息，比身处古宅内部、完全失去了方向感的时候要安心得多。

·6·

　　已经是中午时分了，我们三个都觉得肚子有些饿。但我们背包里的干粮已经不多了。于是我们走进戌狗之间，从沈靖的背包里取走了他的压缩饼干和水壶——他的背包一直放在这里。

接下来我们打算回到古宅的厅堂里，吃点东西充饥。在经过西鸡之间的时候，慕容思炫忽然说道："把龙笑愚的食物也拿走吧。"

我听他这么一说，忽然想起龙笑愚的尸体还在西鸡之间里，不禁打了个冷战。与此同时，凌汐说道："拿死人的食物，有些不吉利吧？"

"反正迟早要拿——如果我们短时间内无法离开古宅的话。再说，我们不也拿了沈靖的食物吗？"慕容思炫冷冷地说。

"这不一样！阿靖没死！"凌汐有些激动。

慕容思炫没有理会她，径直走进了西鸡之间。我也走到门前，探头一看，只见龙笑愚的尸体仍然横躺在床前，而慕容思炫则正在翻看龙笑愚放在床上的背包。

"把他的整个背包拿到厅堂再找吧。"我想尽快离开，不想再看到龙笑愚的尸体。

慕容思炫回过头来，向我看了一眼，淡淡地说："背包里没有食物，也没有水。"

"一点都没有？"我问。

"是。"

如果慕容思炫所言属实，那就说明龙笑愚上山前所准备的干粮只有昨天傍晚他所拿出来吃掉的那两包压缩饼干、一罐速食罐头和一瓶矿泉水，以及晚上拿出来的那两瓶宝矿力。

"这可有些奇怪呀，"我微微地皱了皱眉，说道，"龙笑愚是那种做什么事之前都要先做好充分准备的人，上山探险，他不可能只带这么少的食物呀。"

我顿了顿，舔了舔下唇，接着说："退一步说，他也是个做什么事都给自己留有余地的人，如果他真的只带了这么少的食物，那他昨晚也不可能一次性把自己的食物吃完呀！"

慕容思炫咬了咬手指，冷冷地说："龙笑愚背包里剩下的食物和水，有可能是被面具人拿走了，就在我们刚才搜查古宅内部的那几个小时里。"

"咦？你这么一说……"我吸了口气，说道，"面具人也有可能是昨晚把食物拿走的。他（她）杀死龙笑愚的动机，就是为了抢夺食物！"

"如果是为了抢食物而杀人，那他（她）在我们搜查古宅的过程中，为什么不把阿靖背包里的食物拿走？"凌汐提出了自己的疑问。

"这我就不得而知了。"我吸了口气，补充道，"或许他（她）已经吃饱了，也或许是他（她）根本不知道沈靖的背包就在戌狗之间里吧。"

"总之，"慕容思炫最后总结道，"面具人此刻还在附近，甚至正躲在暗处，监视着我们的一举一动。"

听他这样说，一股寒意从我的背脊直泻下来，连手上的汗毛也一根一根地竖起来了。

·7·

我们回到厅堂的时候已经是中午十二点多了。

U型防盗锁仍然套在门环上。把古宅大门上锁的人（很有可能就是面具人）并没有在我们搜查古宅的那几个小时里把防盗锁打开。

大家在厅堂中央的圆桌前坐下，拿出干粮吃起来。昨天晚上我们也在这里吃干粮，但当时和我们在一起的还有龙笑愚和沈靖，此刻龙笑愚已经和我们阴阳永隔，永远也不能再和我们一起吃饭了，而沈靖也生死未卜。短短的十多个小时，竟然发生了这么多事。

我吃了一包压缩饼干和一个速食罐头，喝了半瓶水；凌汐所吃的跟我差不多；而慕容思炫只吃了半包饼干，以及他自己带来的半袋软糖。虽然三个人都没吃多少食物，但剩下的干粮和水却已经不多了。特别是水，大概只够我们三个人维持到明天上午。

这可怎么办呢？要想办法尽快离开古宅才行呀！

吃完东西，已经是下午一点多了。"我们回客房休息一会儿吧。"我提议道。凌汐和慕容思炫都没有反对。

于是我们三个人回到古宅右侧的走廊。这回凌汐学聪明了，进房以前对慕容思炫说道："慕容先生，不好意思，能麻烦你先帮我查看一下我房间的衣柜吗?"

慕容思炫"哦"了一声,走进戌狗之间,打开了衣柜。"没人。"他一边面无表情地说,一边走出房间。

"谢谢。唔,那我先回房休息一会儿,有什么事你们叫我一下。"

凌汐说罢,走进戌狗之间,关上房门,紧接着我还听到她在房间里把门栓插上的声音。

"那么,慕容,"我微微地吸了口气,"也帮我看看我的房间好吗?"

慕容思炫虽然神色冰冷,但却不厌其烦,他伸了个懒腰,走进申猴之间帮我查看衣柜。

"也没人。"

"嗯,谢谢。对了,慕容,你有想到离开古宅的办法吗?"

慕容思炫朝我看了一眼,冷冷地说:"离开古宅有两个方法:一、找到防盗锁的钥匙;二、找到能破坏防盗锁或大门的工具。方法一较难实现,方法二可行性比较高。现在我要睡觉。半个小时后我去尝试把大门或防盗锁破坏。"

我点了点头:"到时你把我也叫上,我也去帮忙。"

慕容思炫"哦"了一声,不再理会我,回到他所住的午马之间。而我也走进申猴之间,关上房门,并且插上门栓,防止面具人(这个极有可能就是杀死了龙笑愚且令沈靖失踪的凶徒)进来。

发现龙笑愚的尸体,追击嫌疑犯面具人,搜查古宅的房间,寻找沈靖的下落,这样折腾了一整个上午,此刻的我确实有些筋疲力尽，甚至是心力交瘁了。我把背包放下，走到床边，坐了下来，长长地吁了口气。

无意之中，我的目光又落在床上那藤枕里的遥控器上。我把昨天傍晚发现的这个只有一个"播放下一段"按键的遥控器再次拿出来，只见液晶显示屏上仍然显示着"97"这个数字。到底是什么意思呢？

因为好奇，我把拇指移动到按键上，轻轻地按了下去。霎时间遥控器传来"嘀"的一声，与此同时，液晶显示屏上的数字变成了——98。

第四章

重复

98？什么意思？再按一下就变成99吗？

我正在思考，忽然"轰"的一声巨响传来，震天动地。我吓了一跳，两手颤抖，差点连手上的遥控器也掉落在地。

是雷声。其声势之大，跟昨天下午的那一记响雷相比，有过之而无不及。

古宅外不是已经停雨了吗？怎么又打雷了？

难道我手上的这个神秘的遥控器，是"雷公呼唤器"，只要按一下，就能唤来电闪雷鸣？

我为自己这个异想天开的想法苦笑了一下。

说起来，房间不知从什么时候开始变得颇为阴暗，看来外面真的又下雨了。

我正打算把遥控器放回藤枕里，竟然发现——

在藤枕里还有一个遥控器！

此刻在藤枕里的这个遥控器，也是只有一个"播放下一段"的按键，无论是外形、颜色还是大小，都跟我手上的遥控器丝毫无异。

我仔细一看，藤枕里的遥控器的液晶显示屏显示着"98"，这也跟我手上的遥控器一致。

问题是，本来只有一个遥控器呀。这个遥控器被我从藤枕里拿出来以后，藤枕里就什么也没有了。为什么突然之间，藤枕里又出现了另一个遥控器？

真是不可思议呀！

我忽然想起慕容思炫今天上午所说的关于手链消失的事。"就是消失了，就是手链不见了，并非'逐渐减少'，而是突然不见了，完全不见了。当时我感觉到抓在手上的手链消失了，于是摊开手掌，果然手上什么都没有。"

当时我还将信将疑，认为手链是不会无故消失的，应该是无意中掉在了地上，但慕容思炫没有发现。可是现在，这个藤枕里的遥控器，确实就在我眼前突然出现了，实在诡异。

难道在这座古宅里，真的会发生物件突然出现或突然消失的情况？

我本来是个唯物主义者，但此时遇到科学所无法解释的现象，心里也不禁有些发毛。

我还在思索，忽然房外传来"啊"的一声尖叫，发出叫声的人是个女子。

是凌汐吗？发生了什么事？难道面具人又出现了？

但我静心回想，却又觉得刚才那尖叫声听上去似乎有些遥远，不像是在附近发出的，倒像是从厅堂那边传来的一般。

我站起身子，把手上的遥控器随手放进口袋，准备到房外看看发生了什么事，却突然发现，我刚才放在地上的背包竟然不见了！

　　四处张望，却终究没能找到背包的踪影。背包是我在几分钟前放在地上的，其间根本没有人进入房间，房内也没有丝毫异样，为什么一转眼间，我的背包竟然莫名其妙地消失了？

　　难道古宅里，真的有一些我肉眼看不到的"东西"存在？它拿走了慕容思炫手上的手链，往藤枕里放进一个遥控器，现在又拿走了我的背包？

　　我咽了口唾沫，全身的鸡皮疙瘩都冒出来了。

　　这"东西"现在还在申猴之间里？尽快离开申猴之间吧！

　　我走到门前，正想拉开门栓，竟然又发现了难以解释的事——门栓并没有插上。

　　刚才回到申猴之间后，为了防止面具人进来，我明明把门栓插上了，为什么现在门栓竟然在我毫无觉察的情况下被拉开了？

　　难道，又是那个"东西"干的？

　　我心中一寒，打开房门，快步走出去。

　　走廊上鸦雀无声。这让我有些惧意。

　　来到凌汐所在的戌狗之间前，尝试把门推开，竟成功了。原来此刻戌狗之间的房门，只是虚掩，并没有插上门栓。

　　可是刚才凌汐回房后，我明明听到她在房间里把门栓插上的声音呀。难道此刻她离开了房间？

　　想到这里，往房内一看，果然没有人——如果凌汐没有躲在衣柜里的话。

　　我又走到慕容思炫所住的午马之间前。午马之间的房门也只是虚掩，并没有反锁。我开门一看，慕容思炫也不在里面。

他俩到底哪儿去了？到大门那里尝试破坏防盗锁吗？为什么不把我叫上？

说起来，刚才那声女子尖叫，确实像是从厅堂那边传出来的。难道凌汐在厅堂那里遭遇了什么突发情况？

在我回到申猴之间的这短短的几分钟里，走廊上到底发生了什么事？慕容思炫和凌汐的离开，为什么没有一点动静？

· 2 ·

接下来，我转过身子，来到酉鸡之间的前方。

虽然我真的不愿意再看到龙笑愚的尸体，但不知怎的，此时此刻，我很想确认一下房内的状况。

经过了一连串匪夷所思的事情，直觉告诉我，酉鸡之间里也发生了不可思议的事。

我深深地吸了口气，推开了酉鸡之间的房门，竟然发现——

龙笑愚的尸体消失了！

或许不该说是消失，而是不见了，被搬走了。

是谁搬走了龙笑愚的尸体？是慕容思炫和凌汐？他们为什么要这么做？他们把尸体搬到哪里去了？

刚才那似乎从厅堂那边传来的女子尖叫声，真的是凌汐发出来的吗？她现在还在厅堂里吗？

出去看看吧。

我又吸了一口气，离开西鸡之间，走向厅堂。接近连接厅堂和古宅右侧走廊的那扇木门的时候，隐隐约约听到有谈话声从厅堂里传来。

是谁在说话？是慕容思炫和凌汐？还是其他人？如果是其他人，他们是怎么进来的？难道古宅的大门已经打开了？

终于可以离开了吗？

我怀着稍微兴奋的心情，走到门前，只听厅堂里一个男子说道："你是一个人登山？没有其他伙伴吗？"

这男子的声音有些熟悉。我凝神一想，不由得吃了一惊！

这是龙笑愚的声音啊！

怎么会？龙笑愚不是死了吗？

我不禁想到刚才在西鸡之间发现龙笑愚的尸体消失一事。

难道，龙笑愚复活了？

想到这里，我的背脊一股凉意。

我还没回过神来，又听另一个男子答道："是一个人。没有。"

这个冷淡的声音，竟然像是慕容思炫所发出的。

到底发生了什么事？难道慕容思炫正在跟死而复生的龙笑愚说话？他怎能如此镇定？

我咽了口唾沫，走到门前，透过门缝往外一看，只见厅堂里有五个人。

除了慕容思炫和凌汐，剩下的三个人竟然是——

死去的龙笑愚、失踪的沈靖，以及一个和我长得一模一样的人！

·3·

真的，那是一个长相和我丝毫无异的女生。我望着她，就像望着一面镜子一般。

到底发生了什么事？失踪的沈靖出现不足为奇，但为什么被杀的龙笑愚竟真的活了过来？退一步说，哪怕我能接受龙笑愚死而复生的事，但我真的无法接受有一个和我长得一样的女生出现这件事。

难道是我的双胞胎姐妹？怎么可能？我是独生女！难道我真的有一个双胞胎姐妹，从小失散，而父母却没有把这件事告诉我？

我还在发呆，只听龙笑愚对慕容思炫说道："是吗？这可有些奇怪……"

龙笑愚似乎还没说完，那个和我长相一样的女生对慕容思炫说："你的衣服都湿透啦，快去换衣服吧。不过雨这么大，哪怕你的背包里有衣服，现在肯定也湿透了吧？"

天啊！她连声音也跟我完全一致！此时此刻，慕容思炫和凌汐一定把她误认为是我！

眼前的情景实在诡异绝伦，我恍如梦中，大脑一片空白，迷迷糊糊间只听沈靖对慕容思炫说道："你运气真背呀，如果早几分钟进来，就不会被淋湿了。说起来，在山洞里你不是跟在我身后吗？为什么现在才到古宅来呀？"

沈靖说到一半的时候，我忽然想起，我好像听他说过这句话。对，不光是这句话，刚才龙笑愚、慕容思炫以及那个和我容貌一样的女生的谈话，我都似乎听过。

这不是昨天下午我们初进古宅时的对话吗？

真的一样。除了我的位置被这个和我长得一样的女生所替代以外，其他的一切都没有改变。

谁能告诉我到底发生了什么事？

我在窥视厅堂里的情况时，两手一直轻轻地扶着厅堂右前方的木门。此时，由于我的心中过于骇然，四肢颤抖，不小心把那扇木门推了一下。霎时间，木门发出了"吱"的一声，十分刺耳。

紧接着，只听厅堂里的沈靖朝我所在的方向叫道："谁啊？"

凌汐一脸害怕地说："里面真的有人？"

"我过去看看。"

沈靖刚说完，凌汐抓住了他的手臂："不要去啊！"

沈靖笑道："没事儿。"

而那个明明已经被杀、此刻却复活了的龙笑愚则说："我们一起过去看看吧。"

他们要过来了。

在我还没弄清楚为什么龙笑愚会复活，以及为什么会有一个和我容貌一样的女生出现这两个问题之前，我可不想出现在他们面前。

于是我立即往回跑，向内堂的方向跑去。

但我不能跑得太远，我要躲在附近监视他们的一举一动，弄清楚事情的真相。

在经过位于走廊尽头右侧的亥猪之间时，我心念一动：就躲在这个房间里吧。

于是我轻轻推开了亥猪之间的房门，走了进去，并且把房门关上——但没有把门栓插上。

过了一会儿，他们的对话声隐隐约约地从走廊上传来了。

"没人啊。"那是龙笑愚的声音。

"会不会又躲起来了？如果没人，刚才这扇门为什么会响？"这是凌汐的声音。

"可能只是被风吹了一下吧。"接下来是沈靖的声音。

而那个和我长得一样的女生则接着说："可能是被老鼠弄响的。"

"咦？老……老鼠？"沈靖声音颤抖。

那女生接着说："你们看，这些是老鼠的粪便。这古宅里肯定有老鼠。刚才把门弄响的很有可能就是老鼠。"

他们的对话，跟昨天我们的对话丝毫无异。真的，一字不差！

到底发生了什么事？我的脑袋混乱不堪，以至他们接下来的谈话，只是在我的耳边嗡嗡作响，但却没能进入我的大脑中。

当我回过神来的时候，只听慕容思炫的声音传来："是十二生肖。这道走廊里的房间依次是：午马之间、未羊之间、申猴之间、酉鸡之间、戌狗之间和亥猪之间。"

这句话，昨天下午慕容思炫也说过。

　　如果他们真的在重复昨天说过的话、做过的事，那接下来他们会依次查看每个客房。

　　当然也包括我现在身处的亥猪之间。

　　想到这里，我立即跑到衣柜前，打开柜门，躲了进去，并且把柜门关上。

　　果然，不一会儿，他们推开了亥猪之间的房门。我透过柜门的空隙望着他们，看着这些失踪的人、死去的人、和自己长得一样的人，一个个活生生地出现在自己眼前，跟自己相距不到三米，心中的惊骇，实在无法形容。

　　幸好他们并没有发现衣柜里的我。接下来，他们离开了亥猪之间，并且把房门关上。如无意外，他们应该正在走向内堂吧——我们昨天也是这样。我吸了口气，轻轻推开衣柜的门，走了出来，蹑手蹑脚地走到房门前，透过房门的空隙窥视走廊的情况。

　　过了一会儿，慕容思炫那丝毫没有起伏的声音从房外传来："我推测，厅堂左前方的那扇木门后方也有一道长廊，里面也有六个房间，分别是子鼠之间、丑牛之间、寅虎之间、卯兔之间、辰龙之间和巳蛇之间。"

　　接下来说话的是龙笑愚："很有可能。加起来就是十二生肖。"

　　沈靖接着龙笑愚的话说道："我们待会儿去看看吧。"

　　而凌汐则说："我们还是别乱走吧，就住在这几个房间里就好了。"

　　一切都跟昨天的情况一模一样。此刻的情形简直就像昨天有人拍下了我们谈话的过程，而我正在看着昨天所拍的视频那样。

当然这是不可能的——我此时所看到的，并不是在显示屏里的，而是实实在在地出现在我眼前的。

我还在胡思乱想，他们的谈话声又从房外传来。这次的声音有些小，大概是他们已经离开了走廊，走进了内堂。

"这古宅还真大呀！就像没有尽头一般。"那是沈靖感慨的声音。

接下来是凌汐的声音："我们还是回到大门那儿去吧，别再往里走了，以免迷路。"

"再进去看看呗！看看这个入口是通往哪儿的。"沈靖的语气中带着些许不甘心，就跟昨天一样。

龙笑愚紧接着说："嗯，我也想再进去看看。"

我想起来了。如果一切真的跟昨天一样，那么接下来我会说："你们想要探险可以，但至少该让人家换件衣服吧。"

果然，我心中的这个念头刚冒出来，只听那个和我的容貌完全一致的女生说道："你们想要探险可以，但至少该让人家换件衣服吧。"

这个女生到底是谁？她为什么要重复我昨天说过的话？龙笑愚、沈靖、凌汐和慕容思炫，为什么也要重复昨天说过的话、做过的事？

我正在思索之中，他们又说了几句话。

"嗯，我们也先吃点儿东西，然后再到古宅内部探险。"

"这样呀……好吧，反正肚子也饿了。"

"笑愚，你的背包里还有备用的衣服吧？借给他嘛。"

"不好意思，只有衣服，没裤子。"

"哦。大门等我。"

我还没回过神来，一阵脚步声传来。我透过房门的空隙窥视走廊，只见慕容思炫走进了戌狗之间，关上了房门。接下来，龙笑愚、沈靖、凌汐和那个女生，也回到走廊，朝厅堂的方向走去。又过了几分钟，慕容思炫从戌狗之间走出来——他已经换上了龙笑愚的那件深蓝色的外套，也走向厅堂的方向。

·4·

好了，现在他们暂时都离开走廊了，我可以静下心来思考一下当前的情况了。

现在的疑团主要有三个：一、龙笑愚为什么死而复生？二、那个女生为什么会和我长得一模一样？三、他们为什么要重复昨天做过的事和说过的话？

先思考第一个问题：龙笑愚为什么会复活？

虽然不可思议的事情接二连三地发生，但我作为一个唯物主义者，终究不相信鬼魂的存在。也就是说，龙笑愚的"复活"事件，只有一个解释：他根本没有死！

回想起来，今天早上，我为什么会认为龙笑愚死掉了呢？因为他躺在地上，因为他的头部周围满布鲜血，因为慕容思炫说他没呼吸，没心跳，瞳孔扩散，已经死了。

可是，如果龙笑愚只是在装死呢？如果他脑袋四周的"鲜血"只是红色颜料呢？如果慕容思炫在撒谎呢？

想到这里，我豁然开朗。

是恶作剧！

龙笑愚、沈靖、凌汐、慕容思炫，以及那个女生，他们五个人联合起来，想要作弄我！

龙笑愚根本没有死。

而那个女生，或许本来就跟我长得有点像，然后通过化装，变成"另一个我"，以假乱真。

他们在模仿昨天做过的事情，重复昨天说过的话，目的就是让我以为自己回到了过去，回到了一天前。

现在，古宅里大概安装了不少摄像头吧。我的一举一动，都被拍下来了。

到时他们会把拍下来的视频发到微博上，题目就叫："恶搞美女，让她以为自己穿越了。"

想到此处，我苦笑了一下。他们还真是煞费苦心呀，为了作弄我，大费周章地做了这么多的准备。

可是他们也太低估我的智慧了吧？

我怎么会相信这个世界有穿越这种无稽之谈存在呢？

再说，他们的诡计根本不堪一击。

别的不说，就时间这一点，就已经露出破绽了。

昨天是2013年2月6日。

今天自然就是2013年2月7日了。

如果我真的穿越了，真的回到了一天前，那么现在的日期应该是2月6日。

当然这是不可能的。他们可以在今天模仿昨天发生过的事，但却无法改变今天的时间。

我的手机现在显示的时间肯定是2月7日。他们的诡计就此不攻自破。

想到这里，我吸了口气，把手机拿出来，想要确认一下自己的分析。

但我看到，我的手机所显示的时间竟然是——

2013年2月6日下午五时二十分。

啊？怎么回事？

2月6日？今天明明是2月7日啊！

现在应该是下午一点多呀！

为什么会是2月6日傍晚时分？

对了，他们调整了我的手机的系统时间！

他们早就想到我会通过手机时间来破解他们的诡计，所以昨晚在我睡着后，潜入我的房间，调整了我的手机的时间。

咦？不对呀！

今天早上醒来后，我查看过自己的手机，虽然当时没有特别注意日期，但我确切记得当时的时间是早上八点，时间是正常的。

此后手机一直在我身上，直到现在。

那么他们要怎样才能调整我的手机的时间？

根本不可能！

难道当时的日期已经被调整成2月6日？

但是，不管日期是2月6日还是2月7日，现在的时间应该是下午一点多呀！

我紧紧地抓着手机，盯着手机显示屏上所显示的日期和时间，大脑再次陷入混乱。

忽然，我无意中发现自己的手上戴着那条心连心手链！

怎么回事？

这条手链，今天早上醒来的时候，不是已经不在我的手上了吗？后来不是在龙笑愚的尸体旁边被发现了吗？再后来不是被慕容思炫捡走了吗？最后不是从慕容思炫手上匪夷所思地消失了吗？现在怎么会莫名其妙地再次回到我的手上？

是谁神不知鬼不觉地把手链戴在我的手上的？

不！这根本是不可能的事！

手机时间倒流，手链神秘重现，这两件事加起来，让我心中不禁产生了怪异的想法：难道，我真的穿越了？我真的回到了手链还没丢失的一天前的下午？

我为什么会穿越？

在穿越小说和科幻电影里，一般是在风雨交加、电闪雷鸣的时候，主角被什么闪电击中了才会穿越吧？

闪电？

我不禁想起昨天下午以及刚才响起的雷声。

昨天下午，大概在五点前的数分钟，天上传来了一声惊天动地的响雷。

而刚才，应该也是在五点前的数分钟——如果以我的手机现在所显示的时间为准，天上也传来了一声惊天动地的响雷。

龙笑愚他们可以模仿昨天发生过的事，重复我们昨天说过的话，甚至可以偷走我的手机，修改系统时间，但却无法让雷声在特定的时间响起吧？

难道，根本不是恶作剧？

难道，我真的回到了2月6日下午？

荒唐！这种只有在穿越小说和科幻电影里才会出现的情节，竟然发生在我的身上！

对了，要证明自己是否真的穿越了，还有一个方法——看照片。

我马上查看手机的照片，发现昨天下午在古宅外拍的照片，以及古宅厅堂的照片，都还在，但傍晚在申猴之间里所拍的架子床、圆凳、衣柜等照片，却通通消失了。

也就是说，昨天下午雷响之前的照片，还在；但雷响以后的照片，却全部不见了。

这么说，"刚才"，我真的回到了昨天下午雷响之前——即五点左右？正因为我穿越了，所以我的手机的时间变回2月6日下午五点？而昨天五点之后所拍的照片，也全部消失了？

穿越！回到了过去！真是令人难以置信！

但现在也只能姑且这么认为了。

那么，接下来的问题是：我为什么会回到过去？

刚才雷响的时候，我就已经穿越了。而在告别慕容思炫进入申猴之间时，我还没有穿越。在这段时间中，我做过什么特别的事？

只有几分钟的时间呀。我到底做过什么呢？我竭力回想。

对了！遥控器！我按过那个遥控器！

想到这里，我把口袋里的遥控器拿出来。

只要按一下遥控器上那个"播放下一段"的按键，就能回到过去？

如果我现在再按一下，我就会回到2月5日吗？

如果我连续按一千下，我就会回到三年前？

回到爷爷去世前？回到父母闹离婚前？回到一家几口其乐融融的时候？

如果我连续按五千下，就能回到小时候吗？

唉，暂时别想这些不着调的事儿了。

我定了定神，认真地查看起这个神秘的遥控器。

遥控器上的液晶显示屏仍然显示着"98"这个数字。

在我刚才按下按键之前，所显示的数字是97。而现在，如果我再按一下，数字是否会变成99？这些数字，到底是什么意思？

要不，再按一下试一试？

我深深地吸了口气，把拇指放在按键上，正要按下去，却忽然听到房外传来了一阵说话声。

· 5 ·

"房间怎么分配？每人一个？"那是龙笑愚的声音。

他们再次回到走廊上来了。

接下来只听沈靖说道："我和小汐都是狗年的，我们就住戌狗之间好了。"

是的，"昨天"——应该说我穿越前的昨天，大概也是在这个时间，我们在走廊上分配房间。

"这样也行呀？我是鸡年的，那我就住西鸡之间吧，哈哈！"龙笑愚笑道。

如果一切都按"昨天"的"剧本"进行，他们是不会进来我现在身处的亥猪之间的。在还没弄清楚我为什么会回到过去这个问题之前，我不想跟他们见面，不想情况变得更加复杂。

只听龙笑愚接着说："你呢，小樱？你住哪个房间？"

"我就住这个申猴之间吧。"那个和我长得一模一样的女生说道。

不，如果我真的穿越了，那她并不是什么跟我长得一样的女生，她根本就是我，她是"昨天"的我，她是2月6日的我。

在此暂称她为"昨天的唐洛樱"吧。

不，这个称呼不对。我回到了一天前。现在我所处的时空，时间是 2 月 6 日。现在走廊上这个唐洛樱，应该是"今天的唐洛樱"。而我，来自 2 月 7 日的我，对于她来说，则是"明天的唐洛樱"。

我还在思考，只听"今天的唐洛樱"说道："慕容，你住哪个房间？"

慕容思炫淡淡地说："随便。就这个吧。"虽然没有看到房外的情况，但我知道他所指的是午马之间。

接下来，他们各自回房，最后走廊上只剩下龙笑愚和"今天的唐洛樱"。

龙笑愚提议道："我们到处走走？"

"今天的唐洛樱"就和当时的我一样，说道："我想先休息一下，待会儿见吧。"

"那好吧。"

最后，龙笑愚和"今天的唐洛樱"也各自回房。

现在，"今天的唐洛樱"进入了申猴之间。

她会用手机拍下房内的架子床、圆凳和衣柜，最后发现藤枕里的那个刚才突然出现的遥控器。

就跟"昨天"的我一样。

唯一不同的是，我第一次看到遥控器的时候，显示屏上的数字是 97，而"今天的唐洛樱"第一次看到遥控器的时候，显示屏上的数字则是 98。

然而这并没有什么实质性的差别吧？

我深深地吸了口气。

好了，看样子，我回到过去这件事已成事实，一切都尘埃落定了。

也就是说，现在我要面对一个非常严重的问题——在现在这个时空里，有两个唐洛樱！

·6·

我从2月7日回到2月6日，现在我大概不能直接回到2月7日去了，只能等今天过完，自然地进入2月7日。

这本来没什么问题，只要等2月6日过去就行了。

问题是，现在的这个处于2月6日的世界里，本来就有一个唐洛樱存在。我的穿越，让这个世界多了一个唐洛樱。

如果我现在出现在大家面前，他们会有什么反应？

会以为"今天的唐洛樱"是我失散多年的双胞胎姐妹？

特别是"今天的唐洛樱"，当她看到和她长得完全一样的我出现时，会有什么反应？

会以为我是通过化装扮演她来搞恶作剧的？就跟我刚才首次看到她的时候所想的一样？

如果我和"今天的唐洛樱"一起回家，父母会目瞪口呆吗？

还有，回家以后，我的一切都会被她夺去一半？

我的衣服，我的房间，我的钱，甚至是父母的爱！

不能让这样的事发生！

怎么办呢？

对了，让她消失吧！

只要她按一下她此时在藤枕里找到的那个遥控器，她就会穿越到 2 月 5 日。那么现在这个 2 月 6 日的世界里，就只剩下我一个了。

虽然现在这个 2 月 6 日的世界，本来是属于她的。但我已经来了，无法离开了，所以只能让她离开，让她回到她的过去，到 2 月 5 日去当"明天的唐洛樱"。

我正想得入神，房外传来一阵敲门声——当然被敲的并非我所在的亥猪之间的房门。紧接着只听"今天的唐洛樱"说道："谁呀？"

和"剧本"一样，回答她的自然就是龙笑愚了："龙笑愚。"

"进来吧，门没锁。"

接下来龙笑愚走进了申猴之间。由于距离有些远，我没能听到他们的谈话，但我知道他们对话的内容——龙笑愚叫"今天的唐洛樱"到戌狗之间和沈靖及凌汐一起玩三国杀，因为"昨天"我自己已亲身经历过。

不一会儿，"今天的唐洛樱"和龙笑愚的说话声再次传来。他们已经走出了申猴之间。

"要不叫上那个慕容思炫吧？"那是"今天的唐洛樱"所说的。

我没有听到龙笑愚回答。因为他接下来的这句话，是压低了声音在"今天的唐洛樱"耳边所说的。他说的是："尽量别跟他扯上关系为妙呀。"

他们接下来的谈话自然也跟"昨天"丝毫无异。

"不过说起来，古宅里的家具似乎年代久远呀，不知道会不会真的很值钱。"

"家具也不一定是越老越值钱的。再说，哪怕值钱又怎样？你打算运出去售卖吗？"

他们聊了几句，慕容思炫从午马之间走出来。"今天的唐洛樱"邀请他一起玩三国杀。他拒绝了。

"你去哪儿呀？""今天的唐洛樱"问。

"探秘。"慕容思炫说这两个字的时候，刚好经过亥猪之间，我透过房门的空隙，看到了他一闪而过的身影。

龙笑愚和"今天的唐洛樱"又聊了几句，便走进了戌狗之间，找沈靖和凌汐玩三国杀去了。

我定了定神，继续思考刚才的问题：怎样才能让"今天的唐洛樱"按下她刚才所发现的那个遥控器的按键？

·7·

对了！其实我根本不用想办法让"今天的唐洛樱"按下按键。

因为如果一切真的按"昨天"发生过的"剧本"演绎，那么到了明天——2月7日，"今天的唐洛樱"会自己按下遥控器上的按键——就像我"昨天"那样。

到时，她会回到2月6日——即现在的2月5日，而我就能留在这个世界里，成为唯一的唐洛樱。

我只要在她穿越后，跟现在这个世界的慕容思炫和凌汐会合，想办法离开古宅，就可以了。

我会代替她在这个时空里生活下去。

现在我什么都不用做，只需要等，等明天的到来，等"今天的唐洛樱"自己按下遥控器上的按键，消失于这个世界。

对了，根据"剧本"，从今晚到明天，他们都不会进入我现在身处的这个亥猪之间。也就是说，我只要待在亥猪之间里，什么都不做，等上大半天，替换计划就大功告成了。

虽然明知道他们不会进入亥猪之间，但我还是有些担心——如果他们不完全按照"昨天"的"剧本"行事呢？如果在床上休息，总觉得有人会突然闯进来一般，没有安全感。所以最后我再次走进了亥猪之间的衣柜，关上柜门，躲在衣柜里休息等候，闭目养神。

·8·

过了一会儿，房外忽然传来一阵女子的轻呼声，声音并不大，但却十分清脆。

对了，"昨天"——应该说是我穿越前的昨天，大概在这个时间，我也听到女子轻呼声。不过当时我是"今天的唐洛樱"，在戌狗之间里和大家玩着三国杀，而现在，我则成了"明天的唐洛樱"，自己躲在亥猪之间里。

这么说，我穿越前的昨天，当我这个"今天的唐洛樱"和大家在戌狗之间里玩着三国杀的时候，在亥猪之间里，也有一个"明天的唐洛樱"吗？我们刚进入古宅的时候，所听到的厅堂右前方的那扇木门发出的响声，就是当时的那个"明天的唐洛樱"弄响的？就跟我刚才弄响了那扇木门一样？

情况真是错综复杂呀。我的大脑几乎要短路了。

我还在思索，只听龙笑愚的声音从戌狗之间里传过来："什么声音？"

他们自然也听到了刚才的女子惊呼声。

"我出去看看。"沈靖话音刚落，一阵开门声传来，那自然是沈靖打开了房门从戌狗之间里来到走廊上了。

我也从衣柜走出来，轻手轻脚地走到房门前，透过空隙窥视走廊上的情况。只见龙笑愚和"今天的唐洛樱"也从戌狗之间里来到走廊上，和沈靖一起打着手电筒四处查看，想要看看刚才发出轻呼声的女子在哪里。

"人呢？"沈靖搔了搔脑袋。

"今天的唐洛樱"喃喃自语："会是谁呢？"

龙笑愚吸了口气："难道是那个慕容思炫？"

"今天的唐洛樱"反驳道："明明是女人的声音呀！"

接下来他们的谈话，也跟"剧本"一样。

最后龙笑愚说道："难道古宅里真的有人？"

我清楚地看到，当龙笑愚说完这句话，"今天的唐洛樱"咽了口唾沫，四处张望。我知道她在想什么，她在想，怎么觉得真的有一双眼睛躲在暗处监视着我们？

因为我当时也是这么想的。

事实上，此时此刻，我确实躲在亥猪之间里监视着他们。

这么说，当我还是"今天的唐洛樱"，和大家到走廊上查看的时候，当我觉得有一双眼睛躲在暗处监视着我们的时候，在亥猪之间里，确实有一个"明天的唐洛樱"在监视着我？

想到这里，一股寒意从我的背脊直泻下来。太可怕了！

当时那个躲在亥猪之间里的"明天的唐洛樱"，现在在那个本来属于我的时空里替代了我？

此时她已经和那个时空的慕容思炫及凌汐离开古宅了吗？

而我呢，到了明天，当"今天的唐洛樱"按下遥控器后，我也会在这个时空里替代她，最后和慕容思炫及凌汐离开这里。

我越想越远，而龙笑愚、沈靖和"今天的唐洛樱"，已经在凌汐的叫唤下，回到了戌狗之间。

接下来，我再次回到衣柜里，闭目养神。

我在衣柜里胡思乱想，想着想着，不知不觉便睡着了。

第五章

穿越

不知道过了多久，一阵开门声传进来，把我惊醒了。

我还没回过神来，房外又传来了一声关门声。

我揉了揉眼睛，定了定神，拿出手机一看，是2月6日晚上八点零三分。我刚才睡了一个多小时。

刚才的开门声和关门声是怎么回事呢？

我竭力回忆。对了，根据"剧本"，在这个时间，"今天的唐洛樱"会觉得脑袋昏昏沉沉——因为喝下了龙笑愚递给她的投放了安眠药的宝矿力，回到自己的房间。刚才的开门声，是"今天的唐洛樱"打开戌狗之间的房门的声音；而关门声，自然就是"今天的唐洛樱"回到申猴之间后关上了房门的声音——但她因为太困而没有插上门栓。

等了一会儿，房外没有动静，我的心中不禁产生"到申猴之间去看看'今天的唐洛樱'"的想法——反正她因为服下安眠药而不会醒来。跟另一个自己近距离接触，会是怎样的感觉呢？想到这里，我的心情有些紧张，又有些兴奋。

我从衣柜走出来，来到门前，透过房门的空隙窥视走廊，只见戌狗之间的房门关上了——应该是"今天的唐洛樱"刚才离开戌狗之间后龙笑愚他们把房门关上了。于是我深深地吸了口气，轻轻地打开亥猪之间的房门，蹑手蹑脚地走了出去。此刻龙笑愚、沈靖和凌汐还在戌狗之间里玩着三国杀，因此我不敢在走廊上停留，直接来到申猴之间的房门前，打开房门，走了进去。

我打开手机的照明灯一看，"今天的唐洛樱"躺在床上，一动也不动，看样子已经处于熟睡之中了。

我把房门关上，一步一步地走到床前，望着眼前这个和我长相一样、性格一样甚至还拥有相同记忆的女生，心里有一种说不出的感觉，不知道是兴奋还是恐惧。

此刻在我身前，就像有一面镜子——一面可以把手伸进去、摸到镜中人的镜子。

我深呼吸了三下，在床边坐下，提起稍微颤抖的手，轻轻地摸了摸"今天的唐洛樱"的手，霎时间心中一震，只觉得这种感觉委实奇妙无比。

我们本来是属于两个不同的时空的。对于我来说，她在"昨天"，我在"今天"。而对于她来说，她在今天，我在"明天"。我们过着虽然前后相差了一天、但却终究完全一致的生活。就像两卷内容完全相同的录影带，先播放其中一卷，晚一些再播放另一卷。

但我们就像两条平行线，永远不会相交，永远不会干扰到对方的生活。就像第一卷录影带无法影响第二卷录影带的内容，而第二卷录影带也无法影响第一卷录影带的内容那样。

然而现在，因为那个神秘的遥控器出现了，时空错乱了，我们两个有了相见的机会，甚至可以触摸到对方。这种感觉，无法形容。

这样的情况到底有多奇异呢？譬如说，我右手的手指和右手的手腕，自出生起，就和我紧密相连。二十多年来，我每天都能看到它们。然而，我右手的手指永远无法触摸到我右手的手腕。而现在，我却可以用右手的手指去摸一摸"自己"——"今天的唐洛樱"——右手的手腕。这种奇遇，恐怕全世界只有我一个人经历过。

当然，这种自己和自己接触的机会，仅此一次。

到了明天——2月7日，"今天的唐洛樱"就会因为按下遥控器而回到2月6日，成为那个时空的"明天的唐洛樱"，而我则会留在这个空间里，代替她生活下去。从此以后，我们又将成为各不相干的两卷录影带，继续先后播放着一样的内容。

那么那个本来属于我的时空呢？我永远也不能回去了吗？我永远也见不到那个时空里的爸爸和妈妈了吗？

想到这里，我悲从中来。没想到上次和父母分别，竟是永别！

但我转念又想，现在这个时空里的爸爸和妈妈，和我原来的时空里的爸爸和妈妈，可是一样的呀！他们的样貌一致，记忆也相同，只是躯体不同，不，应该说他们拥有各自的，但外形和思想都完全一样的躯体。

然而，真的一样吗？

就像眼前这个女生，她和我的样貌一样，和我的记忆也基本一样——当然暂时她还没有使用遥控器穿越的记忆，只是，我和她，拥有各自的躯体。

那，她真的就是我吗？我们两个能画等号吗？

我不知道。我的心情复杂无比，大脑杂乱不堪。我不想再往下想了。

我稍微定了定神，开始想其他事情。

在我穿越前的昨天，当我在这个申猴之间熟睡的时候，属于那个时空的"明天的唐洛樱"，也像现在的我一样，走进了申猴之间，坐在我的身边吗？她当时所想的事情，和我现在所想的事情完全一致吗？

在她之前，还有多少个"明天的唐洛樱"来到了"今天的时空"？在我之后，又还有多少个"今天的唐洛樱"会穿越到"昨天的时空"，看到那个时空里的"今天的唐洛樱"？

我突然想到了遥控器上的数字。在我按键前是97，而在我按键后则是98。

难道在我之前已经有96个唐洛樱穿越过？我是第97号唐洛樱，所以我第一次拿到遥控器的时候，显示屏上的数字是97？而现在在我眼前的这个"今天的唐洛樱"，则是第98号唐洛樱，所以她的遥控器——就是此时在藤枕里的那一个，显示屏上的数字则是98？

再下一个呢？是99？接下来是100、101、102、103……

大脑几乎缺氧了。

就这样，我坐在"今天的唐洛樱"身边，胡思乱想了良久。有好几次我想离开申猴之间，回到亥猪之间，但却终究没有站起来。毕竟这样的机会——和"自己"共处的机会，今夜以后，永远不会再有。

· 2 ·

终于，在我走进申猴之间的一个多小时后，我才站起身子，长长地吁了口气。

天下无不散之筵席。是时候和"自己"告别了。

我最后又向"今天的唐洛樱"看了一眼，才转过身子，走出了申猴之间，把房门关上，向亥猪之间走去。当我走到戌狗之间的门前时，只听房内传来了沈靖的声音："不玩啦？现在才九点多呀！喂，龙笑愚，要不咱们到古宅内部探险去吧！"

我拿出手机看了看时间，现在是晚上九点零八分。在我穿越前，那个时空的凌汐曾说过，昨晚龙笑愚是在九点左右回房的。也就是说，根据"剧本"，现在龙笑愚即将要离开戌狗之间，回到他所住的西鸡之间去。

我还在思考，只听龙笑愚的声音从戌狗之间里传出来："小汐不舒服呀，怎么有精力和我们一起探险？你不会想就我和你两个人去吧？你能丢下小汐一个人在房间里吗？好好休息吧！探险的事，还是等明天再说吧。"

"那也是呀。"沈靖的声音有些失望。

"好啦，"龙笑愚接着说，"我先回房休息啦，咱们明儿见吧！"

我听他这么说，马上走到亥猪之间前方，开门走了进去。我刚把亥猪之间的门关上，房外就传来了戌狗之间的房门被打开的声音。

好了，现在龙笑愚回到酉鸡之间了。

他跟沈靖和凌汐告别前，曾说"咱们明儿见"，遗憾的是，他永远没有机会见到他们了。

如果一切按照"剧本"演绎，那么龙笑愚回到酉鸡之间后不久就会被杀。

到底杀死他的凶手是谁呢？

会是沈靖吗？我穿越前和慕容思炫及凌汐一起看到的那个戴着面具的凶徒就是沈靖？

又或许是另有其人？

不如偷偷到酉鸡之间去看看吧。

这个念头刚从我的脑海中冒出来，马上又被我自己否决了。怎么能去呢？太冒险了！万一被凶手发现，我也会有生命危险呀！

我只要一直躲在这里，等明天中午"今天的唐洛樱"自己按下遥控器而消失于这个空间后，我再出去和慕容思炫及凌汐会合，那一切就大功告成了，何必节外生枝？

于是我回到衣柜里，闭上眼睛，稍作休憩。过了一会儿，我的意识逐渐模糊，马上要睡着了。然而就在我半睡半醒的时候，却隐隐约约听到房外传来了较为激烈的吵闹声，听上去似乎是一男一女在吵架。我惊醒过来，定了定神，只听一个男子大声吼道："到底是为什么呀？"那是龙笑愚的声音。

原来此刻龙笑愚正在和一个女子吵架。难道这个女子就是接下来杀死龙笑愚的凶手？原来凶手是女人？

我静心聆听，等候那女子再次说话，看看能否认出她的声音。然而接下来，那女子却再也没有说话。突然，"砰"的一声巨响传来，随后似乎响起了打斗的声音，看来刚才和龙笑愚吵架的女子真的是凶手，此刻龙笑愚正在跟凶手搏斗。杀人凶手近在咫尺，杀人事件正在进行。我害怕得蜷缩着身子，心脏怦怦直跳。

说起来，外面传来如此激烈的吵闹声和打斗声，凌汐或许因为不舒服处于昏睡状态而没听到，但沈靖不应该听不到呀！他为什么不出来阻止呢？

等一下，难道此刻和龙笑愚搏斗的人，根本不是刚才和他吵架的女子，而是沈靖？沈靖真的是杀死龙笑愚的凶手？那么那个和龙笑愚吵架的女子又是谁？沈靖和那个女子是什么关系？

此外，不管凶手是神秘女子还是沈靖，杀死龙笑愚的动机到底是什么？

动机？难道，刚才和龙笑愚吵架的女子是凌汐？凌汐和龙笑愚发生冲突，沈靖也在场，他为了保护凌汐而杀死了龙笑愚？

我正在思考，忽然传来"啊"的一声惨叫，那是龙笑愚的声音。看来龙笑愚遭遇了凶手的致命攻击，已经死了。果然，接下来，打斗声停止了，周围万籁俱寂，令人心生寒意。

我在衣柜里又待了几十分钟，外面真的一点声音也没有了，看样子，凶手已经离开西鸡之间了。我拿出手机一看，此时已经是晚上十点零三分了。

要不要出去看看呢？

对了，现在凶手应该已经取下了"今天的唐洛樱"手上的手链，并且丢在龙笑愚的尸体旁边，到了明天，"今天的唐洛樱"将会被诬蔑。我要不要去取走手链呢？

不管怎样，到西鸡之间去看看吧，反正凶手已经离开了。

我想到这里，吸了口气，从衣柜走出来，离开亥猪之间，朝龙笑愚所住的西鸡之间走去。

·3·

来到西鸡之间，我拿出手机，打开照明灯，探头一看，只见赤裸着上身的龙笑愚横躺于床前，一动也不动，他头部周围的地板上，满布鲜血。他此时的动作，他所在的位置，都跟我穿越前所看到的龙笑愚的尸体一模一样。

龙笑愚"再一次"被杀了，一切跟"剧本"一致。

我咽了口唾沫，踏进西鸡之间，来到龙笑愚的尸体前方，正想蹲下来寻找"今天的唐洛樱"的那条心连心手链，忽然脖子一阵冰凉。与此同时，只听一个极为低沉的声音从我身后传来："不要动！否则杀死你！"

我这一惊实在非同小可！是谁？是杀死龙笑愚的凶手？他（她）还没离开？

此外，我还发现原来此刻站在我身后的人，拿着一个冰冷的东西架在我的脖子上。我没能看到那是什么，我猜测是刀子之类的利器。

"你……你想怎样呀?"我颤声道,"不要伤害我啊!"

那人低声说道:"把你的遥控器拿出来!"

咦?他(她)怎么知道我有遥控器?他(她)到底是谁?

我还在发呆,那人接着说:"快!否则杀死你!"他(她)的声音极为低沉,以至我到现在也没能分辨出他(她)的性别。

然而现在不是思考这些问题的时候,因为我感觉他(她)架在我脖子上的东西越来越紧,似乎快要把我的脖子割开了。我吞了口口水,连忙把遥控器从口袋里拿出来。此刻遥控器上的显示屏所显示的数字是98。

"按下去!"那人冷冷地说。

"为……为什么啊?"我颤声问。

"快!否则马上杀死你!一!二!"

人为刀俎,我为鱼肉,我没有选择,只好再次按下遥控器上的那个"播放下一段"的按键。

霎时间,液晶显示屏上的数字变成了——99。

·4·

与此同时,原来漆黑一团的房间突然变得稍微明亮起来,而本来在我面前的龙笑愚的尸体突然消失了。是真的消失了,毫无先兆地,突然就不见了,就像变魔法一样。如非亲眼所见,我绝不相信世界上竟有如此不可思议之事。

此外，架在我脖子上的那件冰冷的东西好像也消失了。我回头一看，身后没有半个人影。看来刚才手持利器强迫我按下遥控器的凶徒，也和龙笑愚的尸体一起消失了。

到底发生了什么事？遥控器上的数字又改变了，难道……我又穿越了？

我马上拿出手机一看，果然手机上所显示的时间是2013年2月6日下午四点五十二分！

我本来已经来到了2月6日晚上十点多了，现在竟然又穿越到2月6日的下午！

突然，房外传来"轰"的一声巨响。是雷声！是2月6日下午的那一记响雷！

我真的又回到过去了。

我定了定神，走到门前，发现此时西鸡之间的房门是虚掩的。穿越前我进来西鸡之间后，并没有把房门关上，也就是说，房门一直处于打开的状态。然而此刻，房门却在我毫不觉察的情况下被关上了，委实奇怪。

不过，和龙笑愚的尸体及凶手突然消失的事件相比，和我两次穿越了时空回到过去的事件相比，此事的奇怪程度真是小巫见大巫。

我正想把房门推开，却听房外传来"啊"的一声尖叫。发出叫声的人是个女子，声音是从厅堂那边传来的。

是凌汐！是凌汐在毫无心理准备的情况下发现了站在门槛上

的全身湿透了的慕容思炫而发出的尖叫。

我正想走到外面一探究竟，却忽然想到了一件事，停住了脚步。

此刻在走廊里或许还有另一个唐洛樱。

我是第二次穿越到2月6日下午四点五十二分的唐洛樱。而此刻在申猴之间里，应该还有一个第一次穿越到2月6日下午四点五十二分的唐洛樱。

那就是在我第二次穿越前，所看到的"今天的唐洛樱"。也就是在我第二次穿越前，在熟睡中的她的身边待了一个多小时的那个唐洛樱。

我想到这里，只听门外传来一阵开门声。透过西鸡之间的房门的空隙窥视走廊，果然看到另一个唐洛樱从申猴之间里走出来，站在走廊上，东张西望，脸上有些害怕。

她就是第一次穿越到2月6日下午四点五十二分的唐洛樱。她现在还不知道自己已经穿越了，就像我第一次穿越后那样。

我还在思考，只见这个"第一次穿越的唐洛樱"走到戌狗之间前，推开了虚掩的房门。她自然没看到凌汐在房间里。因为此刻是2月6日下午四点多，这个时空的凌汐，现在正在古宅的大门前方。

她接下来又走到午马之间前，推门查看。她现在所做的事，跟我在第一次穿越后所做的事完全一样。当然，在午马之间里，她也没有任何发现。

根据"剧本"，这个"第一次穿越的唐洛樱"接下来会到西鸡之间查看龙笑愚的尸体。我暂时还不能让她发现我的存在，于是我立即躲到房门后方。刚躲好，酉鸡之间的房门打开了。"第一次穿越的唐洛樱"看到龙笑愚的尸体消失了，一定会觉得非常奇怪，这就和我第一次穿越后看到龙笑愚的尸体不在酉鸡之间时的感觉是一样的。

最后，这个"第一次穿越的唐洛樱"离开了酉鸡之间。她要走向厅堂。很快她就会看到"今天的唐洛樱"，以及这个时空的龙笑愚、沈靖、凌汐和慕容思炫，接下来她还会通过分析得知自己穿越了。

我深深地吸了口气，走出酉鸡之间，在和"第一次穿越的唐洛樱"保持一定距离的前提下，偷偷地跟在她的后面。

只见她走到连接厅堂和古宅右侧走廊的那扇木门前方，窥视厅堂的情景。与此同时，"今天的唐洛樱"等人的谈话声，也从厅堂传进来。

"是吗？这可有些奇怪……"那是龙笑愚的声音。

接下来只听一个人说道："你的衣服都湿透啦，快去换衣服吧。不过雨这么大，哪怕你的背包里有衣服，现在肯定也湿透了吧？"说这句话的自然就是属于现在这个时空的"今天的唐洛樱"。

现在这个时空里有三个唐洛樱！情况复杂无比，近乎失控。

沈靖接着"今天的唐洛樱"的话说道："你运气真背呀，如果早几分钟进来，就不会被淋湿了。说起来，在山洞里你不是跟在我身后吗？为什么现在才到古宅来呀？"

沈靖刚说完这句话，"第一次穿越的唐洛樱"不小心把厅堂右前方的木门推了一下，木门发出了"吱"的一声。

"谁啊？"沈靖说道。

我知道接下来会发生什么事，所以沈靖刚说完这句话，我立即往回走，回到走廊里，重返酉鸡之间，并且在衣柜里躲了起来。我刚把衣柜的门关上，只听走廊上传来一阵急促的脚步声，那自然是"第一次穿越的唐洛樱"从厅堂右前方的木门逃往亥猪之间的声音了。

再等了一会儿，"今天的唐洛樱"等人也走进了走廊。他们的对话声再次传来。

"没人啊。"那是龙笑愚的声音。

接下来是凌汐的声音："会不会又躲起来了？如果没人，刚才这扇门为什么会响？"

沈靖接着说道："可能只是被风吹了一下吧。"

而"今天的唐洛樱"则说："可能是被老鼠弄响的。"

接下来众人的对话也跟"剧本"完全一致。

然后，他们查看了走廊上的六个房间。其中，位于左侧的午马之间、申猴之间和戌狗之间的房门是打开的，而位于右侧中间位置的酉鸡之间的房门也是打开的，酉鸡之间两旁的未羊之间和亥猪之间的房门则是虚掩的。

我突然明白了！在2013年2月6日下午四点五十二分，古宅右侧走廊里的六个房间的房门都是虚掩的。但是，"第一次穿越的唐洛樱"无意中先后打开了申猴之间、戌狗之间、午马之间和酉鸡之间这四个房间的房门。所以当"今天的唐洛樱"等人首次来到各个房间前方的时候，会看到这四个房间的房门是打开的。

我忽然想，自己第一次穿越前，当我还是"今天的唐洛樱"的时候，我和那个时空的龙笑愚等人首次来到这道走廊时，走廊里是否也有两个唐洛樱？"第一次穿越的唐洛樱"在亥猪之间里，而"第二次穿越的唐洛樱"则在西鸡之间的衣柜中？

虽然此刻在衣柜里的我无法看到走廊的情景，但我根据之前已经演绎过两次的"剧本"，认真聆听房外传来的声音，也大概猜到走廊上发生了什么事。最后，"今天的唐洛樱"、龙笑愚、沈靖和凌汐四人离开了走廊，回厅堂去了，慕容思炫则走进了戌狗之间换衣服。几分钟后，他从戌狗之间走出来，也离开了走廊，朝厅堂走去。

好了，现在走廊里只剩下我和躲在亥猪之间的那个"第一次穿越的唐洛樱"了。她正在想三个问题：一、龙笑愚为什么死而复生？二、"今天的唐洛樱"——当然此时她还不知道那个女生确实就是唐洛樱——为什么会和她长得一模一样？三、"今天的唐洛樱"他们为什么要重复昨天做过的事和说过的话？

而我，也要静下心来，理清现在的情况了。

· 5 ·

我想到了遥控器上那个液晶显示屏所显示的数字。

我刚拿到遥控器的时候，是97；我第一次穿越后，变成98；

而在我第二次穿越后的现在，则变成了99。

对了，或许可以这样理解：遥控器所显示的数字，就是当前这个空间的编号。

遥控器上的那个"播放下一段"的按键，其实是"跳到下一个空间"的意思。每次按下，就会跳到下一个空间。

穿越后的时间统一为那个空间的2013年2月6日下午四点五十二分，即那惊天动地的雷声响起的前几秒。

穿越后的地点，则和按下按键穿越前的地点一致。

具体分析一下我所遇到的情况吧。

我一开始所在的空间，是空间97。

在空间97里，除我以外，还有两个唐洛樱。

假设在空间97的时候，我叫1号唐洛樱——从未穿越过的唐洛樱。

第一次穿越过来的唐洛樱则叫2号唐洛樱。她穿越后，出现在申猴之间里——因为她穿越前是在空间96的申猴之间按下遥控器的按键的。

第二次穿越过来的唐洛樱则叫3号唐洛樱。她穿越后，出现在酉鸡之间里——因为她穿越前是在空间96的酉鸡之间按下遥控器的按键的。

她们两个都是从我所从未去过的空间96穿越过来的。

不过那时候，我还没有发现2号唐洛樱和3号唐洛樱的存在。

我只是听到了2号唐洛樱弄响了位于厅堂右前方、连接厅堂和古宅右侧走廊的那扇木门的声音。

接下来，在空间97的2月6日晚上十点多——当时我因为服下安眠药而在申猴之间里昏睡，2号唐洛樱在杀死龙笑愚的凶徒的威胁下，在西鸡之间里按下了遥控器，穿越到空间98的西鸡之间，变成了空间98的3号唐洛樱。

然后，到了2月7日下午一点多，我这个1号唐洛樱也在申猴之间里，因为好奇，按下了遥控器，结果离开了空间97——应该是再也回不去了，穿越到空间98的申猴之间，成为空间98的2号唐洛樱，时间是空间98的2月6日下午四点五十二分。

当时我看到放在申猴之间地上的背包消失了。其实消失的不是背包，而是我。我从空间97的申猴之间消失，瞬间来到空间98的申猴之间，由于周围的环境没有改变，只是背包不见了——它没有跟着我穿越到空间98，所以我以为是背包消失了。

至于房间突然变得颇为阴暗，则是因为时间从空间97的2月7日下午一点多跳到了空间98的2月6日下午四点五十二分——已接近黄昏了。

而3号唐洛樱，则留在空间97里，以唐洛樱的身份，继续生活下去。她最后大概还会带走我留在空间97的申猴之间里的那个背包吧。

再说我来到空间98后，当时在那个空间里，也有三个唐洛樱，3号唐洛樱——本来是空间97的2号唐洛樱（即我在空间97的时候把厅堂右前方的木门弄响的那个唐洛樱），2号唐洛樱（也就是我）——本来在空间97的1号唐洛樱，还有1号唐洛樱——本来就属于空间98的唐洛樱。

空间98的1号唐洛樱没有发现我这个2号唐洛樱以及3号唐洛樱的存在；而我也没有发现3号唐洛樱的存在，以为空间98里只有我和1号唐洛樱这两个唐洛樱。

每个空间，在2月6日下午四点五十二分的时候，右侧走廊的六个客房的房门都是虚掩的。但我——空间98的2号唐洛樱，在无意中先后打开了申猴之间、戌狗之间、午马之间和酉鸡之间这四个客房的房门。所以当空间98的1号唐洛樱等人首次来到各个房间前方的时候，会看到这四个房间的房门是打开的。

接下来，在空间98的2月6日晚上十点多——即我"刚才"第二次穿越前，我被杀死龙笑愚的凶徒威迫，再一次按下遥控器，结果来到了现在这个空间99的2月6日下午四点五十二分，成了空间99的3号唐洛樱。

和我在空间98时所目睹的那背包"消失"的原理一样，因为我离开了空间98的酉鸡之间，出现于空间99的酉鸡之间，所以空间98的酉鸡之间里的龙笑愚的尸体以及我身后的凶徒，都消失于我的眼前。

而当时空间99的时间是2月6日下午四点五十二分，这个时间酉鸡之间里是没有人的。

说起时间，我在空间98穿越前，时间是2月6日晚上十点多，天早已黑透了，周围漆黑一团；而穿越到空间99后，时间变成2月6日下午四点五十二分，虽已接近黄昏，但天还没黑透，所以霎时间房内变得稍微明亮起来。

我穿越前，酉鸡之间——空间98的酉鸡之间，房门是打开的；我穿越后，酉鸡之间——空间99的酉鸡之间，房门则是虚掩的——这是初始状态。

至于我刚才所跟踪的、此刻躲在亥猪之间里的那个唐洛樱，就是空间98的1号唐洛樱。她是在空间98的2月7日下午一点多时在申猴之间按下遥控器的。现在，她变成了空间99的2号唐洛樱。

而此时和大家一起在厅堂的那个唐洛樱，则是从未穿越过的、空间99的1号唐洛樱。

至于空间98的3号唐洛樱，则会留在空间98里，以唐洛樱的身份，继续生活下去。

想到这里，我长长地吁了口气。

情况看上去似乎非常复杂，但细想之下，又颇为简单。

总之，一切都十分明朗了：现在我不能回到空间97了，也不能回到空间98了，我只能留在空间99里，或者再一次按下遥控器，穿越到空间100。

我可不想再使用那个遥控器穿越了，这样只会让情况越来越复杂，越变越糟糕。

所以，我要留在空间99里，成为这个空间唯一的唐洛樱，代替空间99的1号唐洛樱生活下去。

也就是说，我要让空间99的1号唐洛樱和2号唐洛樱穿越到空间100。

要怎么做呢？

很简单——什么都别做。

　　只要跟着"剧本"走，不破坏"剧本"的"情节"，到了今天晚上十点多，2号唐洛樱会被凶徒威迫，按下遥控器，穿越到空间100，变成空间100的3号唐洛樱。

　　而等到明天下午一点多，1号唐洛樱也会自己按下遥控器，穿越到空间100，变成空间100的2号唐洛樱。

　　而我，就能成为空间99的唯一的唐洛樱了。

　　所以我除了等待，什么都不用做。

　　当我想到这里的时候，房外传来龙笑愚的声音："房间怎么分配？每人一个？"

　　1号唐洛樱和众人已经吃完干粮，现在回到走廊上来了。

第六章

真相

"我和小汐都是狗年的，我们就住戌狗之间好了。"

"这样也行呀？我是鸡年的，那我就住酉鸡之间吧，哈哈！你呢，小樱？你住哪个房间？"

"我就住这个申猴之间吧。慕容，你住哪个房间？"

"随便。就这个吧。"

空间99的1号唐洛樱，和空间99的龙笑愚等人，"再一次"——当然对于他们来说是第一次——"演绎"着"剧本"里分配房间的"情节"。

其后众人各自回房。此刻躲在衣柜里的我，透过柜门的空隙，看到龙笑愚走进了我现在身处的这个酉鸡之间里。我怕被他发现，屏住了呼吸。

接下来，只见龙笑愚先把背包放在架子床上，接着从背包里取出一瓶宝矿力，拧开瓶盖，然后又从口袋里掏出一个小药瓶，把药瓶里的一些白色粉末倒进宝矿力里，最后把宝矿力的瓶盖拧紧。被倒进宝矿力里的是安眠药的粉末吧？使我昏迷的人果然是龙笑愚。真是个败类！

对了，当我在空间97（当时我还是1号唐洛樱）的时候，2月7日清晨醒来，发现自己的身上只穿着内衣裤。把我的衣服和裤子脱掉的人，到底是被杀前的龙笑愚，还是另有其人？如果是另有其人，那个人难道就是杀死龙笑愚的凶徒？

有一点几乎可以肯定，那就是凶徒肯定进入过我所在的申猴之间，因为我手上的手链被他（她）取走了。

龙笑愚把安眠药的粉末投放到宝矿力里面以后，坐在床上玩了一会儿手机，便站起身来，背起背包，走出了西鸡之间，大概是到戌狗之间去看看沈靖和凌汐在干什么。过了一会儿，一阵敲门声从房外传来，根据"剧本"，这应该是龙笑愚到申猴之间找唐洛樱的敲门声。

果然，紧接着只听1号唐洛樱的声音从申猴之间里传出来："谁呀？"

站在走廊上的龙笑愚答道："龙笑愚。"

"进来吧，门没锁。"

"你在休息吗？"

"嗯。怎么啦？"

"小汐好些了。沈靖叫我们到他俩的房间玩三国杀。你去吗？"

"好啊！"

"现在就走？"

"好！"

接下来，虽然我没有亲眼所见，但我知道，一切就跟空间97和空间98发生过的事一样：1号唐洛樱和龙笑愚来到走廊，1号唐洛樱建议叫上慕容思炫一起玩三国杀，龙笑愚反对，此时慕容思炫从午马之间出来，到内堂探秘去，而1号唐洛樱和龙笑愚最后则走进了戌狗之间，跟沈靖和凌汐玩三国杀去了。

·2·

过了一会儿，我觉得有些闷热，于是从西鸡之间的衣柜里走出来。反正根据"剧本"，龙笑愚暂时不会回来。

现在，1号唐洛樱在戌狗之间和大家玩着三国杀，2号唐洛樱躲在亥猪之间的衣柜里，我这个3号唐洛樱则在西鸡之间里。1号唐洛樱什么都不知道，2号唐洛樱知道1号唐洛樱的存在，而我则知道1号唐洛樱和2号唐洛樱的存在。当然，我不能让她们两个发现我的行踪。因为根据"剧本"，在空间97和空间98的时候，我最终也没有发现分别属于那两个时空的3号唐洛樱。

但我突然很想知道，把1号唐洛樱的衣裤脱掉的人是谁呢？1号唐洛樱到底有没有被侵犯呢？如果在这个空间99的1号唐洛樱被侵犯了，也就是说，当我在空间97（当时我是1号唐洛樱）的时候，也被侵犯过——虽然我醒来后并没有发现自己的身体有什么异常状况。

要不到申猴之间去看看吧。

只要躲在申猴之间的衣柜里，耐心等到1号唐洛樱回到房间，一切就真相大白了。

但如果被人发现了怎么办？会不会影响"剧本"的进行？

我犹豫了好一会儿，终于下定决心：去看看吧！

我已经知道了接下来要发生的事，只要小心谨慎一些，是不会有人发现我的行踪的。

于是，我蹑手蹑脚地走出酉鸡之间，正要走进申猴之间，忽然一团黑影从厅堂的方向跑来，在我的脚边快速掠过。我"咦"了一声，低头一看，竟然是一只乌黑的大老鼠！

我本来也不是特别怕老鼠——惧怕程度至少比沈靖要低一些，但在毫无心理准备的情况下，看到一只大老鼠从我的脚边跑过，也着实让我吓了一跳，不禁失声叫了出来。

"啊——"

我话音刚落，老鼠已向内堂的方向跑去，消失于我的眼前。与此同时，戌狗之间里传出龙笑愚的声音："什么声音？"

霎时间，我明白了：原来在空间97时我在戌狗之间所听到的女子轻呼声，以及在空间98时我在亥猪之间所听到的女子轻呼声，竟然分别是那两个时空里的3号唐洛樱发出来的！

而现在，在空间99里，我这个3号唐洛樱因为突然看到老鼠而发出轻呼，被戌狗之间里的1号唐洛樱和亥猪之间里的2号唐洛樱听到了——当然此时她们还不知道有3号唐洛樱的存在。

历史总是惊人的相似，不，不是相似，简直是一模一样。

2号唐洛樱不小心弄响了厅堂右前方的木门，3号唐洛樱因为看到老鼠而在走廊上惊呼，一切都在神差鬼使地重复着，每次都丝毫无异，就像同一卷录影带一次接一次地播放。

时间容不得我多想，因为我知道戌狗之间里的众人马上就要到走廊上寻找轻呼声的来源。我立即走进申猴之间里，刚站稳身子，便听房外传来沈靖的声音："我出去看看。"

我吸了口气，轻手轻脚地躲到申猴之间的衣柜里。同一时间，房外传来众人的对话声。

"人呢?"沈靖说道。

"会是谁呢?"1号唐洛樱低声自语。

"难道是那个慕容思炫?"龙笑愚说。

1号唐洛樱不赞同龙笑愚的假设："明明是女人的声音呀!"

沈靖随即说："对! 我也听得很清楚! 确实是女人的声音!"

龙笑愚接着分析道："根据桌椅上的灰尘可以推断古宅里没人居住，此刻只有我们四个以及慕容思炫，刚才我们四个都在房间里，利用排除法可知，在房外发出叫声的人自然就是慕容思炫了。"

他的分析是正确的，如果此时在古宅里只有他们五个人的话。

遗憾的是，此刻在古宅里有七个人。

除了他们五个，还有躲在亥猪之间的衣柜里的2号唐洛樱——此时她应该从衣柜里走出来了，以及躲在申猴之间的衣柜里的我——3号唐洛樱。

接下来只听沈靖疑惑地说："可是那明明是女人的声音呀! 难道是我听错了? 又或者是，刚才根本没有声音，只是由于我对这里疑神疑鬼而产生了幻听?"

1号唐洛樱没好气地说："我们大家同时听到，怎么可能是听错或幻听?"

龙笑愚压低了声音，一字一顿地说："这么说，难道古宅里真的还有别人？"

他总算猜对了。但他万万没有想到，此刻隐藏在古宅里的两个人，都是唐洛樱。

根据"剧本"，此时，1号唐洛樱在走廊上四处张望，心中在想："怎么觉得真的有一双眼睛躲在暗处监视着我们？"

事实上，2号唐洛樱确实在亥猪之间里，透过房门的空隙，窥视着1号唐洛樱的一举一动。

可是2号唐洛樱不知道，在不远处的申猴之间，还有一个3号唐洛樱呢。

·3·

最后，在凌汐的叫唤下，1号唐洛樱、龙笑愚和沈靖回到了戌狗之间。

而我继续在申猴之间的衣柜里等候着1号唐洛樱回来。

等着等着，我觉得有些困，不知不觉便睡着了。

不知道睡了多久，一阵稍微有些粗暴的开门声把我惊醒了。我"咦"了一声，睁眼一看，只见一个人跌跌撞撞地走进申猴之间，把房门关上，但没有插上门栓，便倒在床上呼呼大睡。

虽然在黑暗中没能看清楚那个人的容貌，但根据"剧本"，此人不是1号唐洛樱是谁？

我拿出手机一看，此刻是2月6日晚上八点零三分。我刚才睡了一个多小时。

而2号唐洛樱，刚才也在亥猪之间的衣柜里睡了一个多小时。

现在，她马上要到申猴之间来了。

过了几分钟，果然申猴之间的房门再次被打开了，紧接着，只见2号唐洛樱静悄悄地从房外走进来。

她打开了手机的照明灯，向在床上熟睡的1号唐洛樱看了一眼，回头关上房门，接着一步一步地走到床前，低头望着1号唐洛樱，怔怔出神，脸上的表情不知道是兴奋还是恐惧，复杂无比。

接下来，只见她深呼吸了三下，在床边坐下，用稍微有些颤抖的手，轻轻地摸了摸1号唐洛樱的手。我知道，此刻她心里的感觉奇妙无比，因为在空间98的时候我也感受过。

而对于此刻的我来说，现在的感觉也委实微妙。

三个来自不同时空的唐洛樱，共处一室，两两相距不到三米。这种离奇怪异的情节，哪怕在科幻小说里，也十分罕见。

说起来，当我在空间98（当时我是2号唐洛樱）的时候，身处申猴之间和熟睡的1号唐洛樱相对之际，在衣柜里，也有一个属于空间98的3号唐洛樱躲在衣柜里？当时，我在偷偷地看着熟睡的1号唐洛樱，而那个3号唐洛樱则在偷偷地看着我？

那个空间98的3号唐洛樱，现在已经和慕容思炫及凌汐离开了空间98的古宅，回家去了吧？

可以跳出这些混乱的时空，回家跟父母吃顿饭，实在是一件非常幸福的事呀。

而我也不必羡慕，因为2号唐洛樱等一下就会离开空间99了，而1号唐洛樱明天下午也会离开空间99，到时，我就能成为空间99里唯一的唐洛樱，离开古宅，回到温暖的家。

我实在是归心似箭呀。

咦？

我突发奇想：或许有更快成为空间99中唯一的唐洛樱的方法呀。只要我现在从衣柜走出去，叫2号唐洛樱按下遥控器，跳到空间100，再把1号唐洛樱叫醒，也叫她按下遥控器跳到空间100，那么我不就能立即成为空间99中唯一的唐洛樱了吗？

可是真的这么简单吗？

如果我这么做的话，那么接下来发生的事，就跟空间97和空间98所发生的事情有所不同了，"剧本"被窜改，一切偏离轨道。

接下来，在空间100里发生的事，肯定也和空间97和空间98的不同。别的不说，就出现的地点来说，2号唐洛樱——即现在处于熟睡中的这个空间99的1号唐洛樱，以及3号唐洛樱——即现在坐在床边的这个空间99的2号唐洛樱，她们会同时出现在空间100的申猴之间里。而按照空间97及空间98的"剧本"，在2月6日下午四点五十二分，2号唐洛樱出现在申猴之间，3号唐洛樱则出现在酉鸡之间。

还有呀，如果我真的窜改了"剧本"，现在就从衣柜走出来，那么对于我现在身处的这个空间99，又有什么影响？

如果1号唐洛樱和2号唐洛樱不合作呢？如果她们因为不肯离开空间99而和我发生争执呢？如果争执把龙笑愚、沈靖和凌汐引来了呢？这样的场面，稍微想想都觉得非常混乱。

最后一点，我真的很想知道，当我在空间97的时候（那时我是1号唐洛樱），那天晚上，把我的衣裤脱掉的人到底是谁？我到底有没有被侵犯？只要再耐心等一会儿，这两个问题的答案就会出现在我面前。

所以，还是不要多生枝节了。窜改"剧本"就意味着接下来发生的事充满未知，而未知是危险的。既然如此，何必冒险？

心中打定主意，我深深地吸了口气，又向衣柜外面的2号唐洛樱看了一眼，只见她望着空气，愣愣出神，似乎在想着什么问题。

她现在应该在想，空间99的爸爸和妈妈，跟自己本来所在的空间98的爸爸和妈妈，是否一样？眼前这个1号唐洛樱跟自己是否相同？在此之前，有多少个2号唐洛樱存在过？

而我则在想，怎样才能保证"剧本"不出差错？怎样才能保证我能百分百成为空间99里唯一的唐洛樱？

两个唐洛樱，各怀心事。

· 4 ·

过了一个多小时，2号唐洛樱终于站了起来，长长地吁了口气。

她要离开申猴之间了。

果然，只见她最后又向床上的1号唐洛樱看了一眼，便转过身子，走出了申猴之间，并且在房外把房门关上了。接下来，房外隐隐约约传来沈靖和龙笑愚的对话声。

"不玩啦？现在才九点多呀！喂，龙笑愚，要不咱们到古宅内部探险去吧！"

"小汐不舒服呀，怎么有精力和我们一起探险？你不会想就我和你两个人去吧？你能丢下小汐一个人在房间里吗？好好休息吧！探险的事，还是等明天再说吧。"

"那也是呀。"沈靖有些失望。

"好啦，我先回房休息啦，咱们明儿见吧！"

接着，龙笑愚大概回到了他所住的西鸡之间里吧。而此刻，2号唐洛樱也已经回到了亥猪之间，再次躲到衣柜里，闭目养神。等一下，她将会被龙笑愚和一个神秘女子的吵架声所惊醒。接着她会到西鸡之间查看凶案现场，最后被凶徒强迫她按下遥控器，跳到空间100去。

说起来，那个神秘女子真的是杀死龙笑愚的凶徒？即等一下强迫2号唐洛樱按下遥控器的那个人？

而在申猴之间里，我大概也即将看到1号唐洛樱的衣服和裤子被脱掉的经过。

到底是谁干的？

对了，稍后我甚至能看到凶徒进来取走1号唐洛樱手上的手链的情景。我能因此知道凶徒的身份。

我咽了口唾沫，心里有些紧张。

大概过了二十分钟，申猴之间的房门打开了，一个人从房外走进来。我屏住呼吸，透过柜门的空隙往外一看，只见那个人一步一步地走到架子床前，轻声叫道："小樱，小樱……"

这是龙笑愚的声音！毫无悬念，把1号唐洛樱的衣裤脱掉、试图侵犯她的人果然就是龙笑愚。

此刻，服下了安眠药而处于深度睡眠的1号唐洛樱并没有回答他。

龙笑愚从口袋里掏出一把手电筒，打开开关，放在床边。霎时间，手电筒射出的亮光照在龙笑愚那卑鄙龌龊的脸上。

接下来，只见龙笑愚轻轻地拍了拍1号唐洛樱的脸蛋，又叫了两声："小樱……唐洛樱……"

他见1号唐洛樱丝毫没有反应，吸了口气，低下头在1号唐洛樱的嘴唇上吻了一下。

贱人！人渣！

在空间97里，我也被那个空间的龙笑愚吻过。

真恶心！

紧接着，只见龙笑愚开始肆无忌惮地抚摸1号唐洛樱的脸蛋，然后是脖子、手臂、腹部和大腿，他越来越放肆，最后，他把手停留在1号唐洛樱的牛仔裤的门襟上。

他把门襟上的纽扣解开了。

这个禽兽终于要动手了！

果然，接下来只见龙笑愚以熟练的动作把1号唐洛樱的牛仔裤脱掉了，霎时间1号唐洛樱那雪白而修长的腿在他面前展露无遗。

我突然觉得，此刻被侵犯的人，就像我自己一般。毕竟，1号唐洛樱确实是我——过去的我。

龙笑愚接着又把1号唐洛樱的上衣也脱掉了。现在，1号唐洛樱只穿着内衣裤。

我看得面红耳赤，只觉得此刻赤身裸体暴露于龙笑愚眼前的人便是我自己一般。

真是衣冠禽兽！死不足惜！

我愤怒得紧咬下唇，两手握拳，恨不得跑出去把他揍一顿。就在这时候，却又见龙笑愚俯下身子，一边亲吻着1号唐洛樱的脖子，一边抚摸着她的身体。

贱人！不要碰1号唐洛樱的身体！不要碰"我"的身体！

眼看龙笑愚把手停留在1号唐洛樱的内裤上，看样子他要脱掉1号唐洛樱的内裤了。

1号唐洛樱马上就要被他侵犯了。

"我"马上就要被这个恶心的贱人侵犯了！

当此情形，我似乎跟1号唐洛樱重合在了一起，成了一个人。她的遭遇，便是我的遭遇。

我实在无法袖手旁观。我要反抗！

我还在思索，1号唐洛樱的内裤却已被龙笑愚脱掉了一半。我真的忍无可忍了！脑袋一发热，我不由自主地推开了衣柜的门，跑了出去，随手拿起床前的一把圆凳，狠狠地砸向龙笑愚的背部。

"啊?"龙笑愚大吃一惊，失声而叫。

接着他猛地回头，看到气势汹汹的我，目瞪口呆。他定了定神，转头向床上的1号唐洛樱看了一眼，接着又向我望来，惊讶得张大了嘴巴，无法合拢。

我手拿圆凳直指着他，骂道："龙笑愚，你真是个败类！我还真把你当朋友了，我真是瞎眼了！"

龙笑愚定了定神，颤声问："你们……怎么……你们是双胞胎？"

我重重地"哼"了一声，不屑地说："关你什么事？人渣！"

"你……你听我解释……"龙笑愚结结巴巴地说。

"有什么好解释的？"我怒视着他说道，"我亲眼看着你往那瓶宝矿力里投放了一些白色的粉末！你这个心怀鬼胎的禽兽！"

龙笑愚微微一呆，接着回过神来。

"你……你才是小樱？"

他说到这里望了望床上的1号唐洛樱，继续道："她是你的姐妹？"

"关你什么事啊？"我冷然道。

"小樱，你听我说，"龙笑愚吸了口气，忽然用一种极为深情的语气说道，"我是真的喜欢你，我是真的想你当我的女朋友。"

然而在此情此景之中，他的表白却让我觉得无比恶心。

"呸！当我的男朋友？"

我用蔑视的眼神瞥了他一眼，冷冷地继续道："你这种禽兽，配吗？"

"小樱，你别这样，我是真心的……"他不依不饶。

我怒道："滚出去！人渣！"

被我接二连三地辱骂，他大概有些恼羞成怒了，只见他微微地吸了口气，紧紧地盯着我，不再说话，脸上的肌肉在轻轻地颤动。

我被他瞧得心里发毛，咽了口唾沫，有些胆怯地说："看什么？出去呀！"

突然，他猛地抢到我的跟前，一手抓住我的左臂，有些激动地说："唐洛樱，我有什么不好呀？"

"你干吗呀？"

我举起圆凳狠狠地砸向他的脸。但他手疾眼快，左手一伸，抓住了圆凳，化解了我的攻击，接着使劲一拉，把圆凳抢了过去。

与此同时，只听他大声叫道："为什么你一直不肯接受我？到底是为什么呀？"后面那句话几乎是吼出来的。

他话音刚落，就把圆凳扔在地上，接着两手紧紧地抓住我的肩膀，把我往后一推，只听"砰"的一声巨响，我被他死死地按在衣柜里，霎时间背部一阵剧痛。

我还没回过神来，他已把脑袋凑过来，疯了一般亲吻我的脸和脖子。看来他想要侵犯1号唐洛樱的计划败露，现在索性豁出去了，为了得到我，不顾一切。

我拼命反抗，想要他把推开，然而他使尽蛮力，我连动也动不了，更别说是脱身了。

这时候，我的双手在乱划之下，右手好像摸到了一些什么冰冷而坚硬的东西。我刚把那东西抓在手里，龙笑愚却突然抓住我的衣领，猛地一扯，只听"哧"的一声，我的衣服瞬间被撕烂了大半，内衣暴露在他的眼前。

情急之下，我的体内爆发出一股莫名的力量。我猛然举起右手，费尽九牛二虎之力，用我抓在手上的那坚硬的东西砸向龙笑愚的头部。龙笑愚大概没有料到我的手上有武器，在毫无防备的情况下，头部被我重击，发出了"啊"的一声怪叫，接着后退了两步，向我看了一眼，满脸疑惑，嘴唇微张，但还没说话，却突然"砰"的一下，倒在了地上。

我惊魂未定，急促地喘着气。十多秒后，我才微微冷静下来，看了看自己拿在手上的那件把龙笑愚击倒了的武器，竟然是一把扳手！

·5·

扳手？

为什么在衣柜里会有一把扳手？我刚才躲在衣柜里的时候一直没有发现。

在空间97的时候，慕容思炫在查看龙笑愚的尸体时曾说："他的头部有表皮剥脱及皮下出血，估计死因是被钝器重击头部。从伤口判断，应该是被扳手之类的东西所伤。"

扳手！

难道，我杀死了龙笑愚？

我吞了口口水，从衣柜里出来，走到龙笑愚的跟前，只见他双目圆睁，面容扭曲，实在是恐怖无比。我硬着头皮蹲下来，探了探他的鼻息，竟然没有了呼吸！

他死了！

我真的杀死了龙笑愚！

原来杀死龙笑愚的凶手是我！

这么说，在空间97里，杀死龙笑愚的凶手，也是那个空间的3号唐洛樱。

而在空间98里，当我（当时我是2号唐洛樱）躲在亥猪之间的衣柜的时候，所听到的吵闹声和打斗声，原来不是在我们最后发现龙笑愚尸体的酉鸡之间里发出来的，而是在申猴之间里传出来的，那是那个空间的3号唐洛樱和龙笑愚搏斗并且失手杀死龙笑愚的响声。

就像此刻在这个空间99里，躲在亥猪之间的衣柜里的2号唐洛樱，也听到了我刚才和龙笑愚搏斗最终失手杀死了龙笑愚的声音。

现在怎么办？

慕容思炫、沈靖、凌汐和1号唐洛樱明天会发现龙笑愚的尸体。

如果尸体一直留在申猴之间里，那么首当其冲被怀疑的，自然就是1号唐洛樱。

问题是，1号唐洛樱最后是要离开空间99而跳到空间100的，我将代替她在空间99生活下去。

也就是说，最后被怀疑的人，其实是我。

而我确实就是杀死龙笑愚的凶手。

我一旦被怀疑，事后警察很容易查明我就是凶手。

为了洗刷自己的嫌疑——至少不让自己成为首要嫌疑对象，我必须让龙笑愚的尸体离开申猴之间。

对了，拖到酉鸡之间吧，就跟"剧本"一样。

恐怕空间97和空间98的3号唐洛樱，也是在此时此刻，想起了"剧本"，想到了跟着"剧本"的"情节"去做，并且付诸行动，所以最后出现在大家面前的龙笑愚的尸体，是在酉鸡之间里的。

于是，我先把扳手放在床上，再抓住龙笑愚的双脚，拖着他的尸体走出了申猴之间。

好不容易才把这么一个大男人的尸体拖进酉鸡之间，只累得我呼呼喘气。我定了定神，休息了好一会儿，拿出手机，打开照明灯，灯光射向龙笑愚的尸体，我竟然发现，尸体此刻所在的位置及当前的动作，跟空间97及空间98中龙笑愚的尸体基本一样。

我正在阴差阳错地重复着空间97和空间98发生过的事。

我吸了口气，又发现龙笑愚脑袋四周的地板上满布鲜血，直到此刻，鲜血还从他头部的伤口里源源不断地渗出来。

糟糕！在申猴之间里一定也留下了血迹。

我深深地呼吸了一下，接着弯下腰，用手机的照明灯查看地面，果然发现地上有一道血迹。我跟着血迹向前走，只见这道血迹从酉鸡之间延伸到申猴之间，那自然是我刚才拖动龙笑愚的尸体时，从他脑袋上的伤口里所流出来的血。

要怎么处理这些血迹呢？

至少要擦掉申猴之间里的血迹吧？

该用什么来擦拭呢？

对了，在空间97和空间98里，龙笑愚的尸体都是赤裸上身的。现在我总算明白凶手为什么要脱掉龙笑愚的衣服了。

于是我也把面前这个龙笑愚的衣服脱了下来，并且用这件衣服把刚才拖动尸体时留下的血迹擦拭干净。

最后，我拿起了床上的扳手以及龙笑愚留下的手电筒，准备离开申猴之间。

离开之前，我向1号唐洛樱又看了一眼。

她还在熟睡之中，对于刚才发生在申猴之间里那瞬息万变的一切浑然不知。

回想刚才，龙笑愚兽性大发，1号唐洛樱即将被侵犯，情况危急，千钧一发之际，我毫不犹豫地从衣柜里出来，阻止了龙笑愚。

对此我义无反顾。哪怕让我再选择一次，我也会竭尽全力阻止龙笑愚侵犯1号唐洛樱。

因为1号唐洛樱就是我。

世界上除了父母，任何时候都会帮助自己的，就只有自己。

当然，如果可以再来一次，我不会用扳手重击龙笑愚的头部。

但是，现在事情已经发生了，无法改变了。

想到这里，我叹了口气，弯下腰，轻轻地吻了一下1号唐洛樱的额头，低声说："现在没事了，好好睡吧。"

明天上午她醒来后，会发现自己的身上只穿着内衣裤，会因此怀疑自己曾经被侵犯。

但她万万不会想到昨晚在她昏睡的时候，就在这个申猴之间里，龙笑愚被杀死了。

被来自另一个空间的唐洛樱杀死了。

当然，等她跳到空间100，其后再跳到空间101，成为空间101的3号唐洛樱的时候，她也会亲身经历龙笑愚被杀的经过。

好了，该走了。我吸了口气，拿着扳手、手电筒以及龙笑愚那沾满鲜血的衣服，走出了申猴之间。

·6·

来到走廊上，我突然有些迷惘：现在我该去哪儿？

我该找个地方躲起来，等明天1号唐洛樱和2号唐洛樱跳到空间100后，我再出来和慕容思炫及凌汐会合吗？

就在这时候，亥猪之间的房门打开了。

是谁？

啊？对了！是2号唐洛樱！根据"剧本"，她在这个时间会从亥猪之间走出来，到西鸡之间去瞧一瞧龙笑愚的尸体。

不能让她发现我！否则"剧本"会被破坏。

当时我刚好站在西鸡之间的房门前。于是，我马上走进西鸡之间，并且在门后躲了起来。刚站稳脚，只听2号唐洛樱的脚步声由远及近地传来。

数秒后，她来到了酉鸡之间的前方，打开了手机的照明灯，霎时间刚才被我杀死的龙笑愚出现于她的眼前。

但她应该也不怎么惊讶，毕竟她早就知道龙笑愚的尸体在这里。

她只是在想："龙笑愚'再一次'被杀了，一切跟'剧本'一致。"

接下来她会走进酉鸡之间。然后，会有一个人拿着冰冷的东西架在她的脖子上，强迫她按下遥控器。

问题是，此刻在酉鸡之间里，除了龙笑愚的尸体和我以外，哪里还有其他人？

这时候，我无意中看到自己手上所拿的扳手。

霎时间，我全部明白了：在空间98中，强迫我这个2号唐洛樱按下遥控器的人，就是那个空间的3号唐洛樱！

而现在，在空间99里，我这个3号唐洛樱也必须强迫2号唐洛樱按下遥控器，让她跳到空间100。

现在是让2号唐洛樱离开空间99的绝好机会，不能错失。否则，到了明天下午，哪怕1号唐洛樱自己按下遥控器而离开，但在空间99里，还会有两个唐洛樱——2号唐洛樱和3号唐洛樱。

当我想到这里的时候，2号唐洛樱已经走进了酉鸡之间，来到龙笑愚的尸体前方。关键时刻要来了！我不失时机地向前走了两步，来到2号唐洛樱的身后，用手上的扳手架在她的脖子上，故意压低了声音说道："不要动！否则杀死你!"

真讽刺呀！我数十分钟前才救下了自己——1号唐洛樱，现在却又在威胁自己——2号唐洛樱。

虽然严格来说并非同一个自己。

2号唐洛樱的反应自然和空间98中的我是完全一样的，颤声道："你……你想怎样呀？不要伤害我啊！"

我低声道："把你的遥控器拿出来！"

我这句话是脱口而出的。但话音刚落，我忽然想到在空间98里，3号唐洛樱也说过一模一样的话。

一切正在重复，神差鬼使。

她没有回答，怔怔出神。她在想："为什么这个人知道我有遥控器？这个人是谁？"

我没有留给她思考的时间，接着说："快！否则杀死你！"我故意把自己的声音压得极低——就跟空间98的3号唐洛樱一样，让她不仅无法认出我的声音，甚至连我是男是女也无法分辨。

与此同时，我的手稍微使劲，架在她脖子上的扳手越来越紧。她害怕了，咽了口唾沫，把她的那个遥控器从口袋里掏出来。此刻她的遥控器的显示屏所显示的数字，和我的遥控器的显示屏上的数字一样，是99。因为，我们现在身处的是空间99。

"按下去！"我冷冷地说。

"为……为什么啊？"2号唐洛樱颤声问。

她迟早会明白为什么，现在不必解释。现在她知道得越多，"剧本"的"情节"被破坏的机会就越大。

"快！否则马上杀死你！一！二！"

2号唐洛樱没有办法，只好按下她的遥控器上的那个"播放下一段"按键。霎时间，她消失了，致使我拿着扳手的右手突然重心移动，不由自主地向下划了一下，差点打到自己的膝盖上。

此时，2 号唐洛樱跳到了空间 100 的 2 月 6 日下午四点五十二分，跳到了空间 100 的西鸡之间——当时西鸡之间里没有人。她手上的遥控器的数字变成了 100。她成为空间 100 的 3 号唐洛樱了。

第七章

算计

好了，现在在空间99里只剩下两个唐洛樱了：正在申猴之间昏睡的1号唐洛樱，以及我——3号唐洛樱。

接下来，我只需要找个地方躲起来，等明天下午1号唐洛樱按下遥控器跳到空间100后，再出来和慕容思炫及凌汐会合，就可以继续在空间99里生活下去。

该躲到哪儿呢？

最好不要留在古宅右侧走廊的客房里，这样被1号唐洛樱、慕容思炫及凌汐发现的可能性比较大。

于是，我走出西鸡之间，向右侧内堂的方向走去。

经过戌狗之间的时候，我朝那关闭着的房门看了一眼。

刚才我跟龙笑愚在申猴之间里的争吵声及打斗声，连身处亥猪之间的2号唐洛樱都听到了，但为什么却没有惊动戌狗之间里的沈靖和凌汐？

凌汐或许因为身体不舒服而处于昏睡状态，没有听到房外的声响。可是沈靖呢？他也没听到我和龙笑愚的吵闹声吗？如果听到，他为什么不出来阻止？

我没有多想，也没有在走廊停留，这些疑惑在脑海中冒出来的同时，我已走出走廊，来到古宅的右侧内堂。这里有两个房间，左前方的是朱雀之间，右前方的则是玄武之间。在1号唐洛樱离开空间99之前，我就躲在其中一个房间里吧？

根据"剧本"，到了明天上午，会有一个面具人在1号唐洛樱、慕容思炫和凌汐的追赶下逃进玄武之间，其后慕容思炫会踹开玄武之间的房门，和1号唐洛樱进去查看。所以，还是躲在朱雀之间比较安全。

来到朱雀之间门前，探头一看，只见房内放置着架子床、梳妆台、衣柜、长椅等木制家具，跟玄武之间的摆设基本一致，只是没有后门。

走进朱雀之间后，以防万一，我先关上房门，把房门上的门栓插上，随后把扳手和手电筒放在架子床上，又把刚才用来擦拭地上血迹的龙笑愚的衣服塞到衣柜里，最后在床上躺下，东思西想。

在空间97的时候，我一直以为，那个躲在凌汐衣柜里的面具人，就是前一天晚上杀死龙笑愚的凶手。但原来凶手是3号唐洛樱，那么那个面具人到底是谁？

难道真的是沈靖？

如果是他，他为什么要躲在衣柜里吓唬凌汐？

他从玄武之间逃跑后，又躲到哪儿去了？

龙笑愚被杀的谜团已经全部解开了。但沈靖的失踪之谜，以及那面具人的身份之谜，却仍堕云雾中。

想着想着，我逐渐睡着了。

·2·

一觉醒来，似乎已天亮了。我拿出手机看了看时间，已经是上午八点零八分了。

2013年2月7日上午八点零八分。

我在朱雀之间里睡了差不多十个小时。

虽然睡眠的时间较长，但睡眠的质量却极低，因为我一整晚都在做梦：我梦见1号唐洛樱没有按下遥控器，我不能成为空间99里唯一的唐洛樱；我梦见龙笑愚变成满脸鲜血的恶鬼，掐着我的脖子问我为什么要杀死他；我还梦见我杀死龙笑愚的事被慕容思炫发现了，其后我被警察带回公安局，接受审讯。

不管怎样，这些都只是梦境而已。在现实中，一切十分顺利：到了下午，1号唐洛樱就会按下遥控器，离开空间99；作为唯物主义者，我也不相信鬼魂的存在，不相信龙笑愚会回来向我索命；等一下面具人会和1号唐洛樱同时出现，慕容思炫和凌汐会以为面具人就是杀死龙笑愚的凶手，1号唐洛樱因此拥有不在场证明，所以当我代替她的身份后，也不会遭到怀疑。

想到这里，我深深地吸了口气，同时伸了个懒腰，接着从床上走下来。忽然"啪"的一下，原来是我下床的时候不小心碰倒了放在床上的手电筒，手电筒因此掉落在地。

在我弯下腰捡手电筒的时候，无意中看到床底有一件黑色的衣服，看上去鼓鼓的，里面似乎裹着些什么东西。我趴下来，伸出右手，正想把这包东西拿出来看一下，却突然发现了一件严重的事。

我戴在手上的那条心连心手链不见了！

掉了？掉在哪儿了？

回想空间97，慕容思炫、凌汐和我（当时我是1号唐洛樱）是在龙笑愚的尸体旁边发现这条手链的。

其时我推断，杀死龙笑愚的凶手在我熟睡的时候，潜入我的房间，取走我的手链，丢在龙笑愚的尸体旁边，想要嫁祸于我。

而现在，到了空间99，我知道了原来杀死龙笑愚的凶手就是我——3号唐洛樱。但我并没有取走1号唐洛樱手上的手链呀。

难道，龙笑愚尸体旁边的手链，并不是1号唐洛樱的，而是3号唐洛樱的？

难道，我昨晚把龙笑愚的尸体从申猴之间拖到西鸡之间的时候，不小心弄丢了手链？

那么，1号唐洛樱的手链为什么也不见了？是被人拿走了，还是她自己也十分巧合地把手链弄丢在某个地方？

虽然其后面具人的出现会让1号唐洛樱拥有不在场证明。但再怎么说，自己的手链在尸体旁边被发现，嫌疑终究无法彻底洗刷。

我最后是要留在空间99的，我可不能让这种不利于我的情况发生。

要不，在慕容思炫、凌汐和1号唐洛樱发现龙笑愚的尸体前，先到酉鸡之间把手链取走吧。

事不宜迟。想到这里，我快步走到朱雀之间的房门前，开门走了出去。

· 3 ·

我通过内堂，来到古宅右侧的走廊，正想到酉鸡之间去取走手链，却忽听一个女子的尖叫声从走廊里传出来。

那是凌汐的声音。

我吓了一跳，连忙在右侧内堂的门口后面躲了起来。

接着只听慕容思炫的声音传来："没呼吸，也没心跳，而且瞳孔扩散，已经死了。"

糟糕！晚了一步。他们已经发现了龙笑愚的尸体。

"怎……怎么会这样呀？"凌汐声音颤抖地问道。

跟空间97一样，发现尸体，慕容思炫却若无其事，只听他淡淡地说道："他的头部有表皮剥脱及皮下出血，估计死因是被钝器重击头部。从伤口判断，应该是被扳手之类的东西所伤。"

这个慕容思炫真是非同寻常，仅从伤口就能推断出凶器是扳手。

"扳手？"1号唐洛樱的声音有些害怕。

慕容思炫还精通法医学，接下来只听他用毫无抑扬顿挫的声音说道："尸体的腹部开始膨胀，尸僵已遍布全身，尸斑逐渐退色，角膜中度浑浊，结膜也开始自溶，估计已经死了九到十一个小时。也就是说，他被杀的时间是昨晚九点到十一点之间。"

他的判断是正确的。

"九点到十一点？小汐，我昨晚回房的时候大概是几点？"1号唐洛樱问道。她昨天喝下被龙笑愚投放了安眠药的宝矿力后，浑浑噩噩，记忆模糊，根本想不起回房前后发生的事。

"应该是八点左右吧。"

"那接下来呢？你们玩到几点？"

"你离开后，我们大概又玩了一个小时吧，之后龙笑愚也离开了。"

1号唐洛樱顿了顿，分析道："也就是说，龙笑愚是在九点左右回房的。慕容你说龙笑愚的死亡时间是九点到十一点。这么说来，他在回房后没多久就被杀死了？"

这句话，当我在空间97（当时我就是1号唐洛樱）的时候也说过。

这个推论一半正确一半错误。正确的是龙笑愚确实在离开戌狗之间后没多久就被杀了；错误的则是龙笑愚并不是在自己所住的西鸡之间被杀的。

"尸体旁边有一条手链。"慕容思炫忽然说道。他终于发现了我昨晚不小心掉在龙笑愚尸体旁边的那条手链了。我本想过来取走手链，但却晚了一步。恐怕在空间97的时候，3号唐洛樱也想到西鸡之间取走手链，但最终行动失败，就和我现在一样。一切都按"剧本"演绎，无法更改。

这么说，在空间97的时候，当我这个1号唐洛樱和那个空间的慕容思炫及凌汐在西鸡之间里讨论着龙笑愚被杀一事之时，也有一个属于空间97的3号唐洛樱躲在右侧厅堂的门后偷听着我们的谈话？

我还在思考，凌汐激动的声音传来："那是小樱的手链！"

唉，"历史"终究无法改变，1号唐洛樱还是遭到怀疑了。现在只能等面具人出来为她洗刷嫌疑了。

"我……我……"1号唐洛樱不知道怎么解释。

慕容思炫冷然说道："这条手链断了。这很有可能是凶手戴在手上的手链，凶手在跟龙笑愚打斗的过程中，手链断裂，掉在地上，但凶手没有发现。"

他的这个推理与现实稍有偏差，因为他目前还不知道西鸡之间并非第一凶案现场。手链应该是在我拖动尸体的时候掉落的。当然也有可能是我和龙笑愚在申猴之间搏斗的过程中弄断了手链，手链刚好掉落在龙笑愚的尸体上，但我没发现，其后在我把他的尸体拖到西鸡之间时，手链掉在地上。

接下来只听凌汐颤声说道："唐洛樱，是你杀死了龙笑愚？"

我心里叹了口气，暗想："是的，是唐洛樱杀死了龙笑愚，唉！"

当然1号唐洛樱没有这样说。她大声澄清："当然不是呀！"

"如果不是你，为什么你的手链会在龙笑愚的尸体旁边？"凌汐质问道。

"我没去过龙笑愚的房间！那不是我的手链！我只是有一条跟这手链款式类似的银链而已。"1号唐洛樱说道。她在撒谎，她早就看出慕容思炫所捡到的这条手链，跟自己的手链丝毫无异。

"那你的那条手链呢？"龙笑愚被杀和沈靖失踪，促使凌汐凌厉起来。

说起来，沈靖到底在哪里？

昨晚我和龙笑愚在申猴之间搏斗的时候，他为什么没有被惊动？难道当时他已经不在戌狗之间里？他到哪儿去了？

在我思考的同时，1号唐洛樱的声音传来："我没带来。"

凌汐立即揭穿了她的谎言："你撒谎！昨天我还看到你戴着那条手链。"

接下来，1号唐洛樱因为深信龙笑愚尸体旁边的手链并非自己的，提出让慕容思炫检查手链的系扣上是否刻着她的英文名字。结果手链上当然刻着Eva，因为我从空间97带过来的这条手链，和空间99的1号唐洛樱的手链是完全一样的。

就像此时在空间99里，1号唐洛樱和我这个3号唐洛樱的外貌完全一致那样。

"杀死龙笑愚的凶手真的是你？"凌汐激动地说道，"阿靖在哪里？"

"我不知道呀！真的不是我干的！如果是我，我干吗主动叫慕容检查系扣？"

"证据确凿，你还要抵赖？"凌汐咄咄逼人。情况对1号唐洛樱十分不利。

但也不用担心，因为根据"剧本"，不久以后，就会有一个面具人，手持我杀死龙笑愚的凶器——扳手，从戌狗之间的衣柜里跳出来吓唬凌汐。因为后来面具人和1号唐洛樱同时出现了，而慕容思炫及凌汐又认定手持扳手的面具人就是杀死龙笑愚的凶手，所以他们会消除对1号唐洛樱的怀疑。又因为1号唐洛樱拥有不在场证明，所以在她离开空间99后，代替她在空间99继续生活的我，自然也不会再受到怀疑。

说起来，我的扳手呢？

还放在朱雀之间的架子床上。

这么说，此刻面具人或许已经潜入朱雀之间，取走了扳手？

这个面具人到底是谁？他（她）是无意中闯进了朱雀之间，发现了床上的扳手，因此把它带走了吗？

总觉得哪里不对劲。

这个面具人真的存在吗？他（她）为什么要手持凶器吓唬凌汐，从而帮唐洛樱制造不在场证明？

等一下，我记得当时那个面具人身上穿着一件黑色大衣。

而刚才，我无意中发现朱雀之间的床底有一件黑色的衣服。

难道……

想到这里，我不再理会1号唐洛樱、慕容思炫和凌汐的交谈，快步回到朱雀之间，把床底的那包用黑色大衣裹着的东西拿出来，打开一看，里面竟然有一条黑色的裤子和一个龇牙咧嘴的傩舞面具。

扳手、黑色大衣、黑色裤子、傩舞面具。

一刹那之间，我全部明白了：面具人不是别人，而是我——3号唐洛樱。

我要穿上黑色大衣和黑色裤子，戴上傩舞面具，手持扳手，扮演凶手——事实上我确实就是凶手，接着和1号唐洛樱同时出现，为1号唐洛樱——同时也是为将要永远留在空间99的我自己——制造不在场证明。

刚才我还在指望别人为1号唐洛樱制造不在场证明，最后帮助1号唐洛樱制造不在场证明的人却是我——3号唐洛樱。

果然，这个世界上除了父母，任何时候都会帮助自己的，就只有自己而已。靠人不如靠自己。

·4·

于是我先穿上那件黑色大衣，再穿上那条黑色裤子，最后戴上那个傩舞面具，拿着扳手走到梳妆台的铜镜前一看，出现在镜中的我的装扮，和我在空间97所看到的那个面具人一模一样。

面具人就是3号唐洛樱这件事至此毋庸置疑了。现在的问题是，我待会儿要怎么做？

我要像空间97的那个3号唐洛樱那样，躲到戌狗之间的衣柜里，等凌汐回房后，跳出来吓唬她，随后在和1号唐洛樱同时出现后，跑进玄武之间，锁上房门，最后通过后门逃跑。接下来，我只要找个地方躲起来，等1号唐洛樱自己按下遥控器而离开空间99后，找个机会出来和慕容思炫及凌汐会合，一切便大功告成。

但如果在制造不在场证明的过程中被慕容思炫逮住，那么我的身份就会曝光了，"唐洛樱杀死了龙笑愚"这件事也会败露，那个可以跳到下一个空间的遥控器的存在也很有可能被发现，一切不堪设想。所以，我必须顺利逃跑，不容有失。

安全起见，还是先演练一下吧。

于是我走出朱雀之间，来到古宅右侧内堂右前方的玄武之间，走了进去，走到后门前方。此刻后门是虚掩的。我打开后门，走出玄武之间，来到连接古宅厅堂和玄武之间的那道迂回曲折的长廊上。随后我把后门关上，在玄武之间外把后门的门栓插上了。

在空间97里，面具人——即那个空间的3号唐洛樱——进入玄武之间后，慕容思炫至少过了一分钟才破门而入。这些时间，足够我从后门离开玄武之间并且把后门的门栓插上了。

也就是说，只要我成功逃进玄武之间并且把房门上锁，就暂时安全了。

接下来我抓住玄武之间的后门的门把手，使劲地往后拉，确认一下在插上门栓的情况下，后门是否真的无法开启。

答案是肯定的，后门十分牢固。

现在，一切准备就绪了，只要在制造不在场证明的过程中不出差错即可。

我深深地吸了口气，把门栓拉开，打开了玄武之间的后门，回到玄武之间，接着从玄武之间的前门走出来，经过古宅右侧的内堂，来到古宅右侧的走廊。

此刻1号唐洛樱、慕容思炫和凌汐已经不在走廊上了，根据"剧本"，他们已跟着那道从走廊延伸到古宅大门的血迹，到古宅的厅堂调查去了。

说起来，那道血迹是谁留下的？把龙笑愚的尸体从申猴之间拖到酉鸡之间所留下的血迹，我已经完全擦掉了。再说，我并没有把龙笑愚的尸体拖到古宅的厅堂。所以那道延伸到厅堂大门的血迹，跟我无关。

我也不多想了，照着"剧本"的"情节"，走进戌狗之间，打开衣柜，躲了进去。

等一下的行动是否能顺利进行呢？我会不会被慕容思炫逮住呢？应该不会吧？因为空间97的3号唐洛樱也成功逃跑了。但，如果我摔倒了怎么办？如果我来不及把玄武之间的房门上锁怎么办？如果我来不及从玄武之间的后门逃跑又怎么办？因为"剧本"会被更改，事情将朝最糟糕的方向发展，后果无法想象。

就这样，我蜷缩着身体，紧紧地抓着那把扳手，在紧张和不安之中，等候着凌汐回来。

等了十多分钟，一阵急促的脚步声传来，紧接着是戌狗之间的房门被关闭以及门栓被插上的声音。我透过衣柜柜门的空隙往外窥视，果然是凌汐回来了。

接下来，房外传来了1号唐洛樱的声音："你进去干吗呀？"

我竭力回想空间97的情况，应该是1号唐洛樱看到慕容思炫再次走进龙笑愚的尸体所在的酉鸡之间，故有此一问。

"找线索。"慕容思炫冷冷地说。

"哦。"

紧接着，又传来关上房门及插上门栓的响声，那是1号唐洛樱把自己反锁在申猴之间的声音。

与此同时，只见凌汐坐在架子床上，低声抽泣。她是在想念突然失踪、生死未卜的沈靖吧？

说起来，既然吓唬凌汐的面具人是我而不是沈靖，那沈靖到底哪儿去了？从走廊延伸到厅堂的那道血迹，真的是从沈靖的身上流出来的吗？

现在我没有时间去想这些事情了。因为，制造不在场证明的计划要开始实施了！

我深深地吸了口气，猛地推开衣柜的柜门，从衣柜里跳了出来。凌汐在毫无心理准备的情况下看到这样一个面具人蹿出来，失声尖叫，目不转睛地盯着我，惊恐失色。我举起手上的扳手，做出要攻击她的动作。凌汐回过神来，跑到门前，把门栓拉开，逃到走廊上。我连忙追出去，果然看到凌汐像"剧本"的"情节"那样向内堂的方向逃跑。

我快步追了上去，只见凌汐在踏进内堂的时候，被门槛绊倒了。她大概在一时之间无法站起来，吃力地向后挪动着身体，同时一脸恐惧地看着我。

我拿着扳手，一步一步地走到她的身前。

就在这时候，慕容思炫和1号唐洛樱分别从酉鸡之间和申猴之间走出来了。我终于和1号唐洛樱同时出现了。我为1号唐洛樱制造不在场证明的计划成功了一半。

趁他俩还没回过神来，我转过身子，跑进内堂。

同一时间，身后传来一阵急促的脚步声。我不用回头也知道是慕容思炫追上来了。

我拼了命地往前跑，跑进了玄武之间，还没站稳，便迫不及待地转过身子，"砰"的一声把玄武之间的房门关上了，并且以极快的速度插上了门栓。

成功了！我并没有被慕容思炫逮住。虽然此刻累得上气不接下气，但我的内心却兴奋无比。

紧接着，只听玄武之间外传来1号唐洛樱的声音："上锁了?"

慕容思炫"嗯"了一声，答道："门后有门栓，我刚才听到里面传出拴上门栓的声音。"

他顿了顿，接着又说："你们走开。"

"什么?"1号唐洛樱问道。

"走开，我要破门。"

慕容思炫要踹开玄武之间的房门了。我不能再耽搁时间了，否则前功尽弃。

我快速地吸了口气，正准备通过后门离开玄武之间，怎知转头一看，竟然看见后门被关上了！

怎么回事? 刚才我离开玄武之间前明明把后门打开了呀！

我快步走到后门前方，竟然发现后门无法打开！

那位于玄武之间房外的后门的门栓被插上了！

刚才在我离开玄武之间后，是谁在玄武之间外把玄武之间后门的门栓插上了？

先别管是谁把门栓插上了，现在最燃眉之急的问题是：我要怎样逃离玄武之间？

就在我惊慌失措的时候，门外又传来了 1 号唐洛樱等人的声音。

"小心呀！他（她）手上有武器！"凌汐担忧地说。

"这样的对手，哪怕每个都配上武器——不准用枪，我能同时对付五个。"慕容思炫冷冷地道。

慕容思炫要破门了！怎么办啊？一旦被逮住，身份暴露，那么所有事情都无法挽回。

前门有追兵，后门被上锁，玄武之间的两个出口都被封死了，看来我必须从玄武之间消失，才能成功逃过慕容思炫他们的追击。

消失？

对了，现在只剩下这个办法了！

我立即把那个神秘的遥控器从口袋里拿出来，毫不犹豫地按下了遥控器上那个"播放下一段"的按钮。

霎时间，遥控器的显示屏上的数字从 99 变成了 100。

我从空间 99 跳到空间 100 了。

现在，我成了空间 100 的 4 号唐洛樱。

·5·

当然，我还在玄武之间里。

但房外那来自空间99的1号唐洛樱、慕容思炫和凌汐的谈话声霎时间消失了。

房间也比"刚才"稍微阴暗了一些。

忽然，"轰"的一声，惊天动地，正是在2月6日下午响起的那一记响雷。

我拿出手机一看，我果然又回到了2013年2月6日下午四点五十二分。

与此同时，我还发现本来穿在自己身上的黑色大衣和黑色裤子消失了，本来拿在手上的扳手也不见了，我摸了摸自己的脸，果然本来戴在脸上的傩舞面具也不在了。

而那条在空间99的2月6日晚上拖动龙笑愚的尸体时所弄丢的、后来被空间99的慕容思炫发现并且捡走了的心连心手链，此刻却回到我的手里，而且戴在我的手腕上，并没有断裂。

我稍微想了想，总算弄明白了。

我在空间99时所穿戴的傩舞面具、黑色大衣和黑色裤子，以及拿在手上的扳手，都是属于空间99的东西。我按下遥控器后，从空间99跳到空间100，而属于空间99的东西就留在空间99的玄武之间里了。

至于我的那条手链，虽然在我按下遥控器的时候，它并不在我的手上，而在慕容思炫的手中，但因为那是属于我的东西，所以它跟着我来到了空间100，恢复了原状，并且重新回到我的手上。因为在2013年2月6日下午四点五十二分的时候，那条手链是在我的手腕上的。

就像我身上的衣裤，那些都是属于我的东西，所以我每次跳到下一个空间，它们都跟着过来。

顺带一提，我从空间99跳到空间100后，在空间99和龙笑愚搏斗时被他撕破了的衣服，也恢复了原状。

至于那个遥控器，在我首次碰到它的那一刻，大概也成了我的东西，所以每次都会跟着我一起跳到下一个空间。

可以想象，在我跳到空间100后，傩舞面具、黑色衣裤和扳手，都留在空间99的玄武之间的地面上，而慕容思炫手上的心连心手链，因为要跟着我过来，所以消失于空间99中。

我不禁想起在空间97的时候（当时我还是1号唐洛樱），当慕容思炫踹开玄武之间的房门后，我们看到傩舞面具、黑色衣裤和扳手都留在玄武之间内，那自然是空间97的3号唐洛樱跳到空间98时所留下的。

当时我们还在想，为什么面具人要先把面具摘下，把衣裤脱掉，把扳手扔下，再逃离玄武之间？现在，一切不言而喻了。

还有，在空间97里，慕容思炫踹开玄武之间的房门前，他一直抓在手里的心连心手链突然消失了，那自然是因为那一刻空间

97的3号唐洛樱按下了遥控器，跳到空间98，而本来属于她的手链也跟着她跳到空间98，重新回到她的手上。

不管怎样，现在我成为空间100的4号唐洛樱了。这件事也属于"剧本"的一部分吗？

这么说，在空间97、空间98和空间99里，都有四个唐洛樱？

在空间99，当我以为没有人知道我这个3号唐洛樱的存在、我躲在暗处监视着1号唐洛樱和2号唐洛樱的时候，其实还有一个4号唐洛樱躲在更隐蔽的地方监视着我的行动？我杀死龙笑愚、处理尸体、装扮成面具人、逃亡到玄武之间等事，都在那个4号唐洛樱的监视下进行？

太可怕了！

螳螂捕蝉，黄雀在后。在每一个空间里，1号唐洛樱是蝉——她什么都不知道，2号唐洛樱是螳螂——她看到蝉，3号唐洛樱是黄雀——她看到蝉和螳螂，而我这个4号唐洛樱则是黄雀后面那个举着弹弓的男童。

唉，情况越来越复杂了。

此时此刻，会不会还有什么5号唐洛樱、6号唐洛樱、7号唐洛樱躲在暗处监视着我呀？

到底有完没完呀？

我吸了口气，又想，我本来是属于空间97的，接着跳到空间98，其后又跳到空间99，最后来到空间100。那么在我之前的空间96呢？空间95呢？空间94呢？

难道每一个空间的"情节"都和"剧本"完全一致？

1号唐洛樱和同学们误入神秘古宅，2号唐洛樱被迫按下遥控器，3号唐洛樱杀死龙笑愚，次日3号唐洛樱又装扮成面具人，这些"情节"，在此前的空间96、空间95、空间94等，全部都发生过？这个"剧本"，至今为止，已经"演绎"了99遍？

可是，在空间1的时候，确实有1号唐洛樱，但真的有2号唐洛樱、3号唐洛樱和4号唐洛樱吗？如果真的有，她们是从哪里跳到空间1的？空间0？空间-1？空间-2？

还是说，发生在空间1的事情，跟现在发生在空间97、空间98、空间99和空间100的事情有所不同？

那么，在空间1里，龙笑愚也死了吗？是被谁杀死的？

唉，越想越乱。还是别想这些复杂的问题了，当务之急是想清楚自己当前的情况。

现在，我来到了空间100，而且再也无法回到空间99了，只好既来之则安之。

在空间100里，总共有四个唐洛樱。

此刻，1号唐洛樱和空间100的龙笑愚、沈靖、凌汐和慕容思炫在一起，马上就要到古宅右侧的内堂来一探究竟了。

2号唐洛樱刚从申猴之间出来，此时应该躲在亥猪之间的衣柜里。

3号唐洛樱则从酉鸡之间出来，接着又回到酉鸡之间，躲在衣柜里。

而我这个4号唐洛樱则在玄武之间里。

那么，接下来我要怎么做呢？

我无法回到空间99了，只能留在空间100。

也就是说，我要让空间100的1号唐洛樱、2号唐洛樱和3号唐洛樱，全部都跳到空间101。这样我才能成为空间100里唯一的唐洛樱，在这个空间里继续生活下去。

当我想到这里的时候，门外传来了一个男子的声音："这古宅还真大呀！就像没有尽头一般。"

那是沈靖的声音。

空间100的1号唐洛樱、龙笑愚、沈靖、凌汐和慕容思炫五人，来到古宅右侧的内堂了。

· 6 ·

我透过玄武之间的房门的空隙，窥视着此刻站在内堂门口的1号唐洛樱等人。

根据"剧本"，他们此刻是不会进入玄武之间的，所以我不必躲藏。

只听凌汐有些害怕地说："我们还是回到大门那儿去吧，别再往里走了，以免迷路。"

沈靖一心想要到古宅内部一探究竟："再进去看看呗！看看这个门口是通往哪儿的。"他所指的是内堂左侧墙壁上的门口。

"嗯，我也想再进去看看。"龙笑愚说。他"又一次""复活"了。不过，今晚他会被此刻躲在西鸡之间衣柜里的3号唐洛樱杀死。

我正在思索，只听1号唐洛樱说道："你们想要探险可以，但至少该让人家换件衣服吧。"她所指的"人家"是全身都被大雨淋湿了的慕容思炫。

"嗯，我们也先吃点儿东西，然后再到古宅内部探险。"龙笑愚说。

"这样呀……"沈靖吸了口气，"好吧，反正肚子也饿了。"

1号唐洛樱接着又说："笑愚，你的背包里还有备用的衣服吧？借给他嘛。"

龙笑愚从背包里取出一件蓝色的外套，递给慕容思炫："不好意思，只有衣服，没裤子。"

"哦。大门等我。"慕容思炫接过外套，转身走出了内堂。

沈靖不禁嘟哝道："真是个怪人呀。"

接下来，1号唐洛樱、龙笑愚、沈靖和凌汐四人也离开了内堂。

而我，也接着思考起来。

·7·

现在我要做些什么？

我要成为空间100里唯一的唐洛樱。

1号唐洛樱明天下午会自己按下遥控器，不必我费心。

2号唐洛樱今天晚上会被3号唐洛樱威迫而按下遥控器，也不必我费心。

至于3号唐洛樱，根据"剧本"，明天在她为1号唐洛樱制造了不在场证明而逃到玄武之间后，会因为玄武之间后门的门栓被插上，无法逃跑，迫于无奈，只好也按下遥控器。

把玄武之间后门的门栓插上的人是谁？自然就是我这个4号唐洛樱了。

在空间99里，插上玄武之间后门门栓的人，自然也是空间99的4号唐洛樱。在空间99里，我这个3号唐洛樱被4号唐洛樱算计了。而现在在这个空间100里，我作为4号唐洛樱，将要算计这个空间的3号唐洛樱。

明天上午，在3号唐洛樱实施为1号唐洛樱制造不在场证明的计划前，我只要偷偷溜进玄武之间，把后门的门栓插上，那一切就大功告成了，我就可以成为空间100里唯一的唐洛樱了。

这一次，一定不会再发生意外了；这一次，我无论如何也不会再离开空间100了。

而现在呢，我最好也不要离开玄武之间。

因为此刻在古宅里，除我以外，还有三个唐洛樱。

1号唐洛樱傻乎乎的什么都不知道。

2号唐洛樱知道1号唐洛樱的存在。

3号唐洛樱知道1号唐洛樱和2号唐洛樱的存在。

但她们三个都不知道我这个4号唐洛樱的存在。

此时此刻，也还没到让她们知道有4号唐洛樱存在这件事的时候。等她自己成为4号唐洛樱之时，自然会明白。

所以，我不能让她们发现我的行踪，否则"剧本"会被窜改，一切变得混乱不堪，无法控制。

·8·

就这样，我在玄武之间里待了一个多小时。

其间慕容思炫应该走进了内堂，进入了内堂左侧墙壁上的门口，到古宅内部探秘去了。

逐渐地，我觉得房内有些闷热，想要到房外去透透气。

反正根据"剧本"，这段时间是不会有人进入古宅的右侧内堂的。

于是我走到房门前。

此刻玄武之间的房门是虚掩的，门栓并没有插上。

我想，这座古宅的所有房间的初始状态——即在2月6日下午四点五十二分的时候，房门都是虚掩的。

2号唐洛樱按下遥控器前，她所在的申猴之间的房门是插上了门栓的，而按下遥控器后，申猴之间的房门则变成虚掩的了。

3号唐洛樱按下遥控器前，她所在的西鸡之间的房门是打开的，而按下遥控器后，西鸡之间的房门则变成虚掩的了。

而我这个4号唐洛樱按下遥控器前，我所在的玄武之间的房门也是插上了门栓的，而按下遥控器后，玄武之间的房门则也变成虚掩的了。

后来2号唐洛樱先后打开了申猴之间（她要离开申猴之间）、戌狗之间（她要寻找凌汐）、午马之间（她要寻找慕容思炫）以及酉鸡之间（她要查看龙笑愚的尸体）这四个客房的房门。所以当1号唐洛樱等人首次来到各个客房前方的时候，会看到这四个客房的房门都是打开的。

我一边想一边轻轻地推开了玄武之间的房门，走到房外，刚在那张深红色的长木椅上坐下，忽然听到从古宅的右侧走廊那边传来了一个女子的轻呼声。

我吓了一跳，回过神来，马上就明白了：那是3号唐洛樱从酉鸡之间走到申猴之间时，遇到从走廊经过的老鼠而失声轻呼的声音。

我还在思考，只听一阵"吱吱吱"的叫声传来，原来是那只乌黑的大老鼠从走廊跑进了内堂。我打了个冷战，还没反应过来，只见它已经跑到玄武之间里去了。

与此同时，走廊里传来了1号唐洛樱等人的声音。

"人呢？"沈靖说。

1号唐洛樱低声说了句话，我没听清，但我知道她说的是："会是谁呢？"

"难道是那个慕容思炫？"龙笑愚说。

当然不是。慕容思炫在我从玄武之间出来之前，已经通过内堂左边墙壁的门口，到古宅内部探秘去了。

"明明是女人的声音呀！"1号唐洛樱反驳道。

"对！我也听得很清楚！确实是女人的声音！"沈靖附和1号唐洛樱。

"根据桌椅上的灰尘可以推断古宅里没人居住，此刻只有我们四个以及慕容思炫，刚才我们四个都在房间里，利用排除法可知，在房外发出叫声的人自然就是慕容思炫了。"

龙笑愚分析道。遗憾的是，此刻古宅里不止你们五个人，还有2号唐洛樱、3号唐洛樱和我。

"可是那明明是女人的声音呀！难道是我听错了？又或者是，刚才根本没有声音，只是由于我对这里疑神疑鬼而产生了幻听？"沈靖疑惑了。

1号唐洛樱没好气地说："我们大家同时听到，怎么可能是听错或幻听？"

"这么说，"龙笑愚压低了声音，一字一字地说，"难道古宅里真的还有别人？"

此时1号唐洛樱在想："好像确实有一双眼睛躲在暗处监视着我们。"

确实是啊。2号唐洛樱就躲在亥猪之间里，监视着她。

当然，2号唐洛樱并不知道，在不远处的申猴之间里，还有一个3号唐洛樱。

而3号唐洛樱自然也不知道，在内堂里还有一个4号唐洛樱。

对于什么都不知道的1号唐洛樱来说，古宅里真是"危机"四伏啊。

这时候，1号唐洛樱、龙笑愚和沈靖已经回到了戌狗之间，继

续玩三国杀。而我也吸了口气，打算继续躲起来。因为玄武之间
里有老鼠，所以我决定暂时躲到朱雀之间。

　　走进朱雀之间，我趴下身子，打开手机的照明灯一看，果然
床底有一包用黑色大衣裹着的东西。不用打开查看，我已知道，
里面裹着一条黑色的裤子和一个傩舞面具。

第八章

合作

　　我在朱雀之间里待了一个多小时，拿出手机看时间的时候，已经是晚上八点零二分了。

　　根据"剧本"，3号唐洛樱之后会在申猴之间杀死龙笑愚并且把尸体拖到西鸡之间，在她威迫2号唐洛樱按下遥控器离开这个空间后，她会到我此时所在的这个朱雀之间来。

　　我不能让她知道4号唐洛樱的存在。

　　所以，我差不多要动身了，离开这里，寻找一个新的房间躲起来。

　　我伸展了一下四肢，走出朱雀之间，经过古宅的右侧内堂，朝古宅的右侧走廊走去，在接近连接内堂和走廊的大门之时，忽然听到一阵轻微的开门声传来。那是亥猪之间的房门被打开的声音。我知道，那是躲在亥猪之间的2号唐洛樱从客房里走出来了。根据"剧本"，她要到申猴之间去看看1号唐洛樱。

　　此时1号唐洛樱因为服下了安眠药而回到了申猴之间，在床上呼呼大睡。而3号唐洛樱则躲在申猴之间的衣柜里。

　　我还在思索，漆黑中已隐隐约约地看到2号唐洛樱来到申猴之间的门前，打开房门，走了进去。

　　要不过去看看吧。

我吸了口气，一步一步地走进走廊，来到申猴之间的前方。此刻房内的2号唐洛樱打开了手机的照明灯，一道亮光透过申猴之间的房门空隙照射到走廊的地面上。我透过空隙往里面一看，刚好看到2号唐洛樱提起颤抖的手，轻轻地摸了摸1号唐洛樱的手。

此时此刻，1号唐洛樱在床上昏睡，什么都不知道；2号唐洛樱坐在床边，凝视着1号唐洛樱；3号唐洛樱躲在衣柜里，窥视着2号唐洛樱的举动；而我这个4号唐洛樱则站在门外，窥视着申猴之间里发生的一切。

四个来自不同空间的唐洛樱，此刻聚集于同一个空间里，而且彼此近在咫尺，这是何其奇妙之事。

我突发奇想：在这个空间100里，会不会还有5号唐洛樱、6号唐洛樱、7号唐洛樱……她们此刻也在附近，监视着我的举动？

想到这里，心中不寒而栗。我咽了口唾沫，不由自主地四处张望。

走廊上万籁俱寂。

5号唐洛樱应该是不存在的吧？

片刻以后，2号唐洛樱会在3号唐洛樱的威迫下按下遥控器，跳到空间101。

明天上午，3号唐洛樱会在我的暗算下，被迫按下遥控器，也跳到空间101。

明天下午，1号唐洛樱会因为无聊，自己按下遥控器，最后也跳到空间101去。

而我，没有任何理由跳到空间101。

只要我没跳到空间101，5号唐洛樱就不会诞生。

所以，无论是这个空间100，还是此前的空间99、空间98、空间97……每个空间里只有四个唐洛樱，根本没有第五个。

其实，四个唐洛樱同时出现在一个空间里，这种情况已经混乱不堪了。目前事情还处于我所能勉强控制的阶段，但如果陷入更加混乱的情况，那么事情必将失控，后果不堪设想。

所以，接下来，我要步步为营，保证事情不出差错，确保1号唐洛樱、2号唐洛樱和3号唐洛樱都乖乖地跳到空间101，让我可以成为空间100里唯一的唐洛樱，继续生活下去。

· 2 ·

我在申猴之间的门外胡思乱想，想得入了神，不知不觉忘记了观察房内的情况。突然一阵脚步声从房内传来。我吓了一跳，透过房门的空隙往里面一看，竟见2号唐洛樱一步一步地走向房门。

原来我竟在申猴之间外待了一个多小时。此刻2号唐洛樱要离开申猴之间了。我决不能让她发现我的存在。我要逃离此处。可是我该逃到哪儿呢？根据"剧本"，2号唐洛樱接下来会回到她原本所躲藏的亥猪之间，而龙笑愚、沈靖和凌汐正在戌狗之间里玩三国杀，所以我不能接近那两个房间。

当我想到这里的时候，2号唐洛樱已经走到申猴之间的房门前，准备要开门了。当此情形，容不得我多想了。我转过身子，不假思索地走进了龙笑愚所住的酉鸡之间，刚站稳脚，就听到一阵开门声传来，那是2号唐洛樱打开申猴之间的房门的声音。

虽然没有亲眼所见，但我知道她接下来会回到亥猪之间。

过了一会儿，只听一个声音从房外隐隐约约地传来："不玩啦？现在才九点多呀！喂，龙笑愚，要不咱们到古宅内部探险去吧！"

那是沈靖的声音。龙笑愚马上就要离开戌狗之间，回到酉鸡之间来了。但此刻2号唐洛樱还在走廊上，我不能离开酉鸡之间。无可奈何之下，我只好躲到酉鸡之间的衣柜里。

与此同时，龙笑愚的声音传来："小汐不舒服呀，怎么有精力和我们一起探险？你不会想就我和你两个人去吧？你能丢下小汐一个人在房间里吗？好好休息吧！探险的事，还是等明天再说吧。"

"那也是呀。"沈靖有些失望地说。

"好啦，我先回房休息啦，咱们明儿见吧！"

根据"剧本"，龙笑愚说完这句话以后，2号唐洛樱会立即走进亥猪之间。十多秒后，酉鸡之间的房门打开了。我透过衣柜柜门的空隙窥视房内的情况，漆黑中只见一个人走进房间，那自然就是龙笑愚了。

接下来，只见龙笑愚走到架子床前，坐了下来，若有所思。他在想什么？在想该不该去侵犯1号唐洛樱吗？没想到衣冠禽兽也算良心未泯呀。

就这样，我躲在衣柜里，屏住呼吸，监视着龙笑愚。过了大概二十分钟，他突然长长地叹了口气，终于还是站了起来，走出了酉鸡之间。邪念终于战胜了他心中仅存的一点良心，他要到申猴之间去侵犯1号唐洛樱了。

为免多生枝节，我决定就躲在酉鸡之间的衣柜里。反正根据"剧本"，酉鸡之间的衣柜不会有人打开。

过了一会儿，申猴之间里传来了3号唐洛樱和龙笑愚吵闹的声音。只听3号唐洛樱骂道："龙笑愚，你真是个败类！我还真把你当朋友了，我真是瞎眼了！"

龙笑愚声音颤抖地问道："你们……怎么……你们是双胞胎？"

"哼！关你什么事？人渣！"

"你……你听我解释……"龙笑愚结结巴巴地说。

3号唐洛樱没有给他解释的机会，怒道："有什么好解释的？我亲眼看着你往那瓶宝矿力里投放了一些白色的粉末！你这个心怀鬼胎的禽兽！"

龙笑愚总算明白了："你……你才是小樱？"

他接着问："她是你的姐妹？"

他所说的"她"，自然就是在床上昏睡的1号唐洛樱了。

如果此刻连我也现身，出现在龙笑愚的面前，他一定更加惊讶，骇然失色。如果连亥猪之间的2号唐洛樱也出来了，四个唐洛樱同时出现在他的面前，他会不会吓得晕过去？

我还在思索，只听3号唐洛樱冷冷地说："关你什么事啊？"

"小樱，你听我说，"龙笑愚吸了口气，忽然用一种极为深情的语气说道，"我是真的喜欢你，我是真的想你当我的女朋友。"

呸！真恶心！

同一时间，也听3号唐洛樱骂道："呸！当我的男朋友？你这种禽兽，配吗？"

"小樱，你别这样，我是真心的……"龙笑愚不依不饶。

3号唐洛樱大怒，骂道："滚出去！人渣！"

过了一会儿，她又骂道："看什么？出去呀！"

恼羞成怒的龙笑愚激动地吼了起来："唐洛樱，我有什么不好呀？"

"你干吗呀？"

说起来，3号唐洛樱和龙笑愚的吵闹声如此响亮，连躲在西鸡之间的衣柜里的我也听得一清二楚，为什么在戌狗之间里的沈靖却没有听到？又或者是，他听到了，却不出来阻止？

我尚在思索，只听龙笑愚声嘶力竭地吼道："为什么你一直不肯接受我？到底是为什么呀？"

就在这时，在亥猪之间的衣柜里睡着了的2号唐洛樱终于被惊醒了，她听到了龙笑愚最后的那句"到底是为什么呀"。可惜此后3号唐洛樱再也没有说话，所以2号唐洛樱一直不知道跟龙笑愚吵架的女子的声音和自己的一模一样。

接下来，一阵激烈的打斗声传来。不一会儿，龙笑愚发出了"啊"的一声怪叫。3号唐洛樱用衣柜里的扳手"再一次"失手杀死了龙笑愚。

·3·

　　果然，过了一会儿，3号唐洛樱拖着龙笑愚的尸体走进西鸡之间。看着她那吃力的样子，我真想走出去帮她一把——毕竟那是我自己呀。当然想归想，最终我并没有这么做。

　　这么说，在空间99（当时我是3号唐洛樱），当我把龙笑愚的尸体拖到西鸡之间的时候，也有一个属于空间99的4号唐洛樱躲在衣柜里窥视？

　　她当时也没有出来，以至于我在跳到空间100前，根本不知道她的存在。

　　如果我现在出去，出现在3号唐洛樱的面前，事情会变成怎样？

　　我也不知道。

　　当然，我只是随便假想一下。事情已经复杂无比了，我怎能窜改"剧本"，让当前这混乱的情况雪上加霜？

　　过了一会儿，3号唐洛樱掏出手机，打开照明灯，查看龙笑愚的尸体。尸体此刻的位置和动作，跟空间97、空间98以及空间99中龙笑愚的尸体基本相同，只是衣服还没被脱掉。

　　这时候，3号唐洛樱发现了刚才拖动尸体时留在地面的血迹。她显然吃了一惊，接着深深地呼吸了一下，弯下腰来，用手机的照明灯查看地面的血迹。就在此时，我看到她手上的那条心连心手链掉了下来，落在龙笑愚的尸体旁边，但她对此完全没有觉察到。

原来手链是在这个时候掉落的。

接下来，3号唐洛樱跟着血迹走出了酉鸡之间，她是要去看看还有哪些地方留下了血迹。不一会儿，她重返酉鸡之间，把龙笑愚的衣服脱了下来，用这件衣服把地上的血迹擦拭干净。最后，她再一次离开了酉鸡之间。

但她马上就会因为要避开2号唐洛樱而重返酉鸡之间。

果然不出所料，片刻以后，只听从亥猪之间那边传来房门被打开的声响，紧接着，拿着扳手、手电筒以及龙笑愚那沾满鲜血的衣服的3号唐洛樱快步回到了酉鸡之间，在门后躲了起来。

过了一会儿，2号唐洛樱也走进酉鸡之间，来到了龙笑愚的尸体前方。3号唐洛樱不失时机地向前走了两步，来到2号唐洛樱的身后，用手上的扳手架在她的脖子上，压低了声音说道："不要动！否则杀死你！"

2号唐洛樱颤声道："你……你想怎样呀？不要伤害我啊！"

3号唐洛樱低声道："把你的遥控器拿出来！快！否则杀死你！"

2号唐洛樱以为3号唐洛樱手持利器，不敢不从，把自己的那个遥控器拿了出来。

"按下去！"3号唐洛樱冷冷地说。

"为……为什么啊？"

"快！否则马上杀死你！一！二！"

我透过柜门的空隙，把3号唐洛樱威胁2号唐洛樱按下遥控器的过程看得一清二楚。我就像是在看一部自己参与了演出——而且是领衔主演、现在已经剪接完成的电影。

2号唐洛樱无计可施，只好按下遥控器上的那个"播放下一段"按键。霎时间，2号唐洛樱消失于西鸡之间中。她跳到空间101去了，成为空间101的3号唐洛樱。此后她还要再跳到空间102，成为4号唐洛樱。反正她要想成为某个空间里唯一的唐洛樱，要走的路还很长。而我，几经周折，终于接近尾声，马上就能成为这个空间里唯一的唐洛樱了。

现在在空间100里，就只剩下1号唐洛樱、3号唐洛樱和我这个4号唐洛樱了。唐洛樱的数量每减少一个，情况就会简单一些。

接下来，3号唐洛樱待在原地，稍微思索了一会儿，便走出了西鸡之间。她要到古宅右侧内堂的朱雀之间去。明天上午，她会发现放在朱雀之间的架子床下方的傩舞面具、黑色大衣和黑色裤子，装扮成面具人，为1号唐洛樱制造不在场证明。而我要做的就是在她测试了玄武之间的后门以后，偷偷把后门关上并且插上门栓，强迫她在行动时陷入绝境，最后按下遥控器，离开空间100。

·4·

等了十来分钟，我从西鸡之间的衣柜里走出来，打开手机的照明灯，朝龙笑愚的尸体照了一下，不由自主地叹了口气。

龙笑愚啊龙笑愚，你本罪不至死，但命运如此，那也无可奈何。

突然，我无意中再次看到龙笑愚尸体旁边的那条心连心手链。

明天1号唐洛樱和3号唐洛樱离开空间100后，当我成为空间100里唯一的唐洛樱后，我是要在这个空间一直生活下去的。

那么，现在我该不该捡走这条手链，让1号唐洛樱明天早上免遭怀疑？

我稍微思索了两秒，心里已有答案——不要。

如果我捡走了手链，1号唐洛樱就不会遭受怀疑，那么，3号唐洛樱也不会装扮成面具人，冒险为她制造不在场证明。若是如此，那3号唐洛樱自然也不会逃到玄武之间里，不会主动按下遥控器。假设3号唐洛樱没有离开空间100，接下来事情会演变成怎样？

蝴蝶效应因此发生，一切一切因此而改变。哪怕最后1号唐洛樱像"剧本"那样，主动按下遥控器而离开空间100，但在空间100里，还有3号唐洛樱和我这个4号唐洛樱，问题根本没有得到彻底解决。

想到这里，我的心中不寒而栗。所以，最好还是不要随意窜改"剧本"，一切就按"历史"进行吧。

1号唐洛樱主动按下遥控器而离开；2号唐洛樱被3号唐洛樱威胁而按下遥控器离开；3号唐洛樱被4号唐洛樱暗算而按下遥控器离开；4号唐洛樱留下来，成为这个空间里唯一的唐洛樱。

总之，1号唐洛樱傻乎乎的什么都不知道；2号唐洛樱稍微瞧出一点端倪就跳到下一个空间；3号唐洛樱知道了大部分真相，最终却也无法留下来；只有4号唐洛樱才是最终的胜利者。这就是"剧本"，这就是一直以来每个空间的"历史"，千万不能轻易改变，否则一切乱套。

唉，3号唐洛樱是2号唐洛樱的敌人——威胁她按下遥控器，又是1号唐洛樱的恩人——帮她制造不在场证明，而我这个4号唐洛樱则是3号唐洛樱的敌人——将要暗算她从而迫使她按下遥控器，反正这部"剧本"啊，来来去去就是四个唐洛樱时敌时友，绕来绕去。难怪高尔基曾说："最伟大的胜利，就是战胜自己。"

· 5 ·

胡思乱想了一番以后，我回过神来，正准备离开西鸡之间，忽然听到门外一个人大声说道："笑愚，小沙好像又烧起来了，你这儿还有退烧药吗？"

那是沈靖的声音！

沈靖竟然在此时出现？

我还没反应过来，沈靖却已来到西鸡之间的前方，因为此刻我的手上拿着打开了照明灯的手机，我的周围被照亮了，所以他一眼就看到了站在房内的我。

与此同时，我看到他两耳都戴着耳麦，正在轻轻地摇晃着脑袋，应该是在听音乐。

原来在龙笑愚离开戌狗之间后，凌汐因为再次发烧而昏睡，而沈靖则在用耳麦听音乐，所以他们两个都没有听到片刻之前3号唐洛樱和龙笑愚在申猴之间吵架以及打斗的声音。

此刻，沈靖微微一怔："小……小樱？你怎么在这里？"他以为我是1号唐洛樱。

我还没回答，他接着张大了嘴巴，骇然道："啊？龙笑愚……他怎么了？"

他发现了躺在我旁边的龙笑愚了。我心中一紧，脑袋里冒出三个字：怎么办？

接下来，他大概还发现了龙笑愚的头部四周满布鲜血。

"啊？血？龙笑愚……死了？"他咽了口唾沫，一脸恐惧地看着我，颤声道，"你……你杀死了他？"

唐洛樱杀死了龙笑愚这件事被发现了！到底该怎么办啊？

我的大脑一片空白，就这样呆立原地，不知所措。我还没回过神来，沈靖已转过身子，拔腿就跑。他要逃！他要去告诉凌汐和慕容思炫我杀死了龙笑愚这件事！我必须阻止他！

我反应过来，向他追去。然而他在转身逃跑的同时，还使劲地拉动西鸡之间的房门的门把手。我眼前一花，紧接着"砰"的一声巨响，只见西鸡之间的房门被关上了。因为具有惯性，我的两脚没能停住，脑袋狠狠地撞在房门上，霎时间头晕目眩，两眼直冒金星。

糟了！沈靖逃掉了！我杀死龙笑愚一事败露了！

就当我感到绝望之际，却忽听房外传来"啊"的一声惨叫声。那是沈靖的声音。

怎么回事？难道沈靖跑得太快摔倒了？

我定了定神，打开西鸡之间的房门，来到走廊上一看，竟见沈靖倒在申猴之间的门前，一动也不动，鲜血从脑袋里源源不断地流出来。

最让我感到吃惊的是，在沈靖身前还站着一个人，手上拿着一把羊角锤。看来刚才袭击沈靖的便是此人。我还没回过神，那人却转过头来，我一看，不由得瞠目结舌。

那个人竟然是另一个我！

她是几号唐洛樱？

1号唐洛樱因为服下安眠药，此刻应该还在申猴之间里处于昏睡状态。

2号唐洛樱已经跳到空间101去了。

难道眼前这个唐洛樱是3号唐洛樱？她刚才离开走廊，走向内堂，现在去而复返？

"你……你……你是3号唐洛樱？"我颤声问道。

她冷冷一笑，淡淡地说道："你自己不也当过3号唐洛樱吗？3号唐洛樱有做过这样的事吗？现在，3号唐洛樱还躲在朱雀之间里呢，唔，这个时间应该睡着了吧。"

"那你到底是谁？"我问道。与此同时，我的心中冒出一股不祥之感。我已隐隐约约知道这个问题的答案。

果然，只见她嘴角一扬，说道："5号唐洛樱。"

霎时间，我的脑袋一阵晕眩。

5号唐洛樱！竟然有5号唐洛樱！

在这座古宅里，竟然同时有五个唐洛樱存在！

情况越来越混乱了，已混乱到我无法控制的地步。

我深深地吸了口气，强迫自己冷静下来，思考当前的情况。

暂时不想其他空间的情况，反正现在在我身处的这个空间100，有五个唐洛樱，其中2号唐洛樱已经按下遥控器跳到空间101去了，还剩下1号唐洛樱、3号唐洛樱和我这个4号唐洛樱，以及我眼前的5号唐洛樱。

明天上午，3号唐洛樱会在玄武之间里被迫按下遥控器而离开空间100；明天下午，1号唐洛樱会在申猴之间里自己按下遥控器而离开空间100。但哪怕一切顺利，最终这个空间还会有两个唐洛樱——4号唐洛樱和5号唐洛樱——存在啊。

难道，我最终也不是属于这个空间100的？我还必须再次使用那个遥控器，跳到空间101？

太荒唐了！事情都已经接近尾声了，我马上就能成为空间100里唯一的唐洛樱了，为什么现在一切又要重来？

就在胡思乱想之际，5号唐洛樱转过身子，径自走进了位于西鸡之间右边的未羊之间。不一会儿，她从未羊之间走出来，手上除了拿着刚才袭击沈靖的那把羊角锤外，还拿着一把U型防盗锁。我认得，那是我在空间97时所看到的把古宅大门上锁的那把防盗锁。

为什么这把防盗锁会在5号唐洛樱的手上？难道在空间97把古宅大门上锁的人，正是那个空间的5号唐洛樱？

我还在思索，只听5号唐洛樱冷然说道："沈靖已经死了，来帮忙把沈靖的尸体拖到古宅外面吧。"

· 6 ·

接下来，5号唐洛樱一只手拿着羊角锤和防盗锁，另一只手抓住沈靖的左脚，而我则抓住沈靖的右脚，两人合力拖着他的尸体朝厅堂的方向走去。

路上我忍不住问道："现在发生的这些事，你也经历过，对吗？"

5号唐洛樱似乎早就料到我会问这个问题，想也不想便答道："是的，就在空间99里。当时你是3号唐洛樱，这个时间正在玄武之间睡觉。而我则是4号唐洛樱，这个时间和空间99的5号唐洛樱合力把沈靖的尸体拖离古宅，不过当时我抓的是右脚——就和你现在一样。"

我"嗯"了一声，又问道："既然你早就知道'剧本'的'情节'，早就知道沈靖会到西鸡之间来找龙笑愚要退烧药，早就知道我这个4号唐洛樱杀人的事会被沈靖发现，那你为什么不早点到西鸡之间通知我离开？只要沈靖没看到我在西鸡之间里，就不会发现'唐洛樱杀死了龙笑愚'这件事，那你也不必杀死沈靖灭口啊！"

5号唐洛樱吸了口气，一脸冷淡地说："在之前的每一个空间里，沈靖都是被杀了的呀！跟着'历史'发生过的事做才是最明智的，不要随便窜改'剧本'。"

"为什么啊？"我稍微提高声音，"那可是一条人命呀！"

5号唐洛樱的语气有些冷漠："你想想看，如果我提前通知你离开西鸡之间，沈靖来找龙笑愚的时候，虽然暂时不会发现你杀死了龙笑愚这件事，但也能看到龙笑愚的尸体。那么，接下来他会怎么做？

"他会立即叫醒1号唐洛樱和凌汐，然后再把慕容思炫找来。然后呢，他们会提前发现龙笑愚尸体旁边的那条心连心手链，1号唐洛樱今晚就会被众人怀疑。此时3号唐洛樱正在玄武之间睡觉，没有人装扮成面具人帮1号唐洛樱制造不在场证明。

"而且，当时古宅的大门还没被防盗锁上锁，他们会立即离开古宅，打电话报警。最后1号唐洛樱会被警察逮捕。而我和你，还有3号唐洛樱，也会继续留在这个空间100里，情况混乱不堪。总之，最终事情会演变成怎样，我们都无法估计。"

"那倒是呀。"

她说得颇有道理，我不由得点了点头。但一想到沈靖无缘无故就被杀死了，我的心里终究极为难受。我努力思考不杀沈靖的解决方法，想了想，又说："不过，我们可以在离开酉鸡之间的时候，把3号唐洛樱掉下的手链一起带走呀。"

"行得通吗？"5号唐洛樱冷冷地说，"如此一来，1号唐洛樱就不会遭受怀疑，3号唐洛樱也就没必要为她制造不在场证明。这样的话，3号唐洛樱自然也不会装扮成面具人出现在众人面前，不会逃到玄武之间，也不会被迫按下遥控器，离开这个空间。

"再说，因为古宅的大门还没上锁，发生谋杀案后，1号唐洛樱、沈靖、凌汐和慕容思炫，会连夜逃离古宅，打电话报警。我和你，还有3号唐洛樱，虽然可以在警察到达古宅展开搜查之前离开，但我们都不会按下遥控器离开空间100，也就是说，最后空间100里还是会有四个唐洛樱存在，问题根本没有得到解决。"

事情确实如5号唐洛樱所说的那样。但我仍然不甘心，思考了好一会儿，又说道："应该还有其他方法吧？譬如说，你可以早些用防盗锁把古宅的大门上锁呀，这样大家哪怕今晚就发现了龙笑愚的尸体，但也无法离开了。又或者，我们可以把龙笑愚的尸体暂时拖到床底，沈靖到酉鸡之间找龙笑愚的时候，会因为见不到他而离开，其后我们把龙笑愚的尸体拖出来，让他们明天才发现，这样'剧本'就可以继续如常进行了。"

5号唐洛樱摇了摇头："怎么会如常进行呢？在'剧本'中，明天的'情节'里根本没有沈靖这个'角色'呀！多出一个沈靖后，事情会演变成怎样，那也是我们所无法估计的。"

　　我终于叹了口气："唉，或许你说得对。但我们能不能用别的方法让1号唐洛樱和3号唐洛樱离开，而不是用牺牲沈靖这么一个残忍的做法？"

　　5号唐洛樱向我瞥了一眼，冷冷地说："我知道你在想什么，你在想，我们两个可以同时在1号唐洛樱和3号唐洛樱面前出现，跟她们说明原委，叫她们自愿离开空间100，对吧？但，这可是'历史'中从来没有发生过的事啊，太冒险了！

　　"再说，哪怕说明原委，1号唐洛樱会自愿按下遥控器吗？这个空间100可是属于她的呀！3号唐洛樱呢？她又愿意吗？哪怕她俩都愿意，离开了空间100，到空间101去，分别成为空间101的2号唐洛樱和4号唐洛樱，接下来她们又怎么办？和'历史'中的2号唐洛樱及4号唐洛樱不同，她可是提前知道了3号唐洛樱及5号唐洛樱的存在的。

　　"另外，你别忘了，最后你也是要到空间101去的，成为空间101的5号唐洛樱。难道你到了空间101后，先跟那个空间的2号唐洛樱和4号唐洛樱碰头——反正你们在空间100中已经交流过，然后你们三人同时出现在那个空间的1号唐洛樱和3号唐洛樱面前，跟她们说明原委，最后1号唐洛樱、2号唐洛樱、3号唐洛樱和4号唐洛樱一起离开空间101？

　　"你认为事情真的能顺利进展吗？那四个唐洛樱真的都愿意乖乖按下遥控器吗？恐怕没这么简单吧？

　　"怎么样？光想想就已经觉得很复杂、很混乱了，对吧？所有事情都乱套了！谁也不知道'剧本'被窜改后，会引发怎样的连锁反应!"

　　5号唐洛樱的分析头头是道。我点头不语。

　　她微微地舔了舔嘴唇,接着又说:"再说啊,到目前为止,我们之前的每一个空间所发生的事,都是按照'剧本'进行的,如果到了这个空间100,我们私自把'剧本'窜改了,谁知道会发生什么事啊?那个可以跳到另一个空间的遥控器的存在,本来就是一件不可思议的事,我们都不知道那个遥控器除了跳转空间外,还有什么功能。说不准,如果我们窜改了'剧本',遥控器会让每个空间中的所有唐洛樱突然灰飞烟灭、永不超生呢?

　　"所以啊,遵循'历史'才是最明智的做法。在空间99里,5号唐洛樱也像我刚才一样,杀死了沈靖。我——当时我是4号唐洛樱,你——当时你是3号唐洛樱,还有1号唐洛樱和2号唐洛樱,我们四个先后离开空间99跳到空间100后,那个5号唐洛樱就成为空间99里唯一的唐洛樱,继续在空间99里生活下去。

　　"而现在,在这个空间100里,等一下你会按下遥控器而离开,到了明天,3号唐洛樱和1号唐洛樱也会先后离开,我则留下来,成为空间100里唯一的唐洛樱。

　　"至于你,当你跳到空间101成为那个空间的5号唐洛樱后,只要你在适当的时候出来杀死沈靖,并且重复我现在所做的事,那最后也能万无一失地成为空间101里唯一的唐洛樱,跳出这个循环,离开古宅,回家跟爸爸妈妈过年去。"

　　5号唐洛樱的最后一句话让我怦然心动。我深深地吸了口气,还没答话,她接着又说:"反正你要谨记,在此前的空间99、空间

98、空间97、空间96等，都发生过'5号唐洛樱杀死了沈靖'这件事，这是'历史'，必然要发生，千万不要自作聪明去窜改'剧本'啊!"

我终于被她说服了，点了点头，又问道："现在我跟你的这些对话，在空间99里，你——当时你还是4号唐洛樱——也跟那个空间的5号唐洛樱说过吗?"

5号唐洛樱秀眉一蹙，稍微想了想，低声道："基本都说过。"

我"咦"了一声："基本?"

5号唐洛樱轻轻地"哼"了一下："别多说了，快把沈靖的尸体处理掉吧。"

我们边走边谈，此时已来到古宅的厅堂。我无意中看到拖动沈靖的尸体时留在地上的痕迹，"咦"了一声，心念一动，正要说话，却听5号唐洛樱冷冷地说道："你是想问我，要不要把留在走廊上的血迹及拖动沈靖的痕迹处理掉，对吧?"

我大惊："你怎么知道?"

5号唐洛樱冷笑一声："别忘了，我曾经也是你。"她舔了舔嘴唇，接着又说："不必处理。你是1号唐洛樱的时候，有看到走廊上的血迹和拖动重物的痕迹，对吧? 也就是说，'剧本'的'情节'就是这样的。切记! 一切遵循'历史'，才是跳出这个恐怖循环的最保险的方法!"

我"嗯"了一声，与此同时使劲地点了点头，不再说话，忽然间无意中向沈靖的尸体看了一眼，想到他无辜惨死，不由自主地长叹了一口气，内疚无比。

·7·

终于，我和5号唐洛樱合力把沈靖的尸体拖到古宅的大门处。

5号唐洛樱走到门前，推开大门，只见雨已经停了，周围湿漉漉的一片。

"到那棵大树下。"5号唐洛樱指了指古宅大门前方不远处的一棵松树说道。

于是，我们再次合力把沈靖的尸体拖到古宅外，来到那棵松树前方。

"现在我们要怎么办？"我问道。

5号唐洛樱把她一直拿在手上的羊角锤扔到我面前，指了指那棵松树，说道："在这里挖一个坑，把沈靖的尸体埋进去。"

"我？"

"是呀！"5号唐洛樱有些冷漠地说道，"我不能把衣服弄脏，因为明天3号唐洛樱和1号唐洛樱离开空间100后，我要出现在慕容思炫和凌汐面前。而你呢，待会儿你跳到空间101后，你身上的衣服会回到2月6日下午四点五十二分时的状态，就像每个空间的3号唐洛樱穿越后，断裂的手链会恢复原状那样。"

我点了点头，一边捡起地上的羊角锤，一边问道："在空间99，当你是4号唐洛樱的时候，负责挖坑的是你？"

"别多问了!" 5号唐洛樱有些不耐烦了,"快行动吧!"

我"嗯"了一声,把羊角锤起钉子的那边插入泥土里,一下一下地翻动起泥土来。一个多小时后,我终于挖好了一个可以把沈靖的尸体埋进去的大坑。整个挖坑的过程,5号唐洛樱只是站在一旁观看,没有帮忙。

"好了,"此时只听5号唐洛樱微微地清了清嗓子,说道,"把沈靖的尸体埋进去吧。"

"休息一下好吗?"我累得坐在地上,呼呼喘气。

"抓紧时间,如果被慕容思炫发现了我们就糟了。"她说。

我勉强站起身子,吸了口气,接着把沈靖的尸体拖进坑里,正准备把泥土填回去,却听5号唐洛樱说道:"把那把羊角锤也扔进去吧。"

我"哦"了一声,把羊角锤放在沈靖的尸体旁边,接着用两手把刚才翻起来的泥土一点一点地填回坑里。泥土落在沈靖的尸体上,发出啪啦啪啦的声响。而我的心,也跟着隐隐作痛。

对不起呀,沈靖。

直到凌晨一点多,我才把沈靖的尸体埋好。我的十根手指都受伤了,血迹斑斑,我的衣服也沾满了泥巴,肮脏无比。但不必担心,只要我按下遥控器,跳到空间101,我的身体及我身上的东西,都会恢复原状。

接下来,我和5号唐洛樱离开埋尸地点,回到古宅。5号唐洛樱用那把防盗锁穿过了古宅大门内侧的两个门环,把大门锁上了。

我知道她这样做的理由。如果不把1号唐洛樱、慕容思炫和凌汐困在古宅内，那等天亮他们发现龙笑愚的尸体后，就会离开古宅，下山报警，如此一来，"剧本"会被窜改，3号唐洛樱和1号唐洛樱都不会按下遥控器。

"对了，"我问道，"这把防盗锁你是在哪儿找到的?"

5号唐洛樱头也不回地答道："杀死沈靖的羊角锤，以及这把防盗锁，都放在未羊之间的衣柜里。4号唐洛樱，你得谨记这些事呀，到了空间101，杀死沈靖和把古宅大门上锁这两件事，可都是由你来执行的呀!"

她说到这里，已经把大门锁好了，接着回头向我瞥了一眼，冷冷地说："跟我来吧。"

最后，她把我带到了古宅左侧走廊的子鼠之间前方，对着房门打开了手机的照明灯。在空间97的时候（当时我是1号唐洛樱），我和慕容思炫及凌汐搜查古宅时，我曾经经过这个房间。

当时在古宅里，就只有我和属于空间97的5号唐洛樱存在，而空间97的2号唐洛樱、3号唐洛樱、4号唐洛樱都已先后按下遥控器，跳到空间98。

"你走进子鼠之间后就按下遥控器吧。"5号唐洛樱的话打断了我的思索。

"子鼠之间? 为什么要在里面按下遥控器?"我有些疑惑。

"我也不知道，"5号唐洛樱摇了摇头，淡淡地说，"反正在空间99里，当我还是4号唐洛樱的时候，空间99的5号唐洛樱也是先把我带到子鼠之间再让我按下遥控器的。这是'剧本'的'情节'，我们不需要知道'情节'为什么会这样安排，只需要跟着

'剧本'执行就可以了。"

我点了点头，心中却东思西想起来：4号唐洛樱要在子鼠之间按下遥控器，这件事最初是由谁决定的呢？是空间1的5号唐洛樱？可是那个唐洛樱最初到底是从哪里来的呢？空间3？如果真的存在编号为负数的空间，那么最早的空间到底是哪一个？

"到了空间101后，你就成为5号唐洛樱了。空间101是真正属于你的，你将永远留在那里生活。"5号唐洛樱的话让我从思索中回过神来。

我"嗯"了一声，又问道："那3号唐洛樱呢？明天要暗算她，把玄武之间后门的门栓插上，让她在玄武之间里按下遥控器，对吧？"

"是的，不过这些事由我来做就可以了。"5号唐洛樱吸了口气，严肃地说，"好了，你快走吧，离开这个空间。这个空间里的唐洛樱每减少一个，情况就会更简单一些。"

空间100的主人5号唐洛樱在下"逐客令"了，看来我不得不离开了。

我深深地呼吸了一下，一步一步地走进子鼠之间，接着拿出了那个神秘的遥控器。在按下遥控器上那个"播放下一段"的按键之前，我回过头来，最后向5号唐洛樱问道："现在我和你的这些对话，和你在空间99时跟那个空间的5号唐洛樱的对话完全一致吗？"

5号唐洛樱想了想，说道："有些不同。譬如说，当时我走进子鼠之间后，就直接按下遥控器了，并没有问空间99的5号唐洛樱这个问题。"

我"咦"了一声,问道:"这么说,其实'剧本'是可以改变的? 或许,我们可以不杀死沈靖?"

"是这样吗?"透过5号唐洛樱此刻拿在手上的手机所发出的亮光,我隐隐约约看到她的神色有些动摇,但转瞬之间,她表情一转,又无比坚定地说道,"这样太冒险了! 反正,我们要尽量让每个空间的'历史'都保持一致。你到了空间101也要切记,如果你改变'历史',或许会对我身处的空间100也有影响,甚至对此前的空间99、空间98、空间97等都有致命的影响。所以,千万不要自作聪明,害人害己。"

"我……"

"好了!"5号唐洛樱大声打断了我的话,"别多说了,快走吧!"

多说无益。我叹了口气,"第四次"按下遥控器上的那个"播放下一段"的按键。

第九章

清零

刹那之间，本来漆黑一团、仅靠手机照明灯所照亮的房间变得稍微明亮起来，那自然是因为时间已从2月7日凌晨一点多回到2月6日下午四点五十二分的缘故。

子鼠之间本来那开启着的房门，此刻突然变成关闭状态了。房外自然没有人。

我来到空间101了。我成为空间101的5号唐洛樱了。

就在此时，"轰"的一下，那我已经听过四次的惊天雷声"再次"传来。不一会儿，凌汐的尖叫声也从厅堂方向传来。

我定了定神，低头一看，果然我十根手指上的伤口都已经痊愈了，手上连半点血迹也没有，我那沾满了泥巴的衣服，也恢复到2月6日下午时的状态。

好了，现在在这个空间101里，总共有五个唐洛樱：1号唐洛樱在厅堂跟这个空间的龙笑愚等人在一起；2号唐洛樱在右侧走廊的申猴之间；3号唐洛樱在右侧走廊的酉鸡之间；4号唐洛樱在右侧内堂的玄武之间；而我这个5号唐洛樱则在古宅左侧走廊的子鼠之间。

我再一次想到"螳螂捕蝉，黄雀在后"这句话。1号唐洛樱是蝉，2号唐洛樱是螳螂，3号唐洛樱是黄雀，4号唐洛樱是黄雀后面那个举着弹弓的男童，而我则是男童后面对男童虎视眈眈的人贩子。

在我的身后，不会还有专门抓人贩子的警察——6号唐洛樱——吧？

我一边想，一边走出子鼠之间，接着情不自禁地朝厅堂的方向走去，最后来到厅堂左前方的那扇木门后方，只听厅堂里传来沈靖的声音："怎么刚才没看到你啊？"

沈靖"复活"了！在我面前被杀死，并且由我埋到坑里的沈靖，"再一次"出现在我面前——虽然理论上来说已经不是同一个沈靖了。遗憾的是，根据"剧本"，眼前这个沈靖在今晚将会被我杀死。

在空间99，我已经杀死了龙笑愚。现在，在空间101，我还要再次杀人吗？杀死龙笑愚是一时失手，算是过失致人死亡，而现在，我却要主动出击，故意杀人？到时我能下得了手吗？

我还在思考，又听慕容思炫冷冷地说道："我看到你，在山洞里，我一直在你和你女朋友后面，离你五米左右。"

"你是一个人登山？没有其他伙伴吗？"龙笑愚对慕容思炫的身份有所怀疑。

就像此前那些空间中的慕容思炫一样，这个慕容思炫也不辩解，不慌不忙地答道："是一个人。没有。"

接下来发生的事，就跟"剧本"一样，2号唐洛樱不小心弄响了厅堂右前方的木门，1号唐洛樱等人前往古宅右侧的走廊一探究竟。

而我，也回到了子鼠之间，关上房门，在架子床上坐下，继续思考。

· 2 ·

空间101就是我最后的归宿了，从此以后，我不需要再使用这个遥控器了。离开古宅后，我该怎么处理这个遥控器呢？

我一边想，一边把遥控器拿了出来，突然无意中看到液晶显示屏上所显示的数字，霎时间我呆住了，连脸上的表情也凝固了。

因为此刻在显示屏上的数字并不是我所预想的101，而是1！

为什么是1？

难道我现在身处的空间，不是空间101，而是空间1？

97、98、99、100，接下来不就是101了吗？为什么会这样啊？

难道，这些空间中，最多只能到达空间100？每次来到空间100后，编号就自动清零，下一个空间变成空间1，接着从空间1开始重新算起？

也就是说，每一百个空间为一个大循环，每到空间100就清零重算？

这么说，在那个本来属于我的空间97前面，并非只有九十六个空间？

有可能是一百九十六个，两百九十六个，一千零九十六个，甚至一万零九十六个!

到底已经经历过多少个大循环?十个?一百个?还是一千个?

假设已经经历过一千个大循环,每个大循环里有一百个空间,也就是说,至今为止,今天晚上和明天将在古宅发生的事,此前已经在十万个空间里"演绎"过了?

并且,这个"剧本"还在不停地"演绎"下去,在接下来的空间中,一次又一次地重复。它没有开始,也没有终结。

太恐怖了!

我必须跳出这个恐怖的循环!

要怎样做呢?

现在,傻乎乎什么都不知道的1号唐洛樱在古宅右侧的走廊里。

知道了一些端倪的2号唐洛樱躲在亥猪之间的衣柜里。

开始对这些空间以及唐洛樱们编号的3号唐洛樱躲在酉鸡之间的衣柜里。

知道杀死龙笑愚的凶手是3号唐洛樱的4号唐洛樱在玄武之间里。

我要做的事情就是,让这四个唐洛樱都按下遥控器,跳到空间2。

根据"剧本",1号唐洛樱会自己按下遥控器,2号唐洛樱会被3号唐洛樱威迫而按下遥控器,所以实际上我要做的事只有两件:一、今天晚上杀死沈靖后叫4号唐洛樱到子鼠之间按下遥控器;二、明天上午暗算3号唐洛樱让她自己按下遥控器。

也就是说，我可以等今天晚上才开始行动。

在此之前，就留在这个子鼠之间里吧，反正根据"剧本"，今天晚上不会有人到厅堂左侧走廊的这六个客房来。

想到这里，我觉得坐得有些累了，索性在架子床上躺了下来，一边休息，一边继续思考。

·3·

突然间我想到了另外一个问题。

此刻，在空间1里的1号唐洛樱、2号唐洛樱、3号唐洛樱和4号唐洛樱，她们四个的遥控器所显示的数字都是1。

当我从空间97按下遥控器来到空间98的时候，我的遥控器上的数字从97变成98；后来我又从空间98跳到空间99，数字也由98变成99。当时我就想，如果再跳到下一个空间，将是空间100，接下来则是空间101、空间102、空间103……

而现在，空间100中的1号唐洛樱，她跳到空间1变成2号唐洛樱后，发现遥控器的数字由100变成了1。

空间100中的2号唐洛樱，她跳到空间1变成3号唐洛樱后，也发现遥控器的数字由100变成了1。

3号唐洛樱和4号唐洛樱的情况也类似。

她们此时的心态，肯定跟我是1号唐洛樱、2号唐洛樱、3号唐洛樱和4号唐洛樱时有所不同。

也就是说，每个空间的"情节"其实并非百分百一样？至少某些"角色"的心理活动，甚至是"角色"的"对白"，并非完全重复？

可不是吗？在空间100的时候，当时我这个4号唐洛樱跟那个空间的5号唐洛樱的交流，就跟在空间99中的4号唐洛樱和5号唐洛樱的对话有些不同。

而今晚，我跟空间1的4号唐洛樱的对话，也会跟空间100的"情节"有所偏差？

情况实在是复杂之极。想着想着，我不知不觉竟睡着了。

· 4 ·

不知道睡了多久，我悠悠醒来，拿出手机看了看时间，已经是晚上八点多了。

差不多要行动了吧？

于是我走下架子床，伸了个懒腰，走出子鼠之间，回到古宅的厅堂，再蹑手蹑脚地踏进古宅右侧的走廊，步步为营地前进。

在接近申猴之间之时，我通过从申猴之间的房门空隙射到走廊上的手机照明灯的亮光，看到4号唐洛樱站在申猴之间前方，正在窥视房间里的情况。

此刻在申猴之间里，已经有三个唐洛樱：1号唐洛樱在床上昏睡，2号唐洛樱坐在床前，3号唐洛樱则躲在衣柜里。

五个来自不同空间的唐洛樱，此刻在同一个时空里，而且近在咫尺。

突然，4号唐洛樱吞了口口水，东张西望。此刻她在想："在这个空间1里，会不会还有5号唐洛樱、6号唐洛樱、7号唐洛樱……她们此刻也在附近，监视着我的举动？"

当然，她并没有发现藏身于黑暗之中的我。

十分遗憾，虽然你没有发现，但确实有5号唐洛樱存在。

而我的问题是，是否还有6号唐洛樱、7号唐洛樱甚至是8号唐洛樱的存在？

于是我也情不自禁地回头一望，但却什么都没有看到。

应该没有了吧？我这个5号唐洛樱真的没有跳到下一个空间的理由了——这次是真的！

过了一会儿，我静悄悄地离开右侧走廊，回到厅堂右前方的木门附近等候。

一个多小时后，走廊里传来声响。虽然没有亲眼所见，但我也知道走廊里正在发生的事：为了不让2号唐洛樱发现自己行踪的4号唐洛樱走进了酉鸡之间，后来还躲到衣柜里；而2号唐洛樱也走出了申猴之间，将要回到亥猪之间；与此同时，龙笑愚和沈靖的对话声也从戌狗之间传来。

"不玩啦？现在才九点多呀！喂，龙笑愚，要不咱们到古宅内部探险去吧！"

"小汐不舒服呀，怎么有精力和我们一起探险？你不会想就我和你两个人去吧？你能丢下小汐一个人在房间里吗？好好休息吧！

探险的事，还是等明天再说吧。"

"那也是呀。"

"好啦，我先回房休息啦，咱们明儿见吧！"

接下来，龙笑愚回到酉鸡之间，走廊上暂时没有任何人走动。于是我抓紧时机，快步来到未羊之间前方，溜了进去。

进房以后，我拿出手机，打开照明灯，接着来到衣柜前，打开柜门，向里面一瞧，果然看到衣柜里放着一把羊角锤，此外还有一把插着钥匙的U型防盗锁。

我吸了口气，慢慢地把羊角锤拿起。

片刻以后，我就要用这把羊角锤杀死沈靖？

一定要杀死沈靖吗？他可是无辜的呀！

有没有办法能在不破坏"剧本"的前提下让沈靖免于一死？

突然之间，我又想到另一件事：为什么会有这些东西？

3号唐洛樱和龙笑愚在申猴之间搏斗时，为什么衣柜里刚好有一把扳手？

3号唐洛樱躲在朱雀之间时，为什么床底刚好放着可以为1号唐洛樱制造不在场证明的傩舞面具和黑色衣裤？

而现在，为什么未羊之间的衣柜里放着我这个5号唐洛樱所需要的羊角锤和防盗锁？

这一切是巧合吗？

还是有人特意把扳手、面具、黑衣、羊角锤和防盗锁等东西，分别放在各个特定的房间里的？

如果真的是这样，那这个人是谁？6号唐洛樱？

千万不要还有6号唐洛樱的存在呀！因为如果6号唐洛樱存在，就意味着我还要再跳到空间2，把已经经历过五遍的事再经历一遍。

我宁可相信这些东西存在于各个房间中，只是巧合。

· 5 ·

过了十来分钟，申猴之间里传来3号唐洛樱和龙笑愚的吵闹声。

"啊？"

"龙笑愚，你真是个败类！我还真把你当朋友了，我真是瞎眼了！"

"你们……怎么……你们是双胞胎？"

"哼！关你什么事？人渣！"

"你……你听我解释……"

"有什么好解释的？我亲眼看着你往那瓶宝矿力里投放了一些白色的粉末！你这个心怀鬼胎的禽兽！"

一切对话，都跟"剧本"的"对白"完全一致。

接下来发生的事，自然也跟"剧本"一样（虽然我没亲眼看到）：龙笑愚恼羞成怒，强吻3号唐洛樱，3号唐洛樱无意中捡起了衣柜里的扳手，砸死了龙笑愚。听到打斗声突然停息，我就知道龙笑愚"再一次"被杀死了。

其实龙笑愚虽然想侵犯我，但也罪不至死吧？

如果刚才，在龙笑愚强吻3号唐洛樱之时，我跑到申猴之间，把龙笑愚拉开，那3号唐洛樱就不会用扳手砸死龙笑愚，"历史"因此改变，接下来一切又会变成怎样？

至少有一件事必然发生，那就是龙笑愚发现了"在同一个空间里同时有几个唐洛樱存在"这件事。

他会公开这件事吗？我和其他唐洛樱会被人抓去研究吗？最后1号唐洛樱、2号唐洛樱、3号唐洛樱和4号唐洛樱，还会离开这个空间1吗？

如果她们都留下来，那么这个空间1里就有五个唐洛樱了。

此时此刻，我们五个的记忆是基本一样的——所不同的只是进入古宅后的经历，也就是说，我们在接下来的人生道路上，起点是一样的。但在离开古宅后，如果我们分别向五个不同的方向前行，遇到不同的人和事，我们就会开始拥有不同的记忆，接着还会开展五段不同的人生。最后，我们会变成只有样貌一致、但性格和经历都各不相同的五个人。

由此可见，一个微小的决定，有时候真的可以改变一个人的命运，更改一个人的一生。

还记得四年前中考的时候，在考数学时，其中一道分值为三分的选择题，我在排除了A和C这两个答案后，实在不确定该选择B还是D，最后我用点豆豆的方式，点到了B，但在下笔的时候，我却突发奇想，写下了D。

那道题我对了，得了三分。

后来我以比分数线高出了两分的成绩，考上了一所重点高中。

如果当时我并没有突发奇想地选择D，而是选择点豆豆所点出来的B，那么我就失去了三分，就达不到分数线了，我就不能考上那所重点高中了。

我将会到另一所中学去，认识另一群同学，开展另一段人生。

我大概也不会考上现在所读的大学，不会认识龙笑愚、沈靖和凌汐，不会到这座神秘莫测的古宅来，不会捡到遥控器，不会陷入这个恐怖的循环中。

所谓蝴蝶效应，是说南美洲亚马孙河流域热带雨林中的一只蝴蝶，偶尔扇动几下翅膀，可以在两周以后引起美国得克萨斯州的一场龙卷风。现在，我对这个理论深信不疑了。

想到这里，我回过神来，长长地叹了口气，接着又想起其他的一些乱七八糟的事儿来。

如果1号唐洛樱、2号唐洛樱、3号唐洛樱和4号唐洛樱真的在这个空间1里留下来，那么她们四个会是我这辈子最好的朋友吗？会是我所最值得信赖、值得依靠的人吗？毕竟那些都是我自己呀！

至少曾经是我自己。

但话说回来，我所拥有的东西，全部都要和她们四个人一起平均分配吗？

首先，我家可住不了那么多人呀。但她们确实都是唐洛樱，总不能我留在家里住，而把她们四个赶出去吧？

其实严格来说，在这个空间里的家，也不是属于我的，而是属于1号唐洛樱的，如果有四个唐洛樱真的要搬到外面租房子住，恐怕我就是其中一个。

还有父母对我的爱呢？也要平分成五份？而我只能占据其中的五分之一？

幸好我没有男朋友，还没结婚，还没有孩子，否则一切更加复杂，无法控制。

想着想着，我不禁又想起那个本来属于我的空间97了。在那个空间里的一切，才是真正本来就属于我的。遗憾的是，我已经永远无法回到空间97了，那个空间的5号唐洛樱，已经代替了我，走进了本来属于我的生活。而我现在身处的这个空间1的一切却又不属于我。我突然觉得，天地虽大，却没有我的容身之所，我的心中，忽然觉得自己无比凄凉。

我叹了口气，又想，我现在待在未羊之间所想到的这一切，在空间100时，当那个空间的5号唐洛樱待在未羊之间的时候，也有想过吗？或许她也想过，所以才如此决断地用羊角锤把沈靖杀死，让一切跟着"剧本"演绎，让除她以外的所有唐洛樱通通离开空间100，让她可以成为空间100里唯一的唐洛樱，让我刚才所想到的这些烦恼全部烟消云散，永远不会发生。

我想到这里，忽听门外一个人大声说："笑愚，小汐好像又烧起来了，你这儿还有退烧药吗？"

啊？是沈靖！他要到西鸡之间来了！他马上就会发现站在龙笑愚尸体旁边的4号唐洛樱了。

·6·

在刚找到未羊之间衣柜里的羊角锤之时，我想过要怎样才能在不破坏"剧本"的前提下救下沈靖——毕竟他是无辜的。可是后来胡思乱想，越想越远，而时间也不知不觉地过去，直到现在，我还没想到拯救沈靖的方法，沈靖却已经来了。

现在一切都无法更改了。

沈靖会以为4号唐洛樱是杀死龙笑愚的凶手，也就是说，在沈靖眼中，唐洛樱就是杀人凶手。而我最后是要留在这个空间1的，成为这个空间里唯一的唐洛樱，也就是说，在沈靖眼中，我就是杀人凶手！

他会向警察告发我。我必须先发制人，我必须杀人灭口。

我想到这里，房外再次传来沈靖的声音："小……小樱？你怎么在这里？啊？龙笑愚……他怎么了？啊？血？龙笑愚……死了？你……你杀死了他？"

没时间多想了！我快速地吸了口气，紧紧地握着手中的羊角锤，健步走出未羊之间，来到走廊上，刚站稳脚步，只见沈靖已经从酉鸡之间里跑了出来，并且使劲地拉动酉鸡之间的房门的门把手，把房门重重地关上了。

紧接着，酉鸡之间里传来"砰"的一声，那是4号唐洛樱不小心撞到房门上的声音。

在空间100里，5号唐洛樱就是在这个时候大步上前，用羊角锤敲打沈靖的后脑，把他给杀死的。

现在在空间1里，我这个5号唐洛樱也要这样做吗？我真的要再次杀人吗？我真的要主动地、故意地杀人吗？

就在这电光石火之间，沈靖已经跑到戌狗之间的前方了，马上就要逃进内堂了。

真的不能再等了！

我健步上前，追上沈靖，高举羊角锤，狠狠地敲打沈靖的后脑。只听沈靖惨叫一声，"砰"的一下倒在走廊上。

同一时间，西鸡之间的房门被打开了，4号唐洛樱从房间里走了出来。

我回头向她看了一眼。她看到我，目瞪口呆："你……你……你是3号唐洛樱？"

我摇了摇头："不，我是5号唐洛樱……"

话没说完，我忽然心中一凛。

不对啊！在空间100的此时此刻，那个空间的5号唐洛樱可不是这么说的。

当时她冷冷一笑，淡淡地说："你自己不也当过3号唐洛樱吗？3号唐洛樱有做过这样的事吗？现在，3号唐洛樱还躲在朱雀之间里呢，唔，这个时间应该睡着了吧。"

我没有按照"剧本"的"对白"去"演绎"，怎么办？

此外，在空间100里，沈靖是在逃到申猴之间前方时被5号唐洛樱杀死的，尸体就倒在申猴之间的门前；而在这个空间1里，因为我在动手前迟疑了一下，所以在沈靖逃到戌狗之间前方时才把他杀死，沈靖的尸体因此并没有像"剧本"那样躺在申猴之间的门前，而是躺在戌狗之间的前方。

除了位置，沈靖此时的动作也跟空间100里的那个被杀死后的沈靖的动作有所不同。

就因为我看到沈靖从西鸡之间跑出来后的那一秒的犹豫，导致"剧本"被更改，导致这个空间里的一切正在逐渐偏离"轨道"？

我回过神来，只见4号唐洛樱还在怔怔出神，若有所思。她在想："竟然还有5号唐洛樱？我最终也不是属于这个空间1的？我还必须再次使用那个遥控器，跳到空间2？太荒唐了！事情都已经接近尾声了，我马上就能成为空间1里唯一的唐洛樱了，为什么现在一切又要重来？"

而我则趁她发呆之际，走进未羊之间，把衣柜里的那把插着钥匙的U型防盗锁拿了起来，接着再次回到走廊上。4号唐洛樱总算回过神来，一脸疑惑地望着我。

"沈靖已经死了，来帮忙把沈靖的尸体拖到古宅外面吧。"我有些冷淡地说。

其实此时此刻，我并非想说这句话。但我记得在空间100里的这一时刻，那个空间的5号唐洛樱就是这样说的。我刚才在不经意间更改了"剧本"，现在我努力让一切回归"轨道"。

·7·

于是，我一只手拿着羊角锤和防盗锁，另一只手抓住沈靖的左脚，而4号唐洛樱则抓住沈靖的右脚，我们两人合力拖着他的尸体朝厅堂的方向走去。

路上，果然像空间100中的我那样，4号唐洛樱问道："现在发生的这些事，你也经历过，对吗?"

我就像空间100的5号唐洛樱那样回答："是的，就在空间100里。当时你是3号唐洛樱，这个时间正在玄武之间睡觉。而我则是4号唐洛樱，这个时间和空间100的5号唐洛樱合力把沈靖的尸体拖离古宅，不过当时我抓的是右脚——就和你现在一样。"

4号唐洛樱"嗯"了一声，又问道："既然你早就知道'剧本'的'情节'，早就知道沈靖会到西鸡之间来找龙笑愚要退烧药，早就知道我这个4号唐洛樱杀人的事会被沈靖发现，那你为什么不早点到西鸡之间通知我离开？只要沈靖没看到我在西鸡之间里，就不会发现'唐洛樱杀死了龙笑愚'这件事，那你也不必杀死沈靖灭口啊！"

这句话在空间100时我也说过，但此刻听4号唐洛樱说完，我的心里却不禁反问自己：是啊，到底是为什么呢？我明知道沈靖会到西鸡之间去，明知道他会发现站在龙笑愚尸体旁边的4号唐洛樱，为什么不早点去通知4号唐洛樱离开？这样沈靖就不会被杀呀！虽然"剧本"被窜改，但毕竟救回了一条活生生的人命呀！

在空间100里，5号唐洛樱是这样回答的："在之前的每一个空间里，沈靖都是被杀了的呀！跟着'历史'发生过的事做才是最明智的，不要随便窜改'剧本'。"

但我现在根本不是这样想，那么我也要这么说出来吗？

空间100里的5号唐洛樱说这句话，是因为她确实这样想，还是仅仅因为空间99的5号唐洛樱也说过这句话，而她只是在复述？

如果真的是这样，那么空间99的5号唐洛樱其实也是在重复空间98的5号唐洛樱的话而已。

就在我思考这些问题的时候，4号唐洛樱对我大声质问："喂！我在问你呀！为什么要杀死沈靖啊？"

这句话，当我在空间100的时候（当时我是4号唐洛樱）可没有说过！

"剧本"已经被完全更改了。

我没必要再重复空间100的那个5号唐洛樱的话了。

事情发展到这里，我反而松了口气。

我舔了舔嘴唇，说道："如果我提前通知你离开西鸡之间，'剧本'就会被窜改，接下来，1号唐洛樱和3号唐洛樱都不会按下遥控器离开空间1啊。"

4号唐洛樱点了点头："确实如此，如果我提前离开了西鸡之间，沈靖也会提前发现龙笑愚的尸体，他会立即叫醒1号唐洛樱和凌汐，然后再把慕容思炫找来。当时古宅的大门还没被防盗锁上锁，他们会立即离开古宅，打电话报警。最后1号唐洛樱会因为那条留在龙笑愚尸体旁边的手链被发现而被警察逮捕。而我和你，还有3号唐洛樱，也会继续留在这个空间1里，情况混乱不堪。"

她说到这里，话锋一转："但，仅仅因为这样就杀死沈靖？那可是一条活生生的人命呀！"

我的心里不禁再次反问自己：确实是啊，仅仅因为这样就杀人？

在空间100里，5号唐洛樱的态度斩钉截铁，理所当然地认为杀死沈靖是正确的，让我这个4号唐洛樱毫无质疑的机会。而现在在这个空间1里，在杀死沈靖的时候我迟疑了一下，在回答4号唐洛樱的时候我也犹豫了，我这模棱两可的态度，让4号唐洛樱连续两次向我质疑：为什么要杀死沈靖？

我和空间100中的5号唐洛樱，无论是心理还是行为，都已经出现了不同。

而眼前这个4号唐洛樱，跟空间100中的我，也出现了不同。

这一场"戏"，两名"演员"都"更换"了，"剧本"已经被严重窜改了。

我还在思考，4号唐洛樱又问："现在我跟你的这些对话，在空间100里，你——当时你还是4号唐洛樱——也跟那个空间的5号唐洛樱说过吗？"

这句话，我在空间100里也问过。当时那个空间的5号唐洛樱是这样回答的："基本都说过。"

而现在我却摇了摇头："不同了，我和你的对话，和空间100里我和那个空间的5号唐洛樱的对话已经完全不同了。"

4号唐洛樱朗声道："这就说明'剧本'是可以改的呀！沈靖是可以免于一死的呀！"

"轨道"完全偏离了，一切都失控了。1号唐洛樱、3号唐洛樱和4号唐洛樱，最后会离开空间1吗？我还能重新拥有属于我的生活吗？

想到这里，我有些烦躁，稍微提高声音说道："别再说了好不好？跟着'剧本'走是最保险的做法，是跳出这个循环的唯一方法。"

说完，自己也觉得有些言不由衷。但我现在必须坚定立场，于是我吸了口气，大声继续道："我不管你到了空间2以后怎么做，反正现在，你得帮我处理尸体！"

4号唐洛樱轻轻地"哼"了一声，不再说话。

· 8 ·

不一会儿，我们来到古宅的厅堂。我无意中看到4号唐洛樱向拖动沈靖的尸体时留在地上的痕迹看了一眼，低低地"咦"了一声。我想起在空间100的时候我也曾经注意到地上的拖动痕迹，于是像空间100的5号唐洛樱那样说道："你是想问我，要不要把留在走廊上的血迹及拖动沈靖的痕迹处理掉，对吧？"

在空间100里，当5号唐洛樱说完这句话后，我这个4号唐洛樱的回答是："你怎么知道？"

而5号唐洛樱接着则说："别忘了，我曾经也是你。不必处理。你是1号唐洛樱的时候，有看到走廊上的血迹和拖动重物的痕迹，对吧？也就是说，'剧本'的'情节'就是这样的。切记！一切遵循'历史'，才是跳出这个恐怖循环的最保险的方法！"

然而现在，眼前的这个4号唐洛樱却冷冷地说："不是。我是在想，等我到了空间2以后，怎样修改'剧本'，不但不杀沈靖，甚至还要阻止空间2的3号唐洛樱杀死龙笑愚。"

我"哼"了一声："那是你的事。"

在空间100中，那个空间的5号唐洛樱曾说："到目前为止，我们之前的每一个空间所发生的事，都是按照'剧本'进行的，如果到了这个空间100，我们私自把'剧本'窜改了，谁知道会发生什么事啊？那个可以跳到另一个空间的遥控器的存在，本来就是一件不可思议的事，我们都不知道那个遥控器除了跳转空间外，还有什么功能。说不准，如果我们窜改了'剧本'，遥控器会让每个空间中的所有唐洛樱突然灰飞烟灭、永不超生呢？"

最后她又向我强调："反正你要谨记，在此前的空间99、空间98、空间97、空间96等，都发生过'5号唐洛樱杀了沈靖'这件事，这是'历史'，必然要发生，千万不要自作聪明去窜改'剧本'啊！"

她不仅要让她所在的空间100里的一切跟着"剧本"去"演绎"，她还要接下来的那些理论上已跟她无关的空间1、空间2、空间3等空间中发生的事情，都严格遵循"剧本"。因为她觉得那个遥控器的力量是神秘而巨大的。

而现在在空间1里，虽然我这个5号唐洛樱也希望尽量跟着"剧本"来"演绎"，但对于4号唐洛樱跳到空间2以后所做的事，我却没有心思去理会了。

· 9 ·

接下来发生的事，倒是跟空间100的一样：我们合力把沈靖的尸体拖到古宅外的一棵松树前，我因为不能弄脏衣服而吩咐4号唐洛樱独自埋尸，4号唐洛樱也十分合作，自己一个人挖坑埋尸，直到凌晨一点多，4号唐洛樱的埋尸工作完成，我和她才返回古宅。

重返古宅后，我用一直拿在手上的那把U型防盗锁穿过了古宅大门内侧的两个门环，把大门上锁。

"对了，这把防盗锁你是在哪儿找到的？"4号唐洛樱问道。

我跟着"剧本"的"对白"回答道："杀死沈靖的羊角锤，以及这把防盗锁，都放在未羊之间的衣柜里。"

4号唐洛樱冷冷地说："没必要告诉我羊角锤在哪里，我根本没想过要杀人。"

她一而再再而三地破坏"剧本"的"对白"，实在让我有些恼羞成怒了。我"哼"了一声，冷然嘲讽道："在空间100的时候，你这个3号唐洛樱不就杀死了龙笑愚吗？现在却来说自己'根本没想过要杀人'？"

4号唐洛樱反驳道："杀死龙笑愚是自卫，不是故意杀人。而你呢，你是故意杀死沈靖，性质上跟我失手误杀龙笑愚有天渊之别。"

我"哼"了一声："如果不是你被沈靖发现了，我用得着杀死沈靖吗？我杀人不也是为了你？"

4号唐洛樱也不甘示弱，反唇相讥："你杀人不是为了我，是为了最后留在这个空间1的你自己。再说，要是你早些来通知我离开酉鸡之间，我会被沈靖发现吗？"

确实是我理亏。我只好瞪了她一眼，不悦道："算了，我懒得跟你辩论了。"

最后，我把4号唐洛樱带到古宅左侧走廊的子鼠之间前方。

"你走进子鼠之间后就按下遥控器吧。"我对4号唐洛樱说。

"走进子鼠之间？这也是'剧本'中的'情节'吧？"4号唐洛樱冷笑。

"别问了，我求求你，你快走吧，离开这个空间。这个空间里的唐洛樱每减少一个，情况就会更简单一些。"我说。

4号唐洛樱深深地呼吸了一下，接着一步一步地走进了子鼠之间，并且把属于她的那个遥控器从口袋里拿了出来。

然而，她在按下遥控器前，还在自创"对白"，跟我说道："5号唐洛樱，相信我，'剧本'绝对是可以更改的，龙笑愚和沈靖都可以不用死！"

我突然觉得有些心烦意乱，嗔道："好了！别多说了，快走吧！待会儿到了空间2，你就是5号唐洛樱了，是那个空间的老大了，你喜欢怎么弄就怎么弄，我管不着，也不想管。我能管得着的就是，你现在必须给我按下遥控器！"

4号唐洛樱叹了口气，使劲一按，按下了她手中那遥控器上的那个"播放下一段"的按键。霎时间，4号唐洛樱消失于我的眼前。她到空间2去了，成为空间2的5号唐洛樱。

她到了空间2以后，会大幅度窜改"剧本"，会阻止3号唐洛樱杀死龙笑愚，她自己也不会去杀沈靖。最后空间2会变成怎样，我真的无法想象。不过这些都跟我无关，因为我永远不会到空间2去，此时此刻我所身处的这个空间1，就是我最后的归宿。

· 10 ·

现在，在这个空间1里，只剩下三个唐洛樱了：正在申猴之间昏睡的1号唐洛樱，躲在朱雀之间的3号唐洛樱，以及在子鼠之间的我——5号唐洛樱。

天亮以后，3号唐洛樱会因为被我暗算而被迫按下遥控器；到了下午，1号唐洛樱也会自己按下遥控器。她们都会到空间2去，她们都有机会看到被5号唐洛樱窜改后的"剧本"是怎样的，她们都将经历空间2中那混乱不堪的情况。

但这一切都与我无关，只要她俩都离开空间1就行了。

现在，我要做什么呢？

对了，我要去把1号唐洛樱戴在手腕上的那条心连心手链取走，这样天亮以后她才会被凌汐冤枉，而3号唐洛樱也会因此化装成面具人，为她制造不在场证明。

于是我离开古宅左侧的走廊，回到厅堂，再走进古宅右侧的走廊，来到申猴之间，取走了昏睡中的1号唐洛樱手上的手链，放进自己的口袋中。等下午1号唐洛樱按下遥控器后，我口袋中的这条手链也会消失，跟着1号唐洛樱到空间2去。

其后我又回到古宅左侧的走廊，走进了丑牛之间，拿出手机把闹钟调成上午八点，接着便在架子床上躺下，闭目休息。

天亮以后，我要做的事情只有一件：把玄武之间后门的门栓插上，让3号唐洛樱无法通过后门逃跑，从而被迫按下遥控器离开空间1。

大概再过半天，1号唐洛樱也会离开，到时我就是空间1里唯一的唐洛樱了，我终于将跳出这个恐怖的循环，接管1号唐洛樱在空间1里的一切，继续在这个空间生活下去，终老于此。

想着想着，我不知不觉地进入了梦乡。

第十章

侦探

·1·

清晨八点整，我被闹钟叫醒。从床上起来，伸了个懒腰，便走出丑牛之间，来到厅堂左前方的木门前，轻轻地推开木门，探头一看，此刻厅堂并没有人。于是我走出厅堂，再走进厅堂右侧墙壁上的那个没有门的入口，来到了那道迂回曲折的长廊里。

在空间97中，我和那个空间的凌汐，曾在那个空间的慕容思炫的带领下，经过这道长廊。

此时，在即将接近走廊的尽头——即玄武之间的后门——时，我停了下来，就在原地等候。

过了十来分钟，我听到前方传来玄武之间的后门被打开的声音，那是已经戴上了面具、穿上了黑衣的3号唐洛樱观察片刻以后的逃跑路线来了。紧接着，又传来了玄武之间的后门被关上且门栓被插上的声音，那是3号唐洛樱在测试后门被插上门栓后是否牢固，是否能截断1号唐洛樱、慕容思炫和凌汐的追击。

过了一会儿，再次传来门栓被拉开且后门被打开的声音，现在，3号唐洛樱将要离开玄武之间了，接下来她要到戌狗之间，在衣柜里躲起来。

数分钟后，我继续前行，来到玄武之间的后门前方，在房外把后门关上，并且插上门栓。如此一来，陷阱设置好了，等一下，

3号唐洛樱就会自己掉进这个陷阱里来。

可怜的3号唐洛樱啊，到现在还以为这个空间里只有三个唐洛樱，还以为她是这里的老大，还以为她最后会留在这个空间1里，殊不知，她不仅要再次使用遥控器，而且还不止一次。

本来跟着"剧本"，她要先跳到空间2当4号唐洛樱，接着再跳到空间3当5号唐洛樱，最后在空间3中成为唯一的唐洛樱，跳出循环。但现在空间2将被已经离开了空间1的4号唐洛樱大幅度窜改，所以3号唐洛樱跳到空间2以后的命运，我现在也不知道。

不过这些都跟我无关了，我真的心力交瘁了，再也没有心思去理会其他空间的事情了。反正我在古宅中的故事，即将走向结局了。

现在，我要做的事情都做完了。我只需要躲起来，等3号唐洛樱和1号唐洛樱自己按下遥控器离开空间1，然后出来跟慕容思炫及凌汐会合，就能跳出循环，回归正常的生活。

要躲在哪里呢？当然不能躲在这道长廊里。还是回到古宅左侧走廊的房间比较安全。于是我吸了口气，转过身子，沿着长廊，回到了厅堂。

不一会儿我来到厅堂右侧的那个没有门的入口前方，正准备走出厅堂，却听到凌汐的声音从厅堂传过来："为什么会有一把防盗锁？是谁把大门上锁的？"

啊？好险！我竟忘了这个时间1号唐洛樱、慕容思炫和凌汐跟着我和4号唐洛樱昨晚拖动沈靖尸体时留在地上的血迹来到了厅堂，正在查看被我用防盗锁上锁了的古宅大门。如果我在凌汐说话前走了出去，就会被他们发现。

这么说，在空间97，当我这个什么都不知道的1号唐洛樱和那个空间的慕容思炫及凌汐查看着古宅大门的时候，那个空间的5号唐洛樱也躲在厅堂右侧的入口的后方？当时的我，又怎能想到事情竟然如此复杂？

我还在思考，厅堂里又传来1号唐洛樱、慕容思炫和凌汐的对话声。

"很有可能就是杀死龙笑愚、导致沈靖失踪的那个人。"慕容思炫冷冷地答道。他的推理是正确的，把大门上锁的人，确实就是杀死龙笑愚、导致沈靖失踪的那个人——唐洛樱。

"这个人现在还在古宅里？"凌汐颤声问道。

1号唐洛樱回答："恐怕是的。防盗锁是在门的内侧上锁的，也就是说，上锁的人，此刻一定还在古宅内部。"此时此刻她万万没有想到，这个人就是自己。

"啊？那怎么办啊？"凌汐害怕地说，"我们快报警吧！"

"这里没有信号，用不了手机。"1号唐洛樱说。

"那怎么办呀？怎么办呀？对了！"凌汐忽然说，"我听阿靖说，好像没有信号也能拨打紧急电话呀！"

"真的吗？"1号唐洛樱有些惊喜。

接着她们努力地尝试拨打110，当然这些努力都是徒劳的。

"我们回走廊去吧。"过了一会儿，慕容思炫说道。虽然我没有看到，但我知道他说完这句话后就径自走进了古宅右侧的走廊。

"跟着他吗？"凌汐问1号唐洛樱。

"大家待在一起比较安全。"1号唐洛樱这样回答。其实她心里还加上了一句："如果凶手不在我们之中的话。"

· 2 ·

在他们三个离开厅堂的数分钟后，我才走出厅堂，迅速地走进厅堂左前方的木门，回到厅堂左侧的走廊，再次来到我昨晚休息的丑牛之间里。

接下来，我就坐在架子床上，拿出手机，看着时间一分一秒地过去。

半个小时过去了。

此时此刻，3号唐洛樱应该已经在玄武之间按下了遥控器而离开空间1了。在这个空间1里，就只剩下1号唐洛樱和我了。

就在这时，从厅堂里传来了凌汐的声音："我去找阿靖！"

紧接着说话的是1号唐洛樱："你一个人找太危险了，我和你一起去吧。慕容，你能和我们一起行动吗？一来你比较熟悉古宅的格局，二来如果碰到面具人，我们对付不了，需要你帮忙。"

慕容思炫爽快地答道："好。从古宅左边找起吧。"

"昨晚你有到古宅的左边去探秘吗？"1号唐洛樱问。

"有。我带路。"慕容思炫说。

根据"剧本"，接下来他们会走进厅堂左前方的木门，从古宅左边开始，逐一搜查古宅里的一百多个房间。我现在身处的丑牛之间自然也在他们的搜查范围之内。于是我立即从丑牛之间走出来，在1号唐洛樱、慕容思炫和凌汐进入古宅左侧的走廊前，快步离开了走廊，来到了古宅左侧的内堂。

接下来，在他们三个搜查子鼠之间、丑牛之间、寅虎之间、卯兔之间、辰龙之间和巳蛇之间这六个房间的时候，我则走进了青龙之间，并且通过青龙之间的后门，走进曲折的长廊，再经过长廊，走出厅堂左边墙壁上的入口，回到了古宅的厅堂。

今天醒来后我一直没吃过东西，此时觉得肚子有些饿了。于是我又来到古宅右侧的走廊，硬着头皮走进了龙笑愚的尸体所在的西鸡之间，把龙笑愚背包里的压缩饼干和矿泉水拿走了。

在空间97的时候（当时我是1号唐洛樱），那个空间的慕容思炫发现龙笑愚背包里的食物和水都被人拿走了。原来拿走食物和水的人，是空间97的5号唐洛樱。

接下来我回到厅堂，吃饱喝足后，我再次走进厅堂左前方的木门，在丑牛之间里休息。此时1号唐洛樱、慕容思炫和凌汐已经深入古宅内部，到了中午他们会通过古宅右侧的内堂回到厅堂。在此过程中，他们是不会再到这个丑牛之间来了，所以我可以安心在这里休息，在这里等候1号唐洛樱回到申猴之间后自己按下遥控器而离开空间1。

到时我就是空间1里唯一的唐洛樱了。我将跳出这个恐怖的循环。一切问题都得到彻底解决。

时间请过得快一些吧。千万不要再出差错了。

· 3 ·

好不容易，终于到了中午。我听到厅堂那边再次传来声响。那是1号唐洛樱、慕容思炫和凌汐重返厅堂的声音。此刻他们正在厅堂里吃午餐。

到了下午一点多，1号唐洛樱提议："我们回客房休息一会儿吧。"

慕容思炫和凌汐都没有反对。于是他们三个人回到了古宅右侧的走廊里。

过了几分钟，我走出丑牛之间，回到厅堂，来到厅堂右前方的木门前，只听1号唐洛樱的声音从古宅右侧的走廊里传出来："嗯，谢谢。对了，慕容，你有想到离开古宅的办法吗?"

接着传来的是慕容思炫那冰冷的声音："离开古宅有两个方法：一、找到防盗锁的钥匙；二、找到能破坏防盗锁或大门的工具。方法一较难实现，方法二可行性比较高。现在我要睡觉。半个小时后我去尝试把大门或防盗锁破坏。"

方法一其实不难实现，因为防盗锁的钥匙此时就在我身上。等1号唐洛樱离开空间1后，我就会去把防盗锁打开。

"到时你把我也叫上，我也去帮忙。"1号唐洛樱的话稍微打断了我的思索。

"哦。"

接着接连传来两下关门声。

现在，凌汐在戌狗之间里，1号唐洛樱在申猴之间里，而慕容思炫则在午马之间里。

我吸了口气，蹑手蹑脚地走进走廊，来到申猴之间前，透过门缝窥视房内的1号唐洛樱的举动，刚好看到1号唐洛樱把藤枕里的遥控器拿了出来。此刻她所拿着的这个遥控器和我手上的遥控器一样，液晶显示屏上显示着"1"这个数字。

就在这时，1号唐洛樱把手指放到遥控器的那个"播放下一段"的按键上，轻轻地按了下去，霎时间，1号唐洛樱消失于申猴之间。

消失了！真的消失了！1号唐洛樱离开空间1了！1号唐洛樱真的离开空间1了！现在在这个空间1里，就只剩下我——5号唐洛樱。不，我不必再为自己编号了。因为现在在空间1里就只剩下我一个唐洛樱了。我就是唐洛樱——唯一的唐洛樱。

一切总算结束了，彻底结束了。

我定了定神，摸了摸自己的口袋，果然今天凌晨我从昏睡中的1号唐洛樱手上取走的、后来放到口袋里的那条心连心手链消失了。它已跟着1号唐洛樱一起到混乱无比的空间2去了。

我微微地吸了口气，又轻手轻脚地离开古宅右侧的走廊，重返厅堂，来到古宅的大门前方，取出那把U型防盗锁的钥匙，把防盗锁打开了。接着我把古宅的大门推开，只见一缕日光直射进来，带着温暖的气息，予人无限希望。我长长地吁了口气，心中突然冒出一阵恍如隔世的感觉。

接下来我要干什么呢？我要回到申猴之间，在房内等候，等慕容思炫和凌汐休息够了，我们三个再到厅堂想办法打开防盗锁之时，他俩会发现古宅的大门竟然打开了，最后我们三个会离开古宅，并且打电话报警。

慕容思炫和凌汐都认为杀死龙笑愚的凶手是那个企图袭击凌汐的面具人——即3号唐洛樱。而当时我和面具人同时出现，所以我有完美的不在场证明。

当然，警方也有可能发现被埋在古宅外那棵松树下方的沈靖的尸体。但他们会认为杀死沈靖的凶手，和杀死龙笑愚的凶手，是同一个人——面具人。

最后，警方会根据我们三个人的讲述，全力缉捕这个已经不存在于空间1的3号唐洛樱。而我则会留在空间1里，好好地生活下去。

除了龙笑愚和沈靖被杀了以外，其他所有事情都未曾改变。我会继续读书，继续生活，毕业以后，找工作，谈恋爱，结婚生子，演绎属于我的故事。发生在古宅内的一切，对于我来说，只是一场噩梦。现在梦醒了，梦里的所有，将不复存在。

甚至我会刻意地让它从我的记忆中磨灭。

我正在憧憬着美好的未来，想得出了神，却忽然听到身后传来一个冰冷的声音。

"唐洛樱，你就是杀死龙笑愚和沈靖的凶手。"

· 4 ·

这一惊实在非同小可，我猛地回头，只见身后站着一个人，竟是慕容思炫。此时此刻，他那呆滞无神的眼睛，竟然变得无比锐利，紧紧地盯着我，就像一道剑光射在我的脸上一般。

我强迫自己冷静下来，勉强地笑了笑，试图辩驳："慕容，你说什么啊？凶手不是今天上午企图袭击小汐的那个面具人吗？"

"那个面具人也是你。"

慕容思炫的语气犹如寒潭中的冷水一般。

"是我？"我干笑了两声，"你忘了吗？当时我跟你在一起啊。我们是一起目睹面具人的啊。"

慕容思炫轻轻地扭动了一下脖子，一字一顿地说："那是另一个世界的你。"

"你……你说什么？"

我失声道。与此同时，我心中骇然：他为什么会知道这些事？

还没回过神来，只听慕容思炫用毫无抑扬顿挫的声音，有条不紊地推断起来。

"在这座古宅里，由于有某些超自然力量的存在，导致古宅内发生了一些违反了现在已知的物理法则的事。这些事情，以目前的科学无法解释。虽然难以置信，但这些事确实存在。"

说到这里，他舔了舔右手的大拇指，接着又说："简单地说，有很多个几乎一模一样的世界存在——这就是物理学中尚未被证实的平行宇宙理论。本来每一个世界里的人和物，都是独立的，每一个世界相互之间没有任何交集。然而你，唐洛樱，却在古宅内得到了某种超自然的力量，这种力量让你拥有了可以跳跃到另一个世界的能力。

"我眼前的你，本来并不是属于这个世界的。而应该属于这个世界的唐洛樱，在不久前已经跳跃到另一个世界去了。"

慕容思炫的推测跟事实几乎完全一致！我只听得汗水涔涔而下，心中怦怦直跳。我咽了口唾沫，假装一脸茫然地说："你在说什么呀？我完全听不懂。"

慕容思炫从口袋里掏出一个白色的烟盒，在烟盒里倒出几颗软糖，接着手掌往嘴巴上一拍，把这几颗软糖都拍到嘴里。他大口大口地咀嚼着软糖，直到把嘴里的软糖都咽下去了，才舔了舔嘴唇，继续推理。

"假设我们现在身处的这个世界叫世界3吧。你本来是属于世界1的。那个世界1和我们现在的这个世界3基本上是一样的。在世界1的时候，除了你——假设你当时叫1号，还有两个唐洛樱——假设叫2号和3号，她们是从世界1之前的世界过来的。

"后来，由于某种原因，在世界1里，2号杀死了龙笑愚，并且在某个房间躲了起来。其后3号出现在龙笑愚的死亡现场，被沈靖无意中发现，于是3号杀死了沈靖，并且把尸体拖到古宅外。

"第二天，2号装扮成面具人，和你这个1号同时出现，为唐洛樱制造不在场证明。其后，3号插上玄武之间后门的门栓，暗算2号，让2号使用那种超自然力量，跳跃到世界2。接下来，你也在无意中使用了那种超自然力量，跳跃到世界2。于是，在世界1里，就只剩下3号。她成为世界1中唯一的唐洛樱，继续在世界1里生活下去。"

我听得瞠目结舌。

慕容思炫大大地打了一个哈欠，继续分析起来。

"在世界2，你变成了2号，而世界1的2号则变成了3号。当然，在世界2里，也有一个本来属于那个世界的1号存在。接下来，一切'重演'，你这个2号杀死了龙笑愚，3号则杀死了沈靖。最后你和1号都跳跃到现在这个世界3。

"在世界3发生的事情，和世界1及世界2发生的事情基本一致：世界2的1号来到了这个世界3，变成了2号，杀死了龙笑愚；而你则变成了世界3的3号，杀死了沈靖，并且把玄武之间后门的门栓插上，强迫2号在玄武之间里的时候，在我破门之前，使用那种超自然力量，跳到世界4。

"在十多分钟前，本来属于世界3的1号，也在无意中使用了那种超自然力量，从而离开了世界3，跳跃到世界4。现在在我们身处的这个世界3里，就只剩下你一个唐洛樱了。"

我听得连脸上的表情也凝固了，甚至连呼吸也几乎停止了。

虽然事实上总共有五个唐洛樱，而在他的假设中只有三个，他没有推断出2号唐洛樱和4号唐洛樱的存在，他所说的杀死龙笑愚的2号，其实就是3号唐洛樱，而他所说的杀死沈靖的3号，其实就是我这个5号唐洛樱。但尽管如此，他的推理已经和事实十分接近了。这个名叫慕容思炫的男青年，实在是一个恐怖的、让人不寒而栗的人！

我试图狡辩，冷笑一声，说道："你的想象力真好，可以去写科幻小说了。"

"虽然这一切确实匪夷所思，但却留下众多线索，有迹可循。我正是根据这些零碎的线索，把这个不可思议的真相还原出来的。"慕容思炫冷冷地道。

"什么线索？"我好奇地问。

慕容思炫抓了抓那杂乱不堪的头发，不紧不慢地说道："线索之一：今天上午，在我来到玄武之间外准备破门的时候，为什么我一直抓在手上的手链消失了？答案：因为2号在玄武之间内使用了那种超自然力量，从世界3跳跃到世界4，而那条手链是2号的——是她杀害龙笑愚的时候不慎遗留在现场的，所以手链跟着她一起跳跃到世界4去了。"

他顿了顿，接着说道："从手链无故消失开始，我就怀疑古宅里存在一些以现在的科学所无法解释的超自然力量了。"

我勉强地笑了笑："这算是哪门子的线索呀？手链怎么可能凭空消失？一定是你追赶面具人的途中，不小心掉在地上而已。"

慕容思炫没有理会我，接着说道："线索之二：为什么面具人要先把面具摘下，把衣裤脱掉，把扳手扔下，再逃离玄武之间？答案：因为面具人是2号，而2号当时所穿戴的面具和衣裤，以及拿在手上的扳手，都是属于世界3的东西，2号跳跃到世界4后，这些东西并没有跟着到世界4去，所以留在玄武之间里。"

慕容思炫通过观察和分析所得出的结论，跟事实极为接近，这实在让我听得心惊肉跳。但我还不死心，反驳道："或许面具人只是觉得戴着面具、穿着大衣行动不方便，所以才脱掉而已。"

他还是没有理会我的解释，向我瞥了一眼，继续道："线索之三：此时此刻，你的鞋子上沾满了泥巴。刚才我们各自回房前，你的鞋子是干净的，为什么现在却沾满泥巴？答案：不是同一个唐洛樱，刚才回房的是1号，她在下雨后并没有离开过古宅，所以鞋子比较干净，而现在在我面前的你是3号，你今天凌晨杀死沈靖后，把尸体拖到古宅外，鞋子踩在雨后的泥地上，因此沾满了泥巴。"

慕容思炫刚说完第一句话，我不由自主地低头去看自己的鞋子，果然沾满了污泥。根据"剧本"，我已让4号唐洛樱去做会把衣服弄脏的埋尸工作，但却忽略了沾在鞋子上的污泥，真是百密一疏。

这么说，在此前的空间中，每个空间的慕容思炫都发现了唐洛樱杀人的事？那么其他空间的5号唐洛樱又是怎样应对这件事的？

这件事我现在是首次经历。我已习惯于遵循"剧本"的"情节"，现在没有"剧本"指引，实在让我感到有些不知所措。

我还在胡思乱想，又听慕容思炫说道："线索之四：刚才我们各自回房前，唐洛樱的手上是没有戴手链的，而此时在我面前的你，手上却戴着手链，为什么？答案：刚才回房的是1号，她的手链在今天凌晨被你取走了，不过，由于现在1号已经离开了世界3，所以你所取走的手链也已经消失于世界3中；而你则是3号，你从世界2跳跃到这个世界3的时候，世界2中的慕容思炫所捡到的那条手链跟着你一起过来了，所以你的手上戴着手链。"

这一次，没等我反驳——我也实在不知道该怎样反驳才好了，慕容思炫接着说道："最后的线索之五：刚才我离开走廊前，检查过申猴之间，发现房门内侧的门栓被插上了。我通过门缝看到房内没有人，于是我把房门踢开了，进房查看，果然没有。如此一来，那个在房内把门栓插上的人，是怎样离开申猴之间这个密室的呢？答案：刚才1号回房后，把门栓插上了，其后她无意中使用了那种超自然力量——这是她第一次使用这种力量，跳跃到世界4去了，消失于世界3之中，所以申猴之间成了密室。"

我咽了口唾沫，试图进行最后的挣扎："慕容，哪怕你说的一切是真的又怎样？警察会相信你的推理吗？什么平行宇宙理论，什么从这个世界跳到那个世界，我敢保证，警察绝对不会相信！"

慕容思炫再次咬了咬手指，面无表情地说："警察没必要相信我的推理，因为有更直接的证据证明你是凶手：其一，龙笑愚的身上肯定残留着2号的毛发——2号的DNA和你是一样的；其二，古宅外的沈靖的尸体上，不仅残留着你本人的毛发，甚至还有你的指纹。"

他说到这里，稍微顿了顿，神色平淡地继续道："至于你的所谓不在场证明，不堪一击，因为你无法证明和你同时出现的面具人就是杀人凶手。"

慕容思炫说的是事实。我终于绝望了，低声问道："你到底是谁啊？"

慕容思炫用毫无抑扬顿挫的声音答道："一个侦探。"

· 5 ·

接下来是短暂的沉默。片刻以后，我长叹了一口气，说道："唉，其实我应该下定决心改变历史的，我不该跟着'剧本'杀死沈靖。"

我话音刚落，不远处忽然传来"吱"的一声，与此同时，慕容思炫毫无先兆地倒在地上，背上的衣服迅速渗出一大片血迹。

我大吃一惊，向前一看，竟然看到在厅堂左前方的木门前站着一个唐洛樱。

一个拿着一把黑色的手枪直指着我所在的方向的唐洛樱。

怎么回事？慕容思炫之所以倒下是因为中了枪？开枪者就是这个突然出现的唐洛樱？

我还没回过神来，只见那个唐洛樱快步走到古宅的大门前，对着慕容思炫的后脑"吱吱吱吱"连开四枪。慕容思炫一动也不动，看样子已经毙命。

一个推理天才的生命，就此终结。料事如神的他，大概也没料到自己会死于这座古宅中吧？

我吸了口气，稍微抬头，向眼前这个杀死了慕容思炫的唐洛樱看了一眼，心中不由自主地掠过一阵寒意。

这个唐洛樱到底是谁啊？

难道……是6号唐洛樱？

她怎么也到空间1来了？

原来在空间1中，也并非只有五个唐洛樱，而有六个唐洛樱！

不！甚至还有7号唐洛樱、8号唐洛樱、9号唐洛樱、10号唐洛樱……

原来我还没跳出这个恐怖的循环！

甚至，现在才仅仅是循环的开始？

我还在胡思乱想，果然听到这个唐洛樱说道："又见面了，唔，我是空间1的6号唐洛樱。"

"真的是你！"我惊呼，"你就是在空间100中杀死了沈靖的那个5号唐洛樱！"

6号唐洛樱点了点头："是的。"

"你怎么也到空间1来了呀？"我问道。

"如果我没来，谁帮你干掉慕容思炫啊？"6号唐洛樱冷笑。

"你又杀人了……"我望着慕容思炫的尸体，心中交织着恐惧和愧疚，喃喃地说，"龙笑愚、沈靖、慕容思炫，你已经杀死了三个人了！"

"不是我，是我们。"6号唐洛樱冷冷地说，"你到了空间2后，也要像我一样，杀死那个空间的慕容思炫。"

"我还要杀人……我还要杀人……"我低声自语。

6号唐洛樱吸了口气，接着说道："听我说，我只说一遍。等一下，你到古宅左侧内堂的白虎之间，在白虎之间里按下遥控器，跳到空间2。不要问我为什么要在白虎之间里按下遥控器，我也不知道为什么，反正此前每个空间的5号唐洛樱，都是在白虎之间里跳到下一个空间的，这是'历史'，不得改变。

"在白虎之间的衣柜里，有扳手、防盗锁、羊角锤、黑衣、黑裤、傩舞面具和一把微声手枪。你跳到空间2后，要想办法在避开其他五个唐洛樱的情况下，把扳手放到申猴之间的衣柜里，用黑衣裹着黑裤和傩舞面具，放到朱雀之间的床底，而防盗锁和羊角锤则拿到未羊之间的衣柜中。

"接下来，你什么都不要做，就躲在白虎之间的衣柜里。当然，在1号唐洛樱、凌汐和慕容思炫搜查古宅的时候，你要暂时离开白虎之间，不能被他们发现。

"最后，你在慕容思炫指证5号唐洛樱是杀人凶手的时候，拿着手枪走出厅堂，用手枪杀死慕容思炫。你放心，因为是微声手枪，所以开枪的时候不会惊动房间里的凌汐。"

她说到这里稍微顿了顿，舔了舔嘴唇，接着说道："走吧，事不宜迟，我们现在就到白虎之间，你马上到空间2去吧。放心，这绝对是你最后一次使用遥控器了，一切即将结束了，空间2绝对是你最后的归宿。就像我，当你离开空间1后，我就会去找凌汐——她可是我的时间证人，接着和她一起离开古宅，跳出这个循环。"

"我……我……"6号唐洛樱一口气说了许多话，我无法消化。我的脑袋混乱不堪。

"对了，"6号唐洛樱又说，"你还不会使用手枪吧？我先教你怎么开枪……"

她还没说完，不知道从哪里传来一股勇气，我突然全身一热，大声说道："不！我不会再杀人了！到了空间2，我不仅不会杀慕容思炫，我还要阻止龙笑愚和沈靖被杀！"

·6·

亲眼看见慕容思炫被杀，致使我的心理发生了重大的变化。我决定不再被这个充满血腥的"剧本"玩弄于股掌之中！我决心要改变"历史"！

6号唐洛樱听我这样说，先是微微一怔，接着秀眉一蹙，一脸森然地说："5号唐洛樱，不要破坏'历史'，不要窜改'剧本'，否则后果不堪设想。"

我和眼前这个6号唐洛樱的心理状态已经截然不同了。在进入古宅前，我们是无论性格还是记忆都完全一致的"一个人"，然而现在，我们却成了想法大相径庭的两个人。

分歧是从什么时候开始产生的呢？

是在空间100中，从我（当时我是4号唐洛樱）按下遥控器前对眼前这个6号唐洛樱（当时她是5号唐洛樱）的提问开始产生分歧的？

当时我问："现在我和你的这些对话，和你在空间99时跟那个空间的5号唐洛樱的对话完全一致吗?"

而她则回答:"有些不同。譬如说,当时我走进子鼠之间后,就直接按下遥控器了,并没有问空间99的5号唐洛樱这个问题。"

因为在此前的空间中,每个空间的4号唐洛樱都没有问过这个问题。所以当我在空间100问出这个问题的时候,"剧本"中的"情节"就开始偏离轨道?

又或者是在现在的这个空间1中,从我杀死沈靖前那一秒的犹豫开始产生分歧的?

此前每个空间的5号唐洛樱,在杀死沈靖的时候,都是手起刀落,没有丝毫犹豫。

而我在杀死沈靖的时候,犹豫了一秒。也因为如此,沈靖被杀的地点,从"历史"中的申猴之间前方变成了戌狗之间前方。

当然,分歧也有可能是从我和这个空间的4号唐洛樱的问答中开始产生的。

昨天晚上,在我杀死沈靖后,4号唐洛樱像此前每个空间的4号唐洛樱那样向我这个5号唐洛樱质问道:"既然你早就知道'剧本'的'情节',早就知道沈靖会到酉鸡之间来找龙笑愚要退烧药,早就知道我这个4号唐洛樱杀人的事会被沈靖发现,那你为什么不早点到酉鸡之间通知我离开?只要沈靖没看到我在酉鸡之间里,就不会发现'唐洛樱杀死了龙笑愚'这件事,那你也不必杀死沈靖灭口啊!"

在此前的每一个空间中,5号唐洛樱都是这样回答的:"在之前的每一个空间里,沈靖都是被杀了的呀!跟着'历史'发生过的事做才是最明智的，不要随便窜改'剧本'。"

但到了空间1，我因为心中也在反问自己"为什么要杀沈靖"，思绪杂乱，没有马上回答4号唐洛樱的问题，让她有机会接着质问："喂！我在问你呀！为什么要杀死沈靖啊？"

这句话并非"剧本"的"对白"。一切就是从那里开始逐渐偏离轨道的？

为什么此前每个空间的4号唐洛樱都没有这样质问5号唐洛樱，偏偏到了空间1的4号唐洛樱却这样质问我？

是因为我杀死沈靖前那一秒的犹豫，导致我在杀死沈靖这件事上的态度模棱两可，而不像此前那些空间的5号唐洛樱那样理直气壮，因此改变了4号唐洛樱的心态，让她敢于质问我这个杀死沈靖的凶手？

而4号唐洛樱的质问，让我在杀死沈靖这件事上，对自己产生了更大的怀疑。如果让我再选择一次，我宁愿破坏"剧本"，也不会杀死沈靖。

总之，根据我的推测，此前每一个空间的唐洛樱，无论是心理上还是行动上，都会跟上一个空间的唐洛樱有那么些不同。譬如我，我跟现在这个空间的6号唐洛樱所不同的就是，我在杀死沈靖前多了一秒的犹豫。

这些一次又一次的不同，就是量变。每一个空间的唐洛樱的量变，是连续的，是逐渐的，却也是不显著的。

然而，当量变积累到一定的程度，就引发了质变！

一旦发生质变，就会诞生一个无论是思想还是行动都跟此前 n

个唐洛樱完全不同的新的唐洛樱。

而我，我就是这个质变后的新唐洛樱！

在杀死沈靖前，我的心理状态已经量变到一个临界点。

在杀死沈靖后，我不像"历史"中的5号唐洛樱那样心安理得。我动摇了，我后悔了，我决定在下一个空间中阻止这件事的发生。

于是我引发了质变！

我的思想，我将要做的事，都跟空间1、空间100、空间99、空间98、空间97，乃至此前的 n 个空间中的唐洛樱，截然不同。

而我之后的唐洛樱们，因为受我的影响，思想和行动会和我极为相似。

当然，我的质变，将为新的量变开辟道路。我之后的唐洛樱们，也会继续发生连续的、逐渐的、不显著的量变。

当量变的积累达到一定程度时，将再一次引起新的质变。到时那个更新的唐洛樱的心理状态又会变成怎样呢？会重蹈覆辙地产生在我之前的那些唐洛樱的"必须杀死龙笑愚、沈靖和慕容思炫"的心理吗？

我也不知道。

反正我现在的思想，我到了空间2以后所做的事，都跟我在空间97时，那个空间的2号唐洛樱（即眼前的6号唐洛樱）、3号唐洛樱、4号唐洛樱、5号唐洛樱和6号唐洛樱彻底不同了。

· 7 ·

想到这里，我深深地吸了口气，望着6号唐洛樱，朗声说道："为什么不改写'剧本'呢？为什么要一而再再而三地杀人？又为什么要自己威胁自己，自己暗算自己？只要把同一个空间中的所有唐洛樱都找出来，让1号唐洛樱、2号唐洛樱、3号唐洛樱、4号唐洛樱和5号唐洛樱自愿离开，而6号唐洛樱则留下来继续生活，一切问题不就迎刃而解了吗？"

6号唐洛樱重重地"哼"了一声，冷然道："你以为事情真的那么简单吗？"

我反问："那你倒说说看，到底有多复杂？"

6号唐洛樱大概也说不出到底有多复杂，秀眉一蹙，嗔道："反正一定要遵循'历史'！一定要跟着'剧本'的'情节'去做，一定要杀死龙笑愚、沈靖和慕容思炫！"

我叹了口气："你已经走火入魔了。我跟你说，到了空间2，我一定会改写'剧本'，我不会让任何一个人死。"

6号唐洛樱强忍着怒气，一字一顿地说："我再说一遍，不要窜改'剧本'！"

"反正你会一直留在这个空间1中，永远不会到空间2去，那我在空间2中，要做什么都跟你无关吧？"

6号唐洛樱咬牙道："在空间100的时候我不是跟你解释过吗？那个可以跳到另一个空间的遥控器的存在，本来就是一件匪夷所思的事，我和你都不知道那个遥控器除了跳转空间外，还有什么功能。如果你私自窜改了'剧本'，说不准遥控器会让每一个空间中的唐洛樱们都灰飞烟灭、永不超生！"

她说到这里顿了顿，接着说："总之，你一定要遵循'历史'！"

6号说得斩钉截铁，丝毫没有拐弯的余地。但一想到龙笑愚、沈靖和慕容思炫的惨死，我的态度也十分强硬。

"不！我不会听你的！我一定要改变'历史'！"我义正词严地说道。

6号唐洛樱终于愤怒了，举起手枪对准我的脑袋，红着眼睛吼道："你敢改变'历史'的话，我现在就杀了你！"

面对着这漆黑的、恐怖的、随时会发出可以射穿我的脑袋的子弹的枪口，我的心中无比恐惧。但我强迫自己冷静下来，硬着头皮冷笑道："杀死我？在空间100中，那个空间的6号唐洛樱有杀死你吗？肯定没有吧，因为如果空间100的6号唐洛樱开枪杀死了你，你又怎么能来到这个空间1成为这里的6号唐洛樱？"

6号唐洛樱不知道我想说什么，皱眉不语。

我舔了舔嘴唇，接着说道："那么，如果你现在杀了我，不就改变'历史'了吗？要知道，在'历史'中，'6号唐洛樱开枪杀死5号唐洛樱这件事'是从来没有发生过的。怎么样？开枪吧，一开枪你就成为窜改'剧本'的元凶了！一开枪你就成为让所有空间中的唐洛樱都灰飞烟灭的千古罪人了！"

6号唐洛樱似乎从来没有想过这个问题，此刻听我提起，一脸茫然。我趁她发呆之际，转身逃跑，跑进了厅堂左前方的木门。

紧接着，身后传来了一阵急促的脚步声，那自然是6号唐洛樱追来了。我穿过古宅左侧的走廊，刚走进古宅的左侧内堂，只听身后的6号唐洛樱大吼："你别跑！我要杀了你！"

我一边跑一边大声说："在空间100中，那个空间的6号唐洛樱有这样追赶过你吗？没有吧？'历史'已经被改变了！被彻底改变了！"

6号唐洛樱声嘶力竭地大叫起来："臭婊子！为什么要窜改'剧本'？我杀了你！我杀了你！"

她已经失去理智了，已经疯狂了，已经成为一个凶残冷血的杀人魔了，而我则决心要在空间2中阻止杀人事件的发生。我和她，本来明明是"同一个人"，为什么现在竟然产生了如此巨大的分歧？可见善恶真的只在一念之间。

一念天堂，一念地狱。

苦海无边，我虽然杀死了龙笑愚和沈靖，但我觉悟了，我回头是岸了，而她执迷不悟，变本加厉地杀人，她要在苦海中继续前行，从此万劫不复。

当我想到这里的时候，已经来到左侧内堂的那把深红色的长木椅前方了。现在左前方是青龙之间，右前方是白虎之间，我该逃往哪个房间？

6号唐洛樱曾说，"历史"中的每个空间的5号唐洛樱，都是在白虎之间里跳到下一个空间的。

我偏偏要改变"历史"。

于是我跑进了左前方的青龙之间，还没站稳脚，只听身后传来"吱"的一声枪响。看来6号唐洛樱看到"剧本"被窜改，不知所措，也恼羞成怒，真的要开枪杀死我了。刚才如果我晚半秒跑进青龙之间，恐怕已经中枪。

眼看6号唐洛樱马上就要闯进青龙之间，接着必然开枪把我射杀，情况千钧一发，我立即从口袋里掏出遥控器，果断地按下了遥控器上那个"播放下一段"的按键。

霎时间，遥控器上的液晶显示屏的数字从1变成2。

我来到空间2了。

第十一章

窜改

青龙之间本来是比较明亮的，现在却在刹那间变得昏暗起来，那自然是因为我从空间1的2月7日下午来到空间2的2月6日傍晚的缘故。

现在的时间是2013年2月6日下午四点五十二分。

紧接着，"轰"的一下，那声惊天动地的响雷传来了，震耳欲聋。

多么熟悉的雷声啊。

在响起雷声的此时此刻，龙笑愚还活着，沈靖还活着，慕容思炫也还活着。

一切都是那么的美好。

我突然有些想哭的感觉。

就在这时候，厅堂那边若隐若现地传来"啊"的一声尖叫，那是凌汐发出的叫声。

到目前为止，空间2中的一切，都还在跟着"剧本"去"演绎"。

我突然想，如果我现在到白虎之间把衣柜里的扳手放到申猴之间的衣柜里，用黑衣裹着傩舞面具和黑裤放到朱雀之间的床底，再把防盗锁和羊角锤拿到未羊之间的衣柜里，接下来躲起来什么都不做，然后等明天下午用手枪杀死慕容思炫，那我就可以跳出这个恐怖的循环了……

停！我干吗要这样想呢？这样的话，龙笑愚和沈靖会"再一次"被杀呀，我自己也要亲手杀死慕容思炫啊！不是已经下定决心更改"剧本"了吗？怎能临阵退缩？

我要相信自己。我会让一切变得比"剧本"美好百倍，我绝不会让事情失控，绝不会让情况越来越糟糕。

我是空间2的6号唐洛樱，我是这个空间的老大。但我跟"历史"中的6号唐洛樱不同。我自己所亲身经历过的空间97、空间98、空间99、空间100和空间1，这五个空间的6号唐洛樱都是凶残冷血的杀人魔，她们在杀死沈靖和慕容思炫的时候，没有丝毫犹豫。而我跟她们不同，对于沈靖之死，我后悔莫及，而且，我也不会去杀慕容思炫。

为什么要用最极端的方法去解决问题呢？我要采用和平的方式把问题解决。而在我之后的空间3、空间4、空间5、空间6等空间的6号唐洛樱，也会和我一样，和平解决问题，因为我在空间2中，更改了这个充满血腥、满布阴谋的变态"剧本"。

想到这里，我深深地吸了口气，走出青龙之间，来到白虎之间，打开衣柜，果然看到里面放着扳手、防盗锁、羊角锤、黑衣、黑裤、傩舞面具和手枪。

这些在原来的"剧本"中所需要用到的道具，我一样也不需要。

于是，我先用羊角锤圆头的那边把那个傩舞面具敲碎了，接着又用羊角锤起钉子的那边把黑衣和黑裤划破了，最后还用扳手使防盗锁的钥匙变形——它因此再也无法把防盗锁上锁了。

现在道具都被破坏了，原来的"剧本"绝对无法"演绎"了，哪怕我现在想要改变主意，想要遵循"历史"，那也是不可能的了。

接下来，我要干什么？

对了，先去找空间2的5号唐洛樱吧。

因为她在空间1的时候也说过，她到了空间2以后，会更改"剧本"，不但不杀沈靖，甚至还要阻止空间2的3号唐洛樱杀死龙笑愚。

她跟我志同道合。

·2·

此时此刻，5号唐洛樱应该在子鼠之间里。

于是我走出白虎之间，经过古宅的左侧内堂，走进左侧走廊，来到子鼠之间前方，吸了口气，把房门打开，果然看到空间2的5号唐洛樱（即在空间1中大声质问我为什么杀死沈靖的那个4号唐洛樱）坐在架子床上。

她听到开门声，抬头一看，见我站在门外，目瞪口呆，颤声道："你……你是……"

我苦笑了一下："我是空间2的6号唐洛樱，就是'刚才'在空间1中命令你在子鼠之间按下遥控器的5号唐洛樱。"

命令空间1的4号唐洛樱按下遥控器这件事对于我来说，发生在"十多个小时前"，而对于眼前的5号唐洛樱来说，却是"片刻之前"的事。

她微微一怔，问道："你怎么也到空间2来了？"

"说来话长。总之，"我深深地吸了口气，一脸认真地说，"我决定了，我要改变'历史'，我要阻止龙笑愚和沈靖被杀。"

"在我离开空间1以后，空间1里到底发生了什么事啊？"5号唐洛樱一脸疑惑地问。

我直接说出重点："在空间1里，还有6号唐洛樱。"

"啊？"

我舔了舔嘴唇，清了清嗓子，把她离开空间1后，在空间1所发生的事，详详细细地告诉了她。

"照你这么说，空间1的6号唐洛樱真的已经走火入魔了，唉。"

她听完我的叙述以后发出如此感慨。

我点了点头："是的，所以我们不能重蹈覆辙，我们不能变成她那样。"

"那你打算怎么做？"5号唐洛樱问我。

"我们先去找4号唐洛樱吧。"我说。

5号唐洛樱"嗯"了一声，想了想，说道："4号唐洛樱现在应该在玄武之间里。"

"走吧。"我有些迫不及待要跟其他四个唐洛樱见面了。

·3·

　　我和5号唐洛樱来到厅堂左前方的木门前，却发现空间2的1号唐洛樱、龙笑愚、沈靖、凌汐和慕容思炫正在厅堂里吃东西。我看到龙笑愚、沈靖和慕容思炫都还活着，心里一阵激动，眼睛竟不由自主地湿润了。

　　杀戮未曾发生——也不会发生，一切是那么的美好。

　　等他们吃饱喝足后，只听沈靖说道："我们到古宅内部探险去吧！"

　　"走吧！"龙笑愚的语气中也带着一些期待。

　　"慕容，你和我们一起去吗？"1号唐洛樱问道。

　　"随便。"慕容思炫冷冷地说。

　　就当众人准备出发的时候，凌汐却说："阿靖，我有些不舒服。"

　　"怎么啦？"沈靖语气关切。

　　"好像有些感冒。"

　　"好像有点儿发烧呀。"1号唐洛樱说，"笑愚，你有带退烧药吗？"

　　"有啊。"

　　"我们到房间去吧，让小汐休息一下。"

众人赞成 1 号唐洛樱的提议。但沈靖不甘心就此放弃探险的计划，说道："右边的房间我们已经看过了，要不到左边的房间去吧。"

"如果左边没有房间，我们岂非白走一趟？还是先把小汐安顿好再说吧。" 1 号唐洛樱说。

"好吧。"相对探险，沈靖当然还是把女友放在首位的。

接下来，他们五人从厅堂右前方的木门走进了古宅右边的走廊。

到目前为止，他们的言行举动都跟"剧本"一致，那自然是因为我和 5 号唐洛樱还没开始出手干预的缘故。

· 4 ·

他们离开厅堂后，我和 5 号唐洛樱来到了厅堂。

"他们现在正在走廊里分配房间，" 5 号唐洛樱说，"我们不能通过走廊到玄武之间去。"

我点了点头，指了指厅堂右边墙壁上的那个没有门的入口，说道："我们从这道长廊前往玄武之间吧。"

"正有此意。" 5 号唐洛樱说。我们在同一时刻想到相同的事，因为我们是"同一个人"，心有灵犀。

于是我们走进厅堂右边墙壁上的入口，同时拿出手机，打开了照明灯，经过了那道迂回曲折的长廊，来到玄武之间的后门前方。

"马上就要跟第三个'自己'见面了，紧张吗？"我笑问。

5号唐洛樱也笑了笑，走前一步，打开了玄武之间的后门。此时此刻，4号唐洛樱果然在玄武之间里，坐在架子床上，全神贯注地思考。她听到开门声，显然吓了一跳："谁？"

这已并非"剧本"中的"情节"了。

我举起手机照了照我和5号唐洛樱的脸，4号唐洛樱看到我和5号唐洛樱，霎时间瞠目结舌。

"你……你们是……"她声音颤抖。

"我是6号唐洛樱，"我顿了顿，又指了指身边的5号唐洛樱，补充道，"她则是5号唐洛樱。"

"什么？5号？6号？"4号唐洛樱惊讶得张大了嘴巴。她的反应在我的意料之中。她一直以为在这个空间2里只有四个唐洛樱，她作为4号唐洛樱，是这里的老大，只要让1号唐洛樱、2号唐洛樱和3号唐洛樱离开空间2，她就能留在这个空间继续生活，现在突然冒出一个5号唐洛樱和一个6号唐洛樱，她怎能接受？

"我知道你有很多问题想问，"我吸了口气，"先别问，待会儿我会把事情的始末详详细细地告诉你。现在我们先去找3号唐洛樱。"

"我……我……"4号唐洛樱不知道怎么回答。

而5号唐洛樱则拿出手机，看了看时间，说道："现在3号唐洛樱应该在酉鸡之间的衣柜里。"

"走吧。"我走到4号唐洛樱跟前，轻轻地拍了拍她的肩膀。

她低低地"嗯"了一声，站起了身子。

于是我们三个从玄武之间的正门离开玄武之间，经过古宅的右侧内堂，来到连接右侧内堂和右侧走廊的门口前，我探头一看，只见走廊一片静寂。那是因为此时大家各自在客房中：1号唐洛樱在申猴之间里；2号唐洛樱在亥猪之间里；3号唐洛樱在酉鸡之间的衣柜里；龙笑愚也在酉鸡之间里，大概正在往宝矿力里投放安眠药的粉末；慕容思炫在午马之间里；沈靖和凌汐则在戌狗之间里。

"跟我来。"

我带着4号唐洛樱和5号唐洛樱蹑手蹑脚地走进走廊，来到未羊之间前方，溜了进去。

过了一会儿，一阵敲门声从房外传进来，紧接着响起了1号唐洛樱的声音："谁呀？"

"龙笑愚。"龙笑愚答道。

"进来吧，门没锁。"

"你在休息吗？"

"嗯。怎么啦？"

"小汐好些了。沈靖叫我们到他俩的房间玩三国杀。你去吗？"

"好啊！"

接下来1号唐洛樱和龙笑愚按照"剧本"的"对白"聊了一会儿，然后慕容思炫从午马之间走出来，独自前往右侧内堂，准备到古宅内部探秘，最后1号唐洛樱和龙笑愚也到戌狗之间找沈靖和凌汐玩三国杀去了。

于是我和4号唐洛樱及5号唐洛樱从未羊之间走出来，走进了西鸡之间，只见3号唐洛樱刚从衣柜走出来。她突然看到有三个唐洛樱从房外闯进来，自然大吃一惊，颤声道："你……你们……你们……"

我简短地说："我是6号唐洛樱。"

5号唐洛樱跟着说："我是5号唐洛樱。"

4号唐洛樱在什么都不知道的情况下，也已经不知不觉地成了我们队伍中的一员，接着我和5号唐洛樱的话向3号唐洛樱说道："我是4号唐洛樱。"

"怎……怎么回事啊？"3号唐洛樱的脸上交织着疑惑和迷惘。

我能理解3号唐洛樱的心情。想我在空间99的时候（当时我就是3号唐洛樱），也曾天真地以为自己就是那个空间的老大，以为在那个空间的1号唐洛樱和2号唐洛樱跳到空间100后，自己就能成为空间99里的唯一的唐洛樱。如果当时突然冒出三个唐洛樱，分别说自己是4号唐洛樱、5号唐洛樱和6号唐洛樱，让我这个本以为自己是老大的3号唐洛樱连降三级，瞬间从老大变成小喽啰，我也一定无法接受。

而4号唐洛樱似乎也有些迫不及待了，顺势问道："现在该说了吧？到底发生了什么事啊？为什么在这个空间2里会有5号唐洛樱和6号唐洛樱？"

已经知道了全部真相的5号唐洛樱向我看了一眼，没有说话。而我则微微地吸了口气，说道："别焦急，咱们把2号唐洛樱也找来再说。"

5号唐洛樱点了点头："她现在在亥猪之间的衣柜里。"

于是我们四人前往亥猪之间，走了进去，直接来到衣柜前方，打开了衣柜。2号唐洛樱果然在里面。她突然看到有四个唐洛樱出现在自己眼前，吓得双目圆睁，连脸上的表情也凝固了。

"这……"她只说了一个字，便说不下去了。

我简单地说道："不用怕，我们都是唐洛樱，我是6号唐洛樱，她们分别是5号唐洛樱、4号唐洛樱和3号唐洛樱。"

"什么啊？"2号唐洛樱一脸疑惑，"3号唐洛樱？4号唐洛樱？什么意思？"

对了，2号唐洛樱的心中还没有把当前空间编号以及把唐洛樱们编号的概念，她甚至还不知道遥控器那液晶显示屏上的数字是什么意思。首先想到把每个空间和每个唐洛樱编号的是3号唐洛樱。

此时的2号唐洛樱刚接受自己回到了一天前的事实，本来正在等待1号唐洛樱（在她心中称呼1号唐洛樱为"今天的唐洛樱"）明天按下遥控器而穿越，而自己就能留在这里代替她生活下去（其实她还要再穿越四次呢）。现在"剧本"已经被我更改了，她要提前接受在每个空间中都有六个唐洛樱存在这个事实。

"你什么都别问，待会我会详细解释。"我舔了舔嘴唇，接着说道，"现在，先跟我们走。"

于是，我和3号唐洛樱、4号唐洛樱及5号唐洛樱，带着一脸迷惘的2号唐洛樱，一行五人走出了亥猪之间，浩浩荡荡地前往申猴之间。

在经过戌狗之间的时候，我听到沈靖的声音从房内传来："切！'闪电'呀？我最讨厌这张锦囊了！大家要轮着判定，除非有人中招，否则永无休止。"

我突然心中一凛。

这句话，空间97的沈靖也说过。

永无休止？

这不就是我们现在的情况吗？

在这座神秘莫测的古宅里，从2013年2月6日下午四点五十二分开始，到2月7日大家离开古宅前，这里将"上演"一部"电影"。而且这部"电影"会一个空间接一个空间地"演绎"下去，永无休止。

想到这里，我不禁又想起在空间97我们刚走进这道位于古宅右侧的走廊时，龙笑愚曾对沈靖说："以后你和小汐生了孩子，你会对孩子说：'老鼠真恐怖呀！'于是你的孩子也会害怕老鼠；等你的孩子生孩子了，他（她）也会对他（她）的孩子说：'老鼠真恐怖呀！'于是你的孙子也会害怕老鼠。最后，你们沈家世世代代都会害怕老鼠，哈哈哈！"

这不也是我们现在的情况吗？

周而复始，不断重复，不断循环，没有终结。

原来一切早有暗示，只是我未曾发现。

当我想到这里的时候，5号唐洛樱对其他三个唐洛樱悄声说道："马上就会有一只老鼠跑过来，你们不要害怕，更不要叫出来，否则会惊动1号唐洛樱他们。"

她话音刚落，一阵"吱吱"声从前方传来，正是那只在"剧本"中把3号唐洛樱吓得失声大叫的老鼠来了。本来根据"剧本"，它吓得3号唐洛樱大叫后，就跑进内堂。然而此时，走廊上密密麻麻地站着五个唐洛樱，阻挡了老鼠的去路，老鼠见我们这么多人，大概也觉得情势不妙，竟然掉头往回逃跑了。

3号唐洛樱吸了口气，对5号唐洛樱说："没想到突然会有老鼠跑来呀，如果不是你提醒我，我真会吓得叫出来……啊？"她说到这里，恍然大悟，"难道在空间100和空间1中，走廊上的那轻呼声就是那两个空间的3号唐洛樱发出来的？"

2号唐洛樱秀眉紧皱，若有所思，但又好像想不通，紧接着便一脸茫然。

至于4号唐洛樱和5号唐洛樱，自然知道"曾经"发生过什么事。

我则点了点头，对3号唐洛樱说："你说得对，不过现在我们已经改变'历史'了，1号唐洛樱他们也没有到走廊上来查看。走吧，我们到申猴之间再详谈吧。"

· 5 ·

接下来，我这个6号唐洛樱和2号唐洛樱、3号唐洛樱、4号唐洛樱以及5号唐洛樱一起走进了申猴之间。

走在最后的5号唐洛樱刚把房门关上，4号唐洛樱就迫不及待地问道："快说吧！为什么5号唐洛樱和6号唐洛樱都到空间2来了？"

2号唐洛樱紧接着问："5号唐洛樱和6号唐洛樱到底是什么意思啊？"

由于2号唐洛樱、3号唐洛樱和4号唐洛樱对于整件事的了解程度各不相同，所以一时之间我也不知道从何讲起。我想了想，吸了口气，先把发生在空间100中的事情复述了一遍（当时我是4号唐洛樱）。

当我说到空间100的3号唐洛樱（即眼前的5号唐洛樱）失手杀死了那个空间的龙笑愚时，2号唐洛樱大吃一惊："什么？杀死龙笑愚的凶手就是唐洛樱？"

而3号唐洛樱也一脸骇然，颤声道："这么说，如果你们没有出现，一切跟着'剧本'去'演绎'，那么一个多小时后我就会杀死龙笑愚，成为杀人凶手？"

4号唐洛樱因为已经知道"杀死龙笑愚的凶手是3号唐洛樱"这件事，所以丝毫没有感到惊讶，只是说："你们别打岔，先听6号唐洛樱讲完再发表意见。"

于是我接着讲述空间100的事情，当我讲到空间100中的5号唐洛樱（即现在留在空间1的那个已经走火入魔的邪恶唐洛樱）杀死沈靖的时候，除了在空间1中目睹过我杀死那个空间的沈靖的5号唐洛樱外，其他三个唐洛樱都一脸惊讶。

其中2号唐洛樱和3号唐洛樱齐声问："沈靖也死了？"

与此同时4号唐洛樱则问道："沈靖是被5号唐洛樱杀死的？

既然5号唐洛樱早就知道'剧本'的'情节'，早就知道沈靖会到西鸡之间来找龙笑愚要退烧药，早就知道我这个4号唐洛樱杀人的事会被沈靖发现，那她为什么不早点到西鸡之间通知我离开？只要沈靖没看到我在西鸡之间里，就不会发现'唐洛樱杀死了龙笑愚'这件事，那5号唐洛樱也不必杀死沈靖灭口啊！"

我和5号唐洛樱对望了一眼，不约而同地苦笑了一下，因为这些问题，当我和她是4号唐洛樱的时候也问过。5号唐洛樱接着说："现在我们不是来找你了吗？放心，'剧本'已经被更改了，龙笑愚和沈靖都不会再被杀了。"

4号唐洛樱"嗯"了一声，点了点头。因为她同时拥有1号唐洛樱、2号唐洛樱和3号唐洛樱的记忆，早就知道龙笑愚被杀的真相，现在听我讲述了沈靖被杀的过程，把所有事情都串联起来，显然已经完全明白当前的情况。

而3号唐洛樱则还在凝神思考，似乎正在消化我的话。因为她只拥有1号唐洛樱和2号唐洛樱的记忆，直到刚才才知道龙笑愚死亡的真相，所以一时之间，还无法完全了解现在的情况。

至于2号唐洛樱，则一脸茫然，似乎满脑子都是问号。其实还真有些难为她了。我以及在我之前的唐洛樱，都是循序渐进地接受发生在古宅里的各种不可思议的事情的，而这个2号唐洛樱和"历史"中的2号唐洛樱不同，她刚接受自己回到了过去的现实，突然就冒出来四个唐洛樱，告诉她这里叫空间2，告诉她每个唐洛樱都有编号，她还在思考这些事，我又告诉她龙笑愚和沈靖都是被来自不同空间的唐洛樱杀死的。她根本没有经历过这些事，没有动手杀死过龙笑愚和沈靖，自然也就无法完全理解当前的情况了。

"最后，在我埋好了沈靖的尸体后，空间100的5号唐洛樱把我带到子鼠之间，让我按下遥控器，于是我来到了空间1，成为空间1的5号唐洛樱。"

讲完空间100的事，我清了清嗓子，接着又开始讲述发生在空间1的事。

"空间1的事情你们都有参与。"

我说到这里指了指2号唐洛樱："当时你是1号唐洛樱。"

接着我又依次指向3号唐洛樱、4号唐洛樱和5号唐洛樱："你是2号唐洛樱，你是3号唐洛樱，你则是4号唐洛樱。在空间1里发生的事跟空间100是大同小异的，最大的区别就是空间1的我——5号唐洛樱，跟空间100的5号唐洛樱，心态上截然不同。"

接下来，我先不厌其烦地把在空间1发生的事情又复述了一遍，虽然内容和我讲述的在空间100发生的事基本一致，但大家都没有觉得不耐烦，每一个唐洛樱都在认真聆听。

不一会儿，我就讲到在空间1的2月7日下午时，我站在申猴之间前方，透过门缝看到空间1的1号唐洛樱（即眼前的2号唐洛樱）因为无聊按下遥控器而跳到这个空间2的那一段了。接下来在古宅发生的事，除了5号唐洛樱，其他三个唐洛樱都不知道，因此她们都更加集中精神，屏住呼吸聆听。

"你们猜猜接下来发生了什么事？"我故意卖了个关子。

"快说呗。"4号唐洛樱催促。

我吸了口气，一字一顿地说："在空间1的1号唐洛樱离开后，6号唐洛樱出现了，她杀死了慕容思炫。"

2号唐洛樱、3号唐洛樱和4号唐洛樱齐声惊呼，5号唐洛樱则轻轻地叹了口气。

"连慕容思炫也……也被杀了？"4号唐洛樱颤声问道。

我点了点头，把空间1中慕容思炫如何通过推理揭穿了唐洛樱们杀死龙笑愚和沈靖的真相，6号唐洛樱如何突然出现开枪杀死了慕容思炫，后来6号唐洛樱还想杀死想要改变"历史"的我，而我又怎样逃到青龙之间按下遥控器来到空间2成为这个空间的6号唐洛樱等事，详详细细地告诉了大家。

除了此前已经从我口中得知这些事的5号唐洛樱外，其他唐洛樱都听得目瞪口呆。她们还没回过神来，我又把我所想到的关于量变和质变的理论简述了一遍，然后总结道："反正，在我此前的n个6号唐洛樱，最后都成了凶残冷血的杀人魔，而我则是质变后的新唐洛樱，我不想杀人，所以早早就出现在你们面前，跟你们说清楚事情的始末。从现在这个空间2开始，往后的n个空间的6号唐洛樱，应该都会依照我的做法，用和平的方式解决问题。"

我说到这里，长长地吁了口气，最后又说道："总之，此前'演绎'了n次的'剧本'，到空间1就彻底终止了，现在我们身处的这个空间2，所'演绎'的是全新的'故事'——一个美好的'故事'。"

5号唐洛樱点了点头："从空间2开始，我们不必再杀人。我们解决问题的方案是：6号唐洛樱留下来，在空间2生活下去，我们几个，还有1号唐洛樱，则一起跳到空间3；到了空间3，我成为6号唐洛樱，我会留在空间3生活下去，而你们三个加上空间3的1号唐洛樱和2号唐洛樱，则继续跳到空间4去。"

4号唐洛樱"嗯"了一声："这本来就是最简单的解决问题的方案。"

大家讨论到这里，我突然想起一件事，拿出手机看了看时间，原来不知不觉我们已经在申猴之间里待了一个多小时，此刻已经是七点五十一分了，也就是说，1号唐洛樱马上就要从戌狗之间回到申猴之间了。

大家不愧是"同一个人"，想法极为相似，5号唐洛樱几乎在同一时间也拿出了手机看了一下，并且在我开口之前便对大家说道："对了，1号唐洛樱马上就要回来了，我们要跟她说明情况吗？"

我想了想，说道："她现在服下了安眠药，神志不清，在这种情况下她绝对无法理解我们的话，说不准她在这种状态下同时看到五个唐洛樱会被吓死呢。"

5号唐洛樱表示赞同："先让她休息一下吧。"

我正想说"我们躲到衣柜里去吧"，但话到唇边，却又被4号唐洛樱抢先一步："我们躲到衣柜里去吧。"

·6·

衣柜不大，最多只能藏两个人。因为我是空间2的老大，而5号唐洛樱是空间2的老二，所以最后大家决定由我和5号唐洛樱躲在衣柜里，而2号唐洛樱、3号唐洛樱和4号唐洛樱则躲到床底。

在2号唐洛樱、3号唐洛樱和4号唐洛樱准备爬进床底之前，5号唐洛樱拍了拍4号唐洛樱的肩膀，轻轻一笑，说道："待会儿到了空间3，你就升级为5号唐洛樱了，到时你就不用躲到床底去了，可以和我这个空间3的6号唐洛樱一起躲到衣柜里。"

4号唐洛樱也笑了笑："你也真幸运，一次也不必躲到床底。"

5号唐洛樱苦笑了一下："你比我幸运，因为你没有目睹过沈靖被杀的场面。"

我也叹了口气："这么说，在这个空间2里，1号唐洛樱才是最幸运的。"

"好了，我们快行动吧。"5号唐洛樱顿了顿，最后又对2号唐洛樱和3号唐洛樱说道，"你们两个也要加油哦，很快就能升级到5号唐洛樱了。"

3号唐洛樱"唉"了一声："除去这次，我还要再躲一次床底呢。"

听着她们的对话，我有些哭笑不得，但却又觉得十分温馨。

我们是"同一个人",本来就该这样有说有笑、相互合作啊,为什么非要相互算计甚至自相残杀呢?

当我想到这里的时候,2号唐洛樱、3号唐洛樱和4号唐洛樱已经躲到床底去了,与此同时房外传来一阵脚步声——是1号唐洛樱回来了。我和4号唐洛樱连忙躲到衣柜里,刚把柜门关上,便听一阵稍微有些粗暴的开门声响起,紧接着只见一个人跌跌撞撞地走进申猴之间,把房门关上,但没有插上门栓,便倒在床上呼呼大睡。

虽然在黑暗中没能看清楚那个人的容貌,但根据"剧本",此人不是1号唐洛樱又是谁?

本来按照"剧本"的"情节",几分钟后2号唐洛樱也会走进申猴之间,而3号唐洛樱则早就躲在申猴之间的衣柜里。但现在"剧本"已经被修改了,2号唐洛樱和3号唐洛樱都正躲在申猴之间的床底。

过了十分钟左右,我和5号唐洛樱从衣柜里走出来,而几乎在同一时间,2号唐洛樱、3号唐洛樱和4号唐洛樱也从床底爬出来。算上昏睡中的1号唐洛樱,来自不同空间的六个唐洛樱,终于聚首一堂,共处一室,近在咫尺。

"现在我们就在这里等龙笑愚进来吧。"4号唐洛樱说。

我点了点头,正想说"说起来真没想到龙笑愚竟然会做这种下流事儿",但还没开口,却听5号唐洛樱说道:"唉,说真的,我还真没想到龙笑愚竟然会做这种下流事儿。"

而3号唐洛樱和4号唐洛樱则齐声说:"男人本来就是下半身

动物。"

我吸了口气，总结道："看来可以彻底放弃这块鸡肋了。"

接下来，我和2号唐洛樱、3号唐洛樱、4号唐洛樱以及5号唐洛樱五个人坐在床边，就这样漫无目的地闲聊。我们聊生活，聊理想，聊人生。因为大家是"同一个人"，想法基本一致，所以频频出现两个人、三个人甚至是四个人异口同声的场面。说是聊天，其实更像是自己在脑子里想事情。这种感觉真的非常玄妙，只可意会不可言传。

· 7 ·

不知不觉聊了一个多小时，时间已到晚上九点零八分，就在这时，忽然听到隔壁的戌狗之间传来了沈靖的声音："不玩啦？现在才九点多呀！喂，龙笑愚，要不咱们到古宅内部探险去吧！"

接下来是龙笑愚的声音："小汐不舒服呀，怎么有精力和我们一起探险？你不会想就我和你两个人去吧？你能丢下小汐一个人在房间里吗？好好休息吧！探险的事，还是等明天再说吧。"

"那也是呀。"沈靖有些失望地说。

"好啦，我先回房休息啦，咱们明儿见吧！"

在此前的空间中，这是沈靖和凌汐听到的龙笑愚所说的最后一句话，而从空间2开始，情况有所改变，到了明天，龙笑愚还会活生生地出现在大家面前。

接下来，虽然我们没有亲眼所见，但都知道龙笑愚是回到了他所住的酉鸡之间了。

"等一下龙笑愚进来我们应该怎样应对？"5号唐洛樱咨询大家的意见。

我想了想，说道："只要唐洛樱醒着，他就不敢乱来。"

4号唐洛樱"嗯"了一声："那我们找个人代替1号唐洛樱吧。"

众人赞成。经过商量，最后大家一致认为由我来扮演1号唐洛樱最合适，因为我同时拥有空间97到空间1五个空间的记忆，可以游刃有余地对付龙笑愚。再说，最后留在这个空间2的人是我，我现在只是稍微提前一些恢复自己的身份、进入自己的生活而已。

于是大家合力把昏睡中的1号唐洛樱搬到衣柜里，5号唐洛樱也和她一起躲到衣柜里，2号唐洛樱、3号唐洛樱和4号唐洛樱再次爬进床底，我则躺在床上，假装睡觉。

过了十来分钟，申猴之间的房门打开了，一个人从房外走进来，那自然就是龙笑愚了。只见他一步一步地走到架子床前，轻声叫道："小樱，小樱……"

我没有回答。

龙笑愚从口袋里掏出一把手电筒，打开开关，放在床边。霎时间，手电筒射出的亮光照在龙笑愚那卑鄙龌龊的脸上。

在他向我望过来之前，我闭上了眼睛。接下来，龙笑愚轻轻地拍了拍我的脸蛋，又叫了两声："小樱……唐洛樱……"

我猛地睁开眼睛，冷冷地问："什么事？"

龙笑愚吓了一跳，结结巴巴地说："啊？小……小樱……我……我来看看你睡了没有。"

我一脸冰冷地说："正准备睡，有事吗？"

"我……我……"龙笑愚见试图侵犯我的计划败露，索性豁出去了，吸了口气，忽然换了一种十分认真的语气说道，"小樱，其实我喜欢你，我想你做我女朋友。"

我冷笑一声："喜欢我？那为什么要在宝矿力里投安眠药啊？难道你想在你喜欢的女生昏睡后侵犯她？"

龙笑愚万万没有想到我会知道这件事，轻呼一声，不知所措。

我摇了摇头，一脸冷漠地说："你走吧，我们是没有可能的。"

龙笑愚轻轻地叹了口气，转过身子，悻悻地离开了。

龙笑愚被杀一事没有发生！我们成功改变了"历史"！

龙笑愚走出房间后，我走到门前，插上了门栓，防止别人突然闯进来，看到申猴之间里有六个唐洛樱。

接下来，2号唐洛樱、3号唐洛樱和4号唐洛樱再次从床底爬出来，5号唐洛樱也打开了衣柜的柜门，大家合力把1号唐洛樱搬回架子床上，随后坐在床边，继续聊天。

大概过了大半个小时，只听走廊上传来沈靖的声音："笑愚，小汐好像又烧起来了，你这儿还有退烧药吗？"

在"剧本"中，龙笑愚是不会回答沈靖的这个问题的，因为此时他已经被杀了。但现在我们窜改了"剧本"，龙笑愚免于一死，所以此刻只听他无精打采地答道："有啊，进来拿吧。"

"麻烦啦。喂，你怎么好像很不高兴似的？没事吧？"

全新的"对白"，让我听得有些感动。

"没事。"

"你不会想待会儿自己一个人到古宅内部探险去吧？"

"不会。你回去好好照顾小汐吧。"

"嗯，那明儿见啦。"

在"剧本"中，沈靖此时也已经被杀了。但现在，他还没有死。

本该死去的两个人，此刻都活着。

我们把一个充满血腥和杀戮、令人毛骨悚然的"恐怖剧本"改成一个平淡如水的"生活故事"，虽然"故事"不再"刺激"，却让我感到欣慰无比。

· 8 ·

到了凌晨一点多，睡在床上的1号唐洛樱稍微翻了翻身子。于是我们顺势把她叫醒。她慢慢地睁开眼睛，看到眼前有五个和自己长得一模一样的人，一脸茫然。她大概觉得自己还在梦里吧？

我走到她面前，深深地吸了口气，一脸认真地说："唐洛樱，听我说，你不是在做梦，我们五个和你一样，都是唐洛樱，我们是来自不同时空的唐洛樱。"

因为服用了安眠药，1号唐洛樱此时的脑袋应该还有些昏昏沉沉。她定了定神，迅速地向我们五个唐洛樱扫了一眼，突然笑了起来："这是谁化的装呀？还不赖嘛，连我自己也觉得好像呢！怎样？摄像头安装在哪里啊？哈哈！"

她一边说，一边东张西望。她以为我们只是通过化装变得和她样貌一致的五个女生，以为我们想要作弄她，以为我们想要拍下她看到"自己"时的惊恐表情，最后把这段整人视频发到微博上。

当我在空间98第一次看到另一个自己（就是现在我身边的5号唐洛樱）的时候，我也是这样想的。

我吁了口气，转头对5号唐洛樱说："你来跟她解释吧，我讲了一整晚，嘴唇都干了。"

5号唐洛樱点了点头，煞有介事地对1号唐洛樱说道："唐洛樱，首先，在我说完我要说的事情之前，不要打断我。"

1号唐洛樱微微地收起笑容："要编故事了吗？来吧！"

接下来，5号唐洛樱把发生在古宅的各种匪夷所思的事情，详详细细地告诉了1号唐洛樱。1号唐洛樱开始还抱着听笑话的态度，但在聆听的过程中却逐渐动摇了，神色慢慢地变得将信将疑。

等5号唐洛樱说完，已经是凌晨两点多了。我从藤枕里拿出属于这个空间2的遥控器，递给1号唐洛樱："我知道你一时之间很难接受我们说的话。当我是2号唐洛樱的时候，我也和你一样，根本无法接受这些不可思议的事。不过，等一下你按下遥控器上的那个'播放下一段'的按键后，就会知道我们所说的一切都是千真万确的了。"

1号唐洛樱神色凝重地接过遥控器，嘴唇微张，欲言又止。

我叹了口气，接着说："你很幸运，你不用经历杀死龙笑愚和沈靖这两件事。而我，虽然最终也生活在一个龙笑愚和沈靖都没有死的世界里，但我的内心却会留下永远难以磨灭的阴影。"

"好了，姐妹们，"5号唐洛樱紧接着我的话说道，"时间差不多了，现在我们一起跳到空间3去吧。"

她顿了顿，继续道："我们就在这里按下遥控器吧。跳到空间3的申猴之间后，我们分别躲到衣柜里和床底下，等空间3的1号唐洛樱走进申猴之间休息的那段时间，我们就出来跟她把事情讲清楚，然后你们四个和她一起直接跳到空间4，我则留在空间3里，和龙笑愚他们玩三国杀。"

大家都没有异议。就当1号唐洛樱、2号唐洛樱、3号唐洛樱、4号唐洛樱和5号唐洛樱都拿出自己的遥控器，准备按下"播放下一段"的按键之时，我突然说道："等一下！"

4号唐洛樱问道："怎么啦？"

我笑了笑："我们拍个照留念吧。"

众人同意。于是我拿出我的手机，打开前置摄像头，和其他五个唐洛樱一起自拍了一张照片。照片中，六个唐洛樱脑袋紧贴，亲密无间。日后如果别人看到这张照片，一定会认为是用电脑软件合成的。只有我自己知道，这是我身处生命中最为奇妙的时刻时所留下的见证。

"把照片发给我吧。"3号唐洛樱说道。

"发给你也没用。"我说，"你忘了吗？当你们跳到空间3后，时间会回到2013年2月6日下午四点五十二分，所以我在2月7日凌晨发给你的照片，是会消失的。等你成为6号唐洛樱的时候，再用你的手机拍照留念吧。"

接下来，五个唐洛樱再次拿出自己的遥控器。她们马上就要离开这个空间2了。如无意外，我永远都无法跟她们见面了。忽然之间，我觉得自己有些孤独，甚至有些凄凉。但转念又想，她们都是我啊，我每一天都在跟自己交流啊，每一天都在镜子里看到自己啊，又何来永远无法见面之说？想到这里，心中豁然开朗。

就当我胡思乱想之际，5号唐洛樱说道："好啦，6号唐洛樱，再见啦！唔，姐妹们，听我口令，一、二、三，按！"

1号唐洛樱、2号唐洛樱、3号唐洛樱、4号唐洛樱和5号唐洛樱同时按下遥控器，五个唐洛樱几乎在同一时间消失于我的眼前，场面十分壮观。事情终于解决了。然而，本来热热闹闹的申猴之间霎时间变得一片冷清，这让我的心不禁又伤感起来。

不管怎样，一切都尘埃落定了。一切就像一场梦，是一场噩梦，却又是一场美梦；是一场混乱不堪的梦，却又是一场奇妙无比的梦。现在，梦终于醒了，我也终于回到了现实之中，将要继续踏踏实实地生活下去。

第十二章

终结

我在架子床上躺下来，闭目养神，但思潮起伏，满脑子都是"这几天"在古宅里发生的事，辗转反侧，怎么也睡不着。

不知不觉便过了几个小时，此时已经是凌晨五点多了，忽然听到房外传来轻微的脚步声。是谁呢？其他唐洛樱都已经离开空间1了，该不会是7号唐洛樱吧？我咽了口唾沫，打开手机的照明灯，走到门前，拉开门栓，开门探头一看，只见一个人从厅堂的方向走过来，原来是慕容思炫。

我松了口气，微微一笑，说道："慕容，原来是你呀？怎么还没睡呀？"

慕容思炫朝我看了一眼，冷冷地说："我把整座古宅走了一遍。"

原来他探秘回来了。我笑了笑，问道："古宅很大吧？大概有多少个房间？"

慕容思炫淡淡地说："房间一百零八间，内堂十六座，走廊和小弄加起来三十二道。"

我怔住了。他竟能记得如此清楚，实在令人惊讶。但当我想到他还能记下所有房间的位置，并且在脑中绘出了一张平面图，甚至能在没有见过那个神奇的遥控器的情况下便推理出在古宅内发生的事，我又觉得他能说出古宅里有多少个房间实在是不足为奇。

他是一个不可思议的人，就像这座古宅里发生的一切那么不可思议。但我明天就会跟他告别，从此各奔东西，我们的人生不会再有交集，就像我永远不会再回到这座神秘的古宅中一样。

接下来，慕容思炫回到了午马之间，而我也重新回到申猴之间，插上门栓，在床上躺下，过了好一会儿，终于迷迷糊糊地睡着了。

· 2 ·

"小樱，起床啦!"

从房外传来的沈靖的叫声把我叫醒了。我睁开眼睛，发现天已经亮了。拿出手机看了看时间，已经是早上八点多了，我睡了三个多小时。

我从床上起来，无意中看到放在床边的背包。这个背包本来是1号唐洛樱的，1号唐洛樱按下遥控器的时候，这个背包放在床上，所以并没有像1号唐洛樱身上的衣服及手上的心连心手链那样跟着她跳到空间3。现在，这个背包属于我了——在这个空间里唯一的唐洛樱。

我背起背包，走到门前，拉开门栓，打开房门，只见龙笑愚、沈靖和凌汐都在房外。这些都是"剧本"里不曾出现过的情景。

因为没有"剧本"参考，所以我不知道龙笑愚、沈靖和凌汐下一句会说什么话。我突然觉得有些不习惯，但随即便想通了：这便是我本来的生活呀！

"小汐，你好些了吗？"我向凌汐问道。

她点了点头，小声说道："嗯，已经退烧了。"

她始终是那个说话时呢喃细语的文静女生。那个在此前的空间中因为沈靖的失踪而大声质问我、揭穿我的谎言的凌厉无比的凌汐，已经不复存在了。

"好啦！我们现在就到古宅内部探险去吧！"沈靖跃跃欲试。

但我却不想再待在这座古宅里了。我归心似箭。于是我说："小汐刚退烧，需要好好休息呢。我们还是先下山回去吧，等以后再来探险。"

沈靖的表情虽然有些不情愿，但还是"嗯"了一声，点头道："那好吧，我们过几天再过来。笑愚，你怎么看？"

而龙笑愚，则一直低着头，不敢跟我说话。此刻沈靖跟他说话，他也没有回答。

"喂！龙笑愚，你怎么一副魂不守舍的样子呀？"沈靖大声问。

而龙笑愚也回过神来，低声道："没什么，唔，昨晚没睡好。"

我笑了笑，拍了拍龙笑愚的肩膀："笑愚，打起精神来嘛！新的一天，新的开始呢！"

我这么说，等于告诉他我已经原谅了他，不再追究他往我的饮料里投放安眠药、想要在我昏睡后侵犯我的事，当然，虽然我跟他可以继续做朋友，但却永远没有发展为情侣的机会了。龙笑愚会意，抬起头向我看了一眼，挤出了一个笑容，但却没有说话。

于是我们朝古宅的厅堂走去。在经过午马之间的时候，只见房门虚掩。沈靖推开房门一看，慕容思炫已经不在房间里了。

"那个慕容思炫呢？"沈靖搔了搔脑袋，"大概已经离开古宅了吧？真是个神龙见首不见尾的神秘人物呀！"

接下来我们来到厅堂。古宅的大门自然没有被防盗锁上锁——那把防盗锁的钥匙已经变形了——而且还大大地敞开着。我走到大门前，极目远望，雨已经停了，云开雾散，碧空如洗，一缕缕日光照射在大地的万物上，让人感到无比温暖，远处还若隐若现地出现了一道雨后彩虹，色彩斑斓，美轮美奂，如此情景，实在令人觉得这个世界充满生机，充满希望。

走出古宅，心中冒出一阵隔世之感，只觉得自己已经在古宅里待了十年、二十年，甚至是一百年。其实这个世界，和我进入古宅之时，只是相隔了半天，变化不大，但在我心中，确是沧海桑田。

在进入古宅前，我的心情不太好，原因之一是陪着我长大的爷爷在两个月前因病去世了，而另一个原因则是父母正在闹离婚。然而现在，我在古宅中亲手杀死过龙笑愚和沈靖，又目睹慕容思炫被杀，跟"死亡"这个令人敬畏的词语多次"亲密"接触，却反而把生死之事看淡了，把很多事情都想通了：人生不如意十之八九，爷爷离世的事实已经无法改变，我不该一直沉浸于悲痛之中，我要积极地、坚强地生活下去，我要好好地珍惜眼前人，我要笑着度过每一天。

至于父母闹离婚的事，跟古宅内发生的事情相比，实在有些渺小。他们的婚姻已经走到尽头，我又何必勉强他们继续在一起？船到桥头自然直，哪怕他们分开了，但他们还是我最爱的爸爸和妈妈，我还能经常看到他们，我们三个还能常常在一起聊聊家常吃吃饭，这就已经足够了，这对于此前的空间中那些永远无法回家的龙笑愚、沈靖和慕容思炫来说，是一种幸福的奢望。

进入古宅前我觉得这个世界所有东西都是灰暗的，没有色彩。然而现在，我却觉得周围的一草一木都绚丽多姿，整个世界五彩缤纷。

· 3 ·

我们走到古宅前方的那个山洞前。我最后回头向这座我一辈子都不会忘记的古宅望了一眼，深深地吸了口气，便转过身子，和龙笑愚、沈靖及凌汐走进山洞。我们穿过山洞，回到无尘山的山腰，接着沿着山路下山，来到龙笑愚昨天停车的地方。

昨天他们开车前往无尘山的时候，车上坐着四个人，现在开车离开无尘山，车上也坐着四个人。但他们万万没有想到，昨天车上的唐洛樱（1号唐洛樱），和此刻坐在车里的唐洛樱（6号唐洛樱），已经不是同一个唐洛樱了。

不一会儿，龙笑愚开着车离开了无尘山，向L市城区驶去。

"我们先去吃个早餐再解散？"龙笑愚问。

"好啊!"沈靖赞成。凌汐也没有异议。

但我却说:"笑愚,你先载我到码头吧。"

沈靖奇道:"小樱,你去码头干吗呀?"

我笑了笑:"我约了朋友。"

于是龙笑愚把车开到L市码头。

"好啦,我先走啦。"

下车后,我慢慢地走到码头旁边的海滨长廊,站在围栏前方,一边望着海水,一边从口袋里把那个只有一个"播放下一段"按键的遥控器拿了出来。我拿的时候小心翼翼,生怕一不小心按到遥控器上的那个按键。

之所以让龙笑愚把我载到这里,就是为了把这个遥控器扔到大海里,从此跟由这个遥控器所引发的各种玄而又玄的事彻底划清界限。

反正我会永远留在空间2里,这个遥控器对我来说,已经没有任何作用。

我举起手,想把遥控器扔到海里,却突然又有些犹豫。

要不,把遥控器留下来?

这样的话,如果以后我的生活中发生了什么不可挽回的事——譬如我的亲人因为意外而受伤甚至离世,又或者我做了什么令自己悔不当初的事——譬如选择了一段错误的婚姻,那么我还可以使用遥控器,跳到空间3,回到2013年2月6日下午四点五十二分,趁这些不好的事尚未发生之际,让我有机会重新再来,改变"历史"。

但转念又想，如果真的发生了什么让我再次使用遥控器的事，而我也真的使用了那个遥控器，那么，在空间1中的6号唐洛樱也应该会遇到这样的事，她也会使用遥控器，也就是说，空间1的6号唐洛樱现在已经来到了空间2，成了7号唐洛樱？

可是，空间1的6号唐洛樱的心理状况，已经跟我南辕北辙了，甚至可以说我们已经是截然不同的两个人了。换句话说，在未来的日子，我遇到的情况，她不一定会遇到，哪怕我们遇到同一种情况，处理方法也可能不同。如果我以后真的会跳到空间3，那也不见得她此刻已经来到了空间2。

越想越觉得复杂，我的脑袋又开始混乱起来。最后我深深地吸了口气，做出了最终决定：还是放弃这个遥控器吧。要知道，人生之所以精彩，就是因为没有"剧本"可以参考，没有事前的彩排，也不能重新再来一次。

于是，我紧紧地抓着那个让我经历了神秘而恐怖的古宅之旅的遥控器，身体轻轻后仰，然后猛一使劲，手一扬，把遥控器扔到海里了。

随着"扑通"一声，我长长地松了口气。现在，我将永远留在空间2，无论发生什么事都无法跳到空间3去了。空间2，就是属于我的世界。

在空间2里的爸爸和妈妈，严格上来说，已经不是我原来的爸爸和妈妈了。但在某种意义上，他们却又仍然是我的爸爸和妈妈。我吸了口气，拿出手机，给远在老家的妈妈打了个电话。

"小樱？"

妈妈很快就接通了电话。她的语气有些惊喜，大概是因为我上大学后就很少给她打电话的缘故吧。

"妈，在干吗呢?"

"在做饭。怎么啦? 找妈有事?"

听到妈妈那亲切的声音，我突然觉得自己真的离开那个来自古宅的噩梦了，真的回到了一个属于自己的真实世界。

我鼻子一酸，微微地抽泣了一下，说道:"没什么……唔，我下午去买车票，如果能买到，估计后天早上能到家。"

"咦?"妈妈微微一怔，又惊又喜，"到家? 你今年不是不回来过年吗?"

本来确实跟妈妈说好今年不回老家过年，因为寒假本来就没多少天，一来一回都耗费了几天，不如留在学校做些兼职，积累一下社会经验。当然根本原因是一来我不想回家睹物思人，想起去世的爷爷，二来我不想回家面对父母离婚的事。

但现在，在经历了古宅事件以后，我却归心似箭，很想立即回到属于自己的家，很想回到爸爸和妈妈的身边。

"嗯，"我编了个借口，"同学们都回家了，公寓里只剩下我一个，很无聊。"

"那就回来呗。"妈妈的语气中充满欢喜，"后天刚好是除夕，我和你爸等你回来吃年夜饭。"

我顺势问道:"对了，你跟爸怎样了?"

妈妈叹了一口长气:"唉，你爸说等年后就去办离婚手续。"

"真的无法挽回了吗?"我问。

妈妈"嗯"了一声："缘尽了，不可强求了，好聚好散吧。"

她的语气中夹杂着无奈和凄凉。我吸了口气，安慰她说："妈，别多想了，咱们好好过年吧，有什么事等年后再说吧！"

"嗯，也对。"妈妈语气中的难过情绪稍微减弱了一些，"你想吃什么？我给你做。"

我笑了笑："我要吃回锅肉、宫保鸡丁、东坡墨鱼，还有麻婆豆腐、盐煎肉，唔，反正妈做的我都爱吃。"

"好，我都给你做，我天天给你做，呵呵。"

"好啦，等我回来再聊吧，我先给爸打个电话告诉他我回去。"

"嗯，快打吧。路上小心啊。"妈妈嘱咐道。

"我知道啦。唔，妈……"

"咋啦？"

我深深地吸了口气，认真地说："我爱你啊！"

话语甫毕，我觉得心中一阵温暖，但却又觉得有些难为情，没等妈妈答话，我连忙接着说："好啦，我先挂了呀。"

挂掉电话后，不知怎的，我的眼泪却不由自主地流了出来。

我整理了一下情绪，又拨打了爸爸的电话。

"你好。"爸爸接通了电话。他似乎忙得连来电显示也没看。

"爸，是我呀。你很忙吗？"

"啊？小樱？"爸爸似乎有些受宠若惊。因为小时候他对我十分严厉，我心中一直有些怕他，长大后虽然明白他的苦心，却仍然很少跟他交流——他本来也是个沉默寡言的人，更不会给他打电话。

"我没在忙。"爸爸接着说,"你找我有事吗?"

"没什么要紧事,就是想跟你说一声,我回家过年,如无意外,后天到家。"

"咦?你妈不是说你留在学校吗?"

"我临时改变了主意嘛,"我淡淡一笑,"我想家嘛。"

"你跟你妈说了吗?"爸爸问,"她本来说今年不吃年夜饭了,反正只有我和她两个人。"

"我跟妈说了,她说后天晚上等我回去吃年夜饭。"

"好,那后天见吧。路上小心啊。"父母的话总是如出一辙。

"嗯。爸……"

"怎么了?"

我本来也想跟爸爸说句"我爱你",但话到唇边,却突然觉得有些怪异,真的说不出口。还是等回家后再当面跟爸爸说吧。

"没什么,等回去再聊吧,你先忙吧,我先挂了呀。"

于是我挂了电话,让对爸爸说的这句"我爱你"在心里多存放两天时间。

·4·

接下来,我乘坐出租车回到我和几个同学在学校附近的一座有些破旧的大厦里合租的一个单元里。那几个和我同住的同学都回老家过年了,这几天房子里就只剩下我一个。

我走到我的房间前，打开房门，走了进去，竟然看到床上坐着一个人。我吓了一跳，定了定神，这才发现那个人竟然是另一个唐洛樱！

怎么回事？

我亲眼看着1号唐洛樱、2号唐洛樱、3号唐洛樱、4号唐洛樱和5号唐洛樱按下遥控器，同时离开了空间2，到空间3去了，眼前这个唐洛樱到底是谁？

那个唐洛樱大概瞧出了我的心思，没等我发问，便冷冷地说："我是空间2的7号唐洛樱。"

"什么？7号唐洛樱？"

我这一惊实在非同小可！空间2的7号唐洛樱？这么说，她不就是空间1中的6号唐洛樱吗？就是那个在空间1中杀死了慕容思炫，后来因为我企图改变"历史"而打算连我也杀掉的唐洛樱！最后我在青龙之间按下遥控器，离开了空间1，跳到空间2，这才逃脱了她的魔掌。

可是，在我离开空间1后，她便是空间1里唯一的唐洛樱了呀，她可以在空间1中继续生活下去啊，为什么她还要到空间2来？

难道真的因为我修改了"剧本"，改变了"历史"，所以空间1也发生了我所意想不到的变化？

我还在思考这些问题，却听7号唐洛樱一脸冰冷地问："空间2的其他五个唐洛樱呢？"

"她们都到空间3去了。"我心不在焉地答道。

7号唐洛樱冷笑一声："不错嘛，真的和平解决了事件。"

我和1号唐洛樱、2号唐洛樱、3号唐洛樱、4号唐洛樱和5号唐洛樱都是好朋友，彼此合作用和平的方式解决了古宅事件，我们六个还合照留念，纪念六个自己聚首一堂的奇妙时刻。但跟眼前这个7号唐洛樱却是敌人，她的心态和我不同，她已经变成一个残忍冷血的杀人魔，她杀死了龙笑愚后，又毫不犹豫地杀死了沈靖和慕容思炫，甚至曾经还打算杀死我。所以我也不打算用友好的态度和她交流，此时我"哼"了一声，冷然问道："你在这里干什么啊？"

"此事说来话长。"7号唐洛樱深深地吸了口气，清了清嗓子，娓娓道来。

"在空间1里，当你离开后，我到戌狗之间找到小汐，告诉他慕容思炫好像失踪了，接着我们在古宅大门处'发现'了慕容思炫的尸体，最后我们一起离开古宅，下山报警。

"接下来，我和小汐被带到公安局接受讯问。我和她都说曾经看到一个戴着面具的凶徒——那其实就是空间1的3号唐洛樱嘛。警方也怀疑那个凶徒就是杀死龙笑愚和慕容思炫，并且导致沈靖失踪的凶手。因为我跟那个面具凶徒同时出现过，我因此有不在场证明，所以警察并没有怀疑我跟案件有关。

"可是过了几天，却有两个警察找上门来，说要跟我进一步了解龙笑愚和慕容思炫被杀的案件——他们暂时还没有发现被埋在树下的沈靖的尸体。我知道，他们一定是在龙笑愚的尸体上找到了3号唐洛樱的指纹和毛发。

"眼看就要被他们抓回去了，再也逃不掉了，有可能会被判死刑，怎么办呢？我急中生智，说要回房换衣服，那个年纪较大的警察向我的房间瞥了一眼，看到窗户上安装了防盗网，认为我逃不掉，于是答应了。

"可是他怎么能想到，我还有一个救命遥控器？回房关上房门后，我在房内大声说：'你们今天来是因为怀疑我是凶手吧？哈哈哈！我跟你们说呀，你们猜对了！我就是凶手！那三个男人，都是被我杀死的！'然后我在他们破门冲进来之前，按下了遥控器，最后便来到了这个空间2了。"

我听得目瞪口呆。本以为事情终于告一段落，尘埃落定，没想到一切竟然还没完结，现在在这个空间2里，竟然又有两个唐洛樱同时存在。我实在不知道该怎么办，只感到脑袋膨胀，似乎快要爆炸。

· 5 ·

7号唐洛樱舔了舔嘴唇，接着又说："我是在这个房间里按下遥控器的，所以我来到了空间2的这个房间里，时间自然就是2013年2月6日下午四点五十二分。真没想到那遥控器在古宅以外的地方也能使用呢。唔，接下来，我就留在这里，等了一天，等你回来。"

我好不容易回过神来，想了想，问道："那空间100的6号唐洛樱呢？她也跳到空间1成为空间1的7号唐洛樱了吗?"

7号唐洛樱吸了口气，有条不紊地解释起来。

"我的推测是这样的：在空间100，当时你是4号唐洛樱，而我则是5号唐洛樱，在你跳到空间1后，那个空间的6号唐洛樱杀死了慕容思炫，并且让我到白虎之间按下遥控器，最后我和你一样来到空间1，成为空间1的6号唐洛樱。

"而在空间100里，6号唐洛樱跟那个空间的凌汐离开了古宅，下山报警。几天后，因为警方在龙笑愚的尸体上找到了3号唐洛樱的指纹和毛发，所以派了两名警察来找6号唐洛樱。6号唐洛樱无计可施，只好在自己的房间里按下遥控器，来到空间1，成为空间1的7号唐洛樱。

"当时的时间自然是2013年2月6日下午四点五十二分，我和你都还在古宅里，属于空间1的龙笑愚、沈靖和慕容思炫都还没有被杀。

"因为7号唐洛樱知道接下来空间1的3号唐洛樱会杀死龙笑愚，5号唐洛樱——也就是你——会杀死沈靖，而6号唐洛樱——也就是我——则会杀死慕容思炫，她也知道几天后警察会上门找我——6号唐洛樱，而我则会使用遥控器跳到空间2。于是她马上收拾行李，在警察找上门之前，甚至是在凶案发生之前，就开始亡命天涯，到偏远的山区躲起来了。"

7号唐洛樱说到这里，稍微顿了顿，接着又说："我认为，在此之前的空间99、空间98、空间97等空间，都是这样的，每个空间里都有一个因为被警方通缉而躲起来的7号唐洛樱。为什么那些7号唐洛樱不使用遥控器跳到下一个空间成为8号唐洛樱呢？因为她们知道，哪怕到了下一个空间，也一样会被警察通缉，也一样要亡命天涯，再次使用遥控器，根本毫无意义。"

"你为什么会知道这些事？"我问。

7号唐洛樱冷冷一笑："因为昨天下午我刚来到空间2的时候，也产生过马上收拾行李到偏远的山区躲避警察追捕的想法。"

我开始明白当前的情况了。我吸了口气，问道："接下来呢？"

7号唐洛樱又冷笑了一声，说道："但我突然又想到，我用不着躲呀，因为我跟此前的空间中的7号唐洛樱不同啊！你说你要在空间2里改写'剧本'，要改变'历史'，所以在空间2中，龙笑愚、沈靖和慕容思炫都应该没有被杀，唐洛樱不再是杀人凶手。也就是说，我可以在空间2中生活下去。说起来，还真多亏你改变了'历史'呢。"

在空间1的时候，她曾说："反正一定要遵循'历史'！一定要跟着'剧本'的'情节'去做，一定要杀死龙笑愚、沈靖和慕容思炫！"但现在，她却庆幸我没有这样做。

我还在思索，她又说道："刚才你说其他五个唐洛樱都到空间3去了，我说你和平解决了事件，你也没有否认，看来你真的成功阻止了龙笑愚、沈靖和慕容思炫被杀的事件发生。那么，现在你该功成身退了，你可以到空间3去了。"

我秀眉一蹙，说道："你走吧！你再按一次遥控器，到空间3去吧。在空间3，那些唐洛樱们也会用和平的方式解决问题，唐洛樱不会成为杀人犯，你不会被通缉。"

我说到这里，顿了顿，朗声说道："这个空间 2 是属于我的，我是不会再离开的了！"

7 号唐洛樱瞥了我一眼，冷然道："我才不到空间 3 去呢，在那个空间里，除了我还有六个唐洛樱，情况复杂之极。最后她们六个是不是能像现在的空间 2 那样，1 号唐洛樱、2 号唐洛樱、3 号唐洛樱、4 号唐洛樱和 5 号唐洛樱跳到空间 4，而只有 6 号唐洛樱留下来，那还是个未知数。哪怕真的是这样，我还要等 6 号唐洛樱回来，叫她跳到空间 4，而她一定也和你一样，不肯离开空间 3，到时我怎么办？"

她说到这里嘿嘿一笑："相比之下，在这个空间 2 的情况就简单多了，只要你离开空间 2，那就只剩下我一个唐洛樱了。"

我有些生气，大声说道："凭什么要我离开啊？这个空间里的和平局面是我创造的，我才是这里的主人！你快跳到空间 3 去，空间 2 不欢迎你！"

我跟她彻底翻脸了。因为眼前的这个 7 号唐洛樱，我和她不但是敌人，而且势不两立，两个只能留下一个。

她看到我不肯乖乖离开空间 2，重重地"哼"了一声，竟然从背后拿出一把锋利的水果刀，指着我的脸，一字一顿地说："你想到空间 3 当活人，还是留在空间 2 当死人？"

·6·

　　我知道她不是开玩笑的。她是一个残忍冷酷的杀人魔，她在杀死沈靖和慕容思炫的时候手起刀落，没有丝毫犹豫。如果我不肯离开空间2，她真的会杀了我。

　　但我和她毕竟曾经是"同一个人"，她似乎也稍念旧情，吸了口气，语气稍微缓和下来，接着又说道："不要逼我杀死你。你跳到空间3去吧，这绝对是你最后一次使用遥控器了。到了空间3以后，你变成7号唐洛樱，而空间3的2号唐洛樱、3号唐洛樱、4号唐洛樱、5号唐洛樱和6号唐洛樱，都是你的朋友，都跟你合作过，既然这样，你们就再合作一次呗，让她们五个加上空间3的1号唐洛樱跳到空间4，而你则永远在空间3留下来。"

　　每次我都以为当前的空间就是我最终的归宿，但最后却都要跳到下一个空间去。7号唐洛樱说这次绝对是最后一次，可是谁敢保证不会发生意外？我实在万分厌倦重复跳到2013年2月6日下午四点五十二分把这两天的生活一次又一次地演绎这个过程了。我不禁抱怨道："有完没完啊？"

　　7号唐洛樱轻轻地"哼"了一声，再次目露凶光："不走？一个空间里只能留下一个唐洛樱。你不肯离开空间2，我就只能让你在空间2里当尸体了。"她的语气恢复了冷漠。与此同时，她从床边站起来，拿着水果刀，向我走近了一步。

我咽了口唾沫，说道："我……我把遥控器丢到海里去了。"

7号唐洛樱皱了皱眉："真的？"

我点了点头："是啊！我刚从码头回来。"

7号唐洛樱稍微思索了几秒，深深地吸了口气，一脸冰冷地说："这样的话，你就别怪我了。"

她说罢，微微地举起水果刀，一步一步地向我走来。

"你……你想怎样？"我颤声问。

"你挽救了空间2的龙笑愚、沈靖和慕容思炫。而且你不光是救了这三条性命。你改写了'剧本'，因此在空间3、空间4、空间5等此后的n个空间中，属于那些空间的龙笑愚、沈靖和慕容思炫都不用死。你可以说是挽救了数百个甚至是上千个人的性命。而代价，只是你自己一条命，这笔交易，你赚大啦！"7号唐洛樱的语气略带嘲讽。

我知道她随时会发难，抓紧机会说道："等一下！每一个空间只能留下一个唐洛樱啊！但在这个空间2里，如果你杀了我，虽然我成了尸体，但始终会有两个唐洛樱啊。所以，我和你的其中一个必须跳到空间3去，否则一切会乱套呀！"

7号唐洛樱摇了摇头，冷冷地说："不会的。现在的情况是，在空间1、空间100、空间99、空间98、空间97、空间96及此前的空间，每一个空间里都有一个7号唐洛樱留下来，她因为被警方通缉而亡命天涯，而1号唐洛樱、2号唐洛樱、3号唐洛樱、4号唐洛樱、5号唐洛樱和6号唐洛樱则跳到下一个空间去。

"而在我们身处的这个空间2里，1号唐洛樱、2号唐洛樱、3号唐洛樱、4号唐洛樱和5号唐洛樱，跳到下一个空间去了。到了空间3，加上那个空间的1号唐洛樱，总共会有六个唐洛樱存在。此后的空间4、空间5、空间6等n个空间，每个空间都有且只有六个唐洛樱，跟此前的空间2、空间1、空间100、空间99等空间的'同时存在七个唐洛樱'的情况有所不同。

"空间2是最后一个'有七个唐洛樱共存'的空间。1号唐洛樱、2号唐洛樱、3号唐洛樱、4号唐洛樱和5号唐洛樱离开后，你——6号唐洛樱，和我——7号唐洛樱，留了下来。接下来，我会杀死你这个6号唐洛樱，把尸体处理掉，而我这个7号唐洛樱则会在空间2里生活下去。

"所以，简单地说，情况只是从空间2、空间1、空间100、空间99等此前的n个空间中'有七个唐洛樱共存'，变成了空间3、空间4、空间5、空间6等此后的n个空间中'有六个唐洛樱共存'而已，根本不会乱套。"

她说到这里，嘴角一扬，冷冷一笑，又说："你是空间2里唯一一个死人，也是所有空间中的最后一个死人。从空间3开始，每个空间都不会再出现死人了。你的牺牲，让一切变得十分美好呢。"

看来她真的想杀死我。我全身颤抖，垂死挣扎："不……不要杀我好不好？这样吧，你把你的遥控器给我，我用你的遥控器跳到空间3去，你则留下来，好不好？"

现在我已不在意再次使用遥控器了，哪怕再使用十次也没关系，只要能保住性命。

7号唐洛樱此前显然没有想到把遥控器给我这个方法，此刻听我提出，先是微微一怔，接着凝神思考。片刻以后，却听她说："我想留着这个遥控器呢。这样的话，如果以后我的生活中发生了什么不可挽回的事——譬如我的亲人因为意外而受伤甚至离世，又或者我做了什么令自己悔不当初的事——譬如选择了一段错误的婚姻，那么我还可以使用遥控器，跳到空间3，回到2013年2月6日下午四点五十二分，让这些不好的事尚未发生，让我有机会重新再来，改变'历史'。"

她跟我在某种程度上还是"同一个人"，我刚才把遥控器扔掉之前所想到的事，她此时也想到了，而且一模一样。

我还不死心，试图说服她："可是，人生之所以精彩，就是因为没有'剧本'可以参考，没有事前的彩排，也不能重新再来一次呀……"

但她却心意已决，不再听我劝说，我还没说完，她突然掠到我的身前，毫无预兆地把水果刀插进了我的胸腔！

霎时间，我感到心脏一阵冰凉，然后又温热无比，紧接着，便是撕心裂肺般的剧痛！与此同时，一幕幕往事在我脑海中快速闪过，童年的经历，读书的日子，还有"这两天"在古宅里发生的事，各种零碎的片段在我的脑袋里相互碰撞，杂乱无比。

我要死了吗？

难道在此前的空间中，每一个引发质变的唐洛樱的下场都是死？

我不想死，我真的不想死！

我开始感到呼吸困难了。我的意识也越来越模糊了。

对了，我答应了妈妈要回家吃年夜饭。

于是我用我这一生中最后的一口气，吃力地对眼前这个杀死我的凶手说道："回……家……吃……年夜……饭……"

我也不知道7号唐洛樱怎么回答，我已经听不到周围的声音了，我甚至已经无法看清7号唐洛樱的面容了。

在离开这个世界前的最后一刻，我却突然想起，我还欠爸爸一句"我爱你"。为什么刚才在电话里不说呢？现在永远没有机会亲口对爸爸说了。我嘴唇微张，想叫7号唐洛樱代为传达，但却发现此时自己连说出半个字的力气也没有了。